U0062583

呈现北京

近代北京城市指南研究 （1840—1949）

刘同彪 著

北京学研究基地 组织编写

北京出版集团

北京出版社

图书在版编目（CIP）数据

呈现北京 ：近代北京城市指南研究 ：1840—1949 /
北京学研究基地组织编写；刘同彪著 . — 北京 ：北京
出版社，2022.10
　（北京学学术文库）
　ISBN 978-7-200-17410-6

Ⅰ . ①呈… Ⅱ . ①北… ②刘… Ⅲ . ①城市史—北京
—1840-1949 Ⅳ . ① K291

中国版本图书馆 CIP 数据核字（2022）第 166743 号

责任编辑：耿苏萌
执行编辑：班克武
责任印制：彭军芳
书籍设计：京版众谊

北京学学术文库
呈现北京
近代北京城市指南研究（1840—1949）
CHENGXIAN BEIJING

北京学研究基地　组织编写
刘同彪　著

出　　版　北京出版集团
　　　　　北 京 出 版 社
地　　址　北京北三环中路 6 号
邮　　编　100120
网　　址　www.bph.com.cn
总 发 行　北京出版集团
发　　行　京版北美（北京）文化艺术传媒有限公司
经　　销　新华书店
印　　刷　鸿博昊天科技有限公司
版 印 次　2022 年 10 月第 1 版第 1 次印刷
开　　本　889 毫米 ×1194 毫米　1/16
印　　张　14.5
字　　数　256 千字
书　　号　ISBN 978-7-200-17410-6
定　　价　68.00 元

如有印装质量问题，由本社负责调换
质量监督电话　010-58572393

目录

第一章

绪论

第一节 城市指南的概念

在近代百余年间，中国出版了大量城市指南，这类书籍多在某个城市名称后冠以指南、便览、备览、快览、宝鉴、大观、导游、手册等字词，如《新北京指南》（撷华书局，1914年）、《北京便览》（文明书局，1923年）、《北平指南》（北平民社，1929年）、《天津指南》（天津文明书局，1911年）、《天津快览》（世界书局，1926年）、《上海指南》（商务印书馆，1909年）、《上海宝鉴》（世界书局，1925年）、《申报上海市民手册》（申报馆，1946年）、《首都导游》（中国旅行社，1931年）、《济南指南》（大东日报社，1914年）、《苏州指南》（文新印刷公司，1921年）、《太原指南》（山西民社，1935年）、《福州便览》（环球印书馆，1933年）、《杭州导游》（中国旅行社，1937年），等等。

城市指南简明扼要地辑录一座城市的历史沿革、地理形势、典章制度、名胜古迹、城垣街巷、市廛商号、饮食日用、风俗时尚等诸多方面的信息，它既可以为外来者提供旅行指导，又可以成为本地市民的生活向导。城市指南区别于传统的方志、杂记、杂纂、笔记、游记、风土记等文献类型，其编纂具有较强的针对性，主要为旅客或新定居城市者提供必要的游览观光指南及各类生活资讯。它更注重对城市当下情状的及时记录，其编纂出版带有明显的商业色彩。从这些特征看，城市指南是近代中国出现的一种新型书籍，它在近代的出现和大量刊行，是中国城市资讯迈向现代化的反映和表现。

城市指南与近代中国旅行业的发展密切相关。中国近代以来，随着城市化的发展，新式交通渐起发达，城市旅行人数逐渐增多，为旅行者提供城市资讯服务的指南书籍在客观上存在市场需求，尤其是进入民国时期，不少城市指南直接以旅行指南、游览指南命名，如《北京游览指南》（新华书局，1926年）、《北平旅行指南》（经济新闻社，1935 年）、《上海游览指南》（中华书局，1935 年）、《青岛名胜游览指南》（青岛市工务局，1934 年）、《台湾旅行指南》（台湾旅行社，1947 年）等。尽管如此，作为近代出现的一种新型图书，无论从出版意图还是从内容编排上，城市指南都不只为旅行和游览而作，这些名目繁多的城市指南与近代中国不断变化的时局相连，也与不同时段编者对近代城市的理解相关，它们的再版发行，包含了编者对城市发展的多重期许：或为宣传新的城市精神和规范，或为塑造新的城市形象，或为反映城市的空间变迁与发展，或为传达强烈的城市自我意识，或为服务于当时的市政建设，等等。即便是那些冠名为旅行指南、游览指南的书籍，也往往被打上了近代中国城市观念和城市建设实践的烙印。因此，城市指南是在近代中国城市发展语境中形成的一种城市书写文本，它们本身就参与了中国城市近代化的实践。基于这样的考虑，本书采用城市指南，而不是旅行指南、游览指南或旅游指南等名称，来指代此类书籍。

第二节　近代北京城市指南的出版概况

近代中国的重要城市几乎都有城市指南出版，最早出现且最为丰富的是介绍北京地区的。北京是全国的首善之区，这里四方辐辏，人文荟萃，慕名而来者络绎不绝。近代北京虽然经历了从帝都到国都，再从国都到故都的重大历史变迁，其间曾有 20 余年失去了作为首都的政治中心地位，但它始终是为世人瞩目的城市，以其厚重的古都文化和优越的城市资源吸引着南来北往的旅行者。

在近代城市指南的编撰出版上，北京可称得上首开先河。清道光二十五年（1845 年），杨静亭编撰的《都门纪略》，是一部专门为便利远省仕商入京而作的城市指南，书中所记载的关于北京的地图、防骗经验、市廛商铺、饮食服用、工艺特产、名胜古迹、戏曲娱乐等信息，切实能为初入帝都的远省仕商指点迷津。这部书的城市指南性质是比较明显的，就笔者目前掌握的文献资料而言，它是中国最早的一部城市指南。《都门纪略》发行后，颇受欢迎，自清道光二十五年（1845年）至1917年，一再增补和翻刻，其间该书衍变出许多不同的名称，如《都门汇纂》《朝市丛载》^①等，它成为晚清最具代表性的一部北京城市指南。不仅如此，《都门纪略》对上海、天津早期的城市指南的编纂出版也产生了直接影响。清光绪二年（1876年）葛元煦编撰的《沪游杂记》和清光绪十年（1884年）张焘编撰的《津门杂记》，这两部城市指南均受到《都门纪略》的启发，编撰者都声称仿照《都门纪略》而作。^②

旅游业的发展依赖于交通，清末正是中国交通现代化的起步阶段。京奉、京张、京汉三条以北京为起点的铁路陆续建成通车，对于这种新兴的交通方式，当时的人们需要一个了解、熟悉的过程。鉴于此，各大铁路局纷纷组织编写铁路旅行指南，用于指导人们乘坐火车旅行。这些铁路旅行指南不仅记载了乘坐火车的必要知识，还简明扼要地介绍了沿线的重要城市，尤其是对于北京城的介绍，不厌求详。这其中比较有代表性的是清宣统二年（1910年）发行的《京奉铁路旅行指南》，该书不仅记载了乘坐火车和寄运货物的规章制度、途经站点及票价等这些实用性较强的信息，而且还尽显各站的风土人情，介绍沿途站地的交通、气候、物产、市场、庙会、名胜古迹等方面的概况。例如，书中的"北京大观"记录了北京的衙署、会馆、旅店、饭庄、学堂、报馆、茶楼、戏园、游览场所等方面的信息，作为旅客了解北京的参考，可称得上是一部袖珍型的北京城市指南。与《都门纪略》相比，《京奉

---

① ［清］杨静亭编，［清］李静山增补：《都门汇纂》，清同治十一年（1872年）；［清］杨静亭原编，［清］李虹若重编：《朝市丛载》，京都翰文斋，清光绪十三年（1887年）。

② ［清］葛元煦编：《沪游杂记》，清光绪二年（1876年）；［清］张焘辑：《津门杂记》，清光绪十年（1884年）。

铁路旅行指南》对北京的记述，更加简明，更加突出其作为旅行指南的属性和定位，同时也增加了一些反映时代变化的新信息，如对学堂、报馆等内容的记述。

清末民初，北京处于新与旧、东与西的文化碰撞前沿。旧的北京城市指南《都门纪略》因难以跟上新形势的发展而逐渐退出历史舞台，而铁路旅行指南对北京城市的记述又过于简略。在这种情况下，新形式的北京城市指南应运而生。

1914 年，撷华书局出版的《新北京》《新北京指南》，揭开了北京城市指南编辑出版的新篇章，较之《都门纪略》，它们的信息内容更为丰富、形式更为灵活。其中，《新北京》用较多的篇幅，详细介绍了民国政府新设立的公署机关、新颁布的法规章程、新提倡的礼仪风尚，而直接描述北京的内容并不多，它更像是一部"民国指南"，而非"北京指南"。《新北京指南》则聚焦于北京城市本身，详细记录了北京的教派、会社、警察、学务、报馆、会馆、使馆、旅店、市廛、店铺、梨园、风尚、名胜等众多方面的内容，是一部名副其实的北京城市指南。两年后，1916 年，中华图书馆推出另一种《北京指南》，这部书沿用了 1914 年《新北京指南》的风格，但在门类的划分上概括得更加精练，同时剔除了 1914 年《新北京》中大量与北京城市不直接相关的内容。继中华图书馆发行《北京指南》后，在当时市场上表现较为出色的当数 1920 年商务印书馆出版的《实用北京指南》，该书设置了地理、礼俗、法规、公共事业、交通、实业、食宿游览、古迹名胜、杂录、地名表 10 个门类，卷首附 24 张北京景物名胜照片。其设置的门类虽然不多，但信息量极大，内容丰富、全面，且切于实用。为了节省版面，容纳足够多的内容，这部书每页分成了 4 栏，采用了较小的字体。商务印书馆出版发行的《实用北京指南》流入市场后，深受读者欢迎，经历了数次增订重印，到 1926 年已发行到了第四版，这部书成为当时最具代表性和影响力的北京城市指南。其后，文明书局出版的《北京便览》（1923 年）、《袖珍北京备览》（1924 年），新华书局出版的《北京游览指南》（1926年），均为不同形式的北京城市指南，与前面介绍的几部相比，在形式与风格上大同小异。

1928年，国都南迁，北京改名为北平，从国都转为故都。北京失去了昔日的消费主体致使社会经济陷入萧条，城市也失去了发展动力。面对发展颓势，北平市政府及社会各界把目光投向了北平所拥有的丰富历史文化资源，陆续提出设北平为"文化城"的倡议。伴随着"文化城"建构而产生的各类旅游指南也再次活跃起来。

1929年，北平民社发行《北平指南》，该书分为10编，依次为地理、街巷地名典、法规、名胜古迹、政治机关及社会团体、交通、风俗习尚、食宿游览、题名录、附录。单从门类和体例上看，这部书与民国初年的北京城市指南没有太大的区别，但在内容上，则有较多的变化。一方面，及时增加了国都南迁后反映北京城市新变化、新发展的内容；另一方面，突出强调了与游览相关的内容以及能够反映北京城市特质的内容，如北京特有的风俗。1935年，自强书局出版的《最新北平指南》，是一部比较有特色的北京城市指南，对北京的风土人情及底层民众生存状况的记述尤为详细。同年，经济新闻社发行的《北平旅行指南》，更加突出了游览方面的内容，得到了北平市政府和社会名流的支持，发行量较大，是这一时期比较有代表性的北京城市指南。

除了上述几部北京城市指南，从国都南迁到抗日战争全面爆发，其间编纂出版的北京城市指南还有1932年中华印书局出版的《简明北平游览指南》，1934年北宁铁路管理局推出的《北平旅游便览》，1936年北平市政府组织编撰的《北平导游概况》等。这几部北京城市指南大都强调游览方面的内容。

1937年抗日战争全面爆发后，北京城市指南的编纂与出版受到了极大的影响，全国抗战期间鲜见有新的北京城市指南出现，抗战结束后这种情况仍在持续。直到 1948 年，这种情况才略有改变。这一年马德增书店和中国旅行社相继推出了《北平名胜游览指南》《北平导游》两部简明北京城市指南。

除中文外，近代也出现了大量外国人编撰的外文北京城市指南。鸦片战争之后，随着中国国门被迫开放，来北京旅行、工作和生活的外国人与日俱增，他们逐渐成为北京城里的一个重要群体。对于那些初抵北京的西方旅行者，身处陌生的城市，指南性书籍显得尤为重要。面对此种需求，一些早期的来华旅行者，将自己在北京的旅行和居住经验加以总结概括，编成北京城市指南，方便后来者参考。清同治五年（1866 年），英国人丹尼斯（N.B.Dennys）在香港出版《中国北部旅行须知》（ *Notes for Tourists in the North of China* ）①，虽以中国北部为地域范围，但 2/3 的篇幅是谈论北京的，它实际上是一部关于北京及周边地区的旅行指南。该书介绍了由天津抵达北京的路线，来北京前的一些准备，北京外城的坛庙和店铺，内城和皇城的位置及构造，以及外国使馆、法国教会使团、观象台、雍和宫、孔庙、圆明园等信息，这是笔者目前见到的最早的一部英文北京城市指南。在 10 年之后的清光绪二年（1876 年），香港《中国邮报》办公室（China Mail Office）在丹尼斯《中国北部旅行须知》的基础上发行了一部更为纯粹的北京城市指南，即《北京及周边地区旅行指南：附北京及周边地区略图》（ *Guide for Tourists to Peking and its environs: With a plan of the city of Peking and a sketch map of its neighbourhood* ）②。这部书的框架非常清晰，它先介绍了从天津到北京的路线，然后介绍北京的概况，包括历史、人口、地形、气候、城墙城门，接着依次介绍内城、外城的主要建筑，最后介绍了北京近郊的一些区域，如西山的寺庙、妙峰山、长城、明陵等。该书在光绪十四年（1888

---

① N.B. Dennys. *Notes for tourists in the North of China*. A.Shortrede & Co.,1866.

② *Guide for Tourists to Peking and its environs: With a plan of the city of Peking and a sketch map of its neighbourhood*. Hongkong: China Mail Office, 1876.

年）、光绪二十三年（1897年）又分别在北京、天津专门印发。故此，它是19世纪晚期颇具代表性的英文北京城市指南。

进入20世纪，英文北京城市指南的编辑出版迎来了高峰期，其更新速度甚至超过了中文版，且编撰质量较高。1929年北平民社出版的《北平指南》，其发刊词为："欧美人之旅居我国者，各就所在地编纂指南，洋洋大观无虑数百种。如英法文之北京指南，其选材之新颖，调查之周详，真令闻者惊心，阅者动魄。"由此可见，当时外文北京城市指南的出版景象。

20世纪伊始，旅京的日本人增多，从20世纪20年代到40年代，日本人编撰发行过多部日文北京城市指南，例如，上野太忠的《天津北京指南》（1920年）、丸山昏迷的《北京》（1921年）、胁川寿泉的《北京名所览记》（1921年）、中野江汉的《北京繁昌记》（1922年）、村上知行的《北京：名胜与风俗》（1934年）、安藤更生的《北京指南》（北京案内記，1941年）、石桥丑雄的《北京观光指南》（北京観光案内，1941年），等等。除英文、日文以外，法文、德文的北京城市指南数量也非常可观。由于笔者不识法文、德文，加上目前学界翻译成中文的也十分罕见，所以本文对外文北京城市指南的论述，仅以英文和日文北京城市指南为讨论范围。

随着近代北京城市的历史变迁，各类城市指南也在不断出版发行，它们成为了解北京城市空间发展脉络与社会文化变化的重要历史文本，为研究者探究近代中国城市史、区域社会史和文化史提供了史料指引。

第三节 近代北京城市指南的研究状况

近年来，城市指南日益受到学界的关注，相关研究成果也不断出现。2014年8月11—13日在中国台湾召开的"全球视野下的中国近代史研究"国际学术研讨会上，有多位学者提交了各自对城市指南研究的论文。马树华认为，城市指南与城市的发展结成了密切的互文关系，并分析了近代德文、英文、日文和中文 4 种不同语言的青岛城市指南。她指出不同语言的青岛城市指南具有不同的编撰旨趣，它们不仅客观地呈现了城市的风貌，也主动参与了城市形象的塑造与空间的变迁。[①] 孙慧敏考察了 1909—1930 年商务印书馆持续增订发行的《上海指南》，借此分析了应如何界定上海的城市空间范畴，如何表述上海的具体城市空间位置，以及如何塑造上海的城市形象。[②] 林美莉分析了近代中文上海指南书籍的编纂策略，对不同上海指南所提供的长居与游览信息作了比较。[③] 日本学者吉泽诚一郎指出，近代日文北京、天津指南反映了不同时段的中日关系及当时日本人的中国观。[④] 邱仲麟比较了近代不同时段北京城市指南在内容和体例上的差异，尤其以指南中的会馆、旅宿信息为例，详细地剖析了北京城市指南所反映的北京旅游资讯的近代化历程。[⑤]

除了上述研讨会成果外，还有多位学者也探讨了北京城市指南。季剑青将北京城市指南视为北京城市的一种书写文本，他比较了不同时段的北京城市指南在内容偏重上的差异，指出民国初年的北京城市指南"以介绍实用生活信息为主，主要针对的是在北京居留时间较长的官员和商人，因而有关行政、公共事业、实

[①]　马树华：《城市指南与 20 世纪青岛的空间变迁》，2014 年"全球视野下的中国近代史研究"国际学术研讨会，2014 年 8 月 11—13 日。

[②]　孙慧敏：《何为上海、如何指南：晚清民初〈上海指南〉的空间表述》，2014 年"全球视野下的中国近代史研究"国际学术研讨会，2014 年 8 月 11—13 日。

[③]　林美莉：《旅客游观与市民城居的双重变奏：近代华文上海指南书刊的编纂策略》，2014 年"全球视野下的中国近代史研究"国际学术研讨会，2014 年 8 月 11—13 日。

[④]　[日] 吉泽诚一郎：《近代日本的旅行指南与中国印象：以北京、天津为例》，2014 年"全球视野下的中国近代史研究"国际学术研讨会，2014 年 8 月 11—13 日。

[⑤]　邱仲麟：《从〈都门纪略〉到〈北平旅行指南〉：北京旅游资讯的近代化历程》，2014 年"全球视野下的中国近代史研究"国际学术研讨会，2014 年 8 月 11—13 日。

业的内容最多"，而在 20 世纪 20 年代中后期至 30 年代，特别是在国都南迁后，北京城市指南中的游览观光内容逐渐成为重点，这与当时的北京城市建设方向相关。① 王谦分析了国都南迁后出版的各类北平指南，认为各类北平指南所呈现出的北平是一个经过筛选、过滤的文化古城，是一个传统古都的游览城市。② 赵晓阳介绍了近代外文北京城市指南，并比较了中外文北京城市指南在内容选择上的差异，指出中外文北京城市指南"向我们提供介绍了在同一城市的两个差异世界的不同内容和范围，只有将它们综合对照来看，才能得出一个完整北京的概念和印象"。③ 毕文静对民国北京城市指南作了较为系统的梳理，包括北京城市指南出现的时代背景、编辑出版状况、类型特点及史料价值等方面。④

在北京城市指南的研究方面，虽然已有不少成果，但总的来说，目前学界在这方面的研究积累还十分有限，近代北京城市指南的学术价值尚未被充分挖掘和利用。在当前的研究成果中，以民国阶段的探讨居多，而晚清时期的讨论不足；以中文北京城市指南的探讨居多，而外文北京城市指南的讨论较少。基于此种状况，本文在学界已有研究成果的基础上，首先对近代北京出版的城市指南进行了系统梳理，包括追溯其文献源流，剖析其产生、流行的时代背景，揭示其编辑出版与传播状况，总结其文献特征及研究价值，等等。其次，本文将北京城市指南的编辑出版、传播同北京城市近代化进程与建设紧密联系起来，将北京城市指南的编辑出版、传播视为北京城市近代化进程与建设中的一种重要的文化现象、社会现象，从出版史、书籍史的角度探究近代北京城市变迁及其近代化特征。

---

① 季剑青：《旅游指南中的民国北京》，《北京观察》，2014 年第 3 期。

② 王谦：《故都北平的文化生产与文学记忆》，《北京社会科学》，2017 年第 11 期。

③ 赵晓阳：《中外文版本的〈北京旅游指南〉比较——兼谈北京旅游空间的新增长》，《北京古都风貌与时代气息研讨会论文集》，2000 年 6 月 30 日。

④ 毕文静：《民国北京旅行指南研究（1912—1936）》，首都师范大学硕士论文，2013 年。

第二章

北京城市指南的文献源流

北京城市指南兴起于近代，以清道光二十五年（1845 年）杨静亭编撰的《都门纪略》为其开端。

第一节 古代都城的记述传统

都城乃人文荟萃之地，文人学士多聚居于斯，有关都城的记述也往往较他处丰硕。北京城市指南是都城记述中的一种，要弄清楚它的文献发展脉络，有必要对中国古代都城的记述传统进行一番梳理。

1. 从《三辅黄图》到《东京梦华录》

据中国先秦历史研究专家何清谷考证，《三辅黄图》成书于东汉末曹魏初，它是流传下来的较早记述古代都城的专书[①]。《四库提要》中说，记述都城的书籍，"前莫善于《三辅黄图》，后莫善于《长安志》"。可见，这部书在古代都城文献史上是占有一定地位的。在《三辅黄图》之前，即东汉末年以前，很难再找到记述都城的专著，有关都城的记载，大都散见于各类典籍文献之中，较为重要的是关于都城营建规制的言论，如《周礼·考工记》中关于"匠人营国"的论述。又如班固的《两都赋》和张衡的《二京赋》，极尽文学之才华，将汉代都城长安与洛阳描述得绘声绘色，其虽具有一定的史料价值，但终究是文学作品，多有夸饰，还称不上记述都城的专著。

《三辅黄图》专记秦都咸阳和汉都长安的都城建设情况，以及长安近畿的地理状况。其中，对西汉长安城的记述占了很大篇幅，它所记载的事项包括宫殿、

---

① 见何清谷校注，陕西省古籍整理办公室编：《三辅黄图校注》，古长安丛书甲集之一，西安：三秦出版社，1995 年。

城门、街市、苑囿、池沼、台榭、府库、仓廪、桥梁、宗庙等，主要围绕帝王活动的空间展开，以宫殿建筑为著录重点，多罗列建筑的名称、方位、规格、建造年代等信息，记述较为简略，几乎不涉及对都城居民生活方面的描述。

南北朝时期，北魏杨衒之编撰的《洛阳伽蓝记》（简称《伽蓝记》），专记北魏都城洛阳的佛寺建筑。在记述方式上，《伽蓝记》与《三辅黄图》有明显的区别，它不再单纯地载录佛寺建筑的名称、方位等信息，而是将相关的政治事件、历史人物、风俗习惯及掌故传闻等这些佛寺背后的故事勾勒了出来，使得这部书的记述较为生动、内容较为丰富，它所描述的都城风貌更加立体、饱满。还有一点不同的是，《三辅黄图》记载的是已经成为历史的前朝的都城形态，而《伽蓝记》是对本朝都城状况的现时记述。

进入隋、唐时期，对于都城的记述，又有了新的转变。值得注意的是，唐玄宗时史官韦述编撰的《两京新记》，描述了唐朝二京（长安、洛阳）的宫城、禁苑、皇城、诸坊等都城建筑及相关史事。与前代记述都城的文献相比，《两京新记》记述的都城空间突破了以帝王起居理政为中心的宫殿、苑囿，以及以神祇信仰为中心的寺院庙宇，开始对官员、商人等都城群体的宅舍和活动场所有所关注和记录，向人们呈现都城的整体面貌，而非仅仅围绕帝王和神祇展开。关于都城文献的编述，由此进入了一个全新的历史阶段。

至宋代，方志的编纂日趋活跃和成熟。北宋宋敏求编撰的《长安志》，以记述长安历史古迹为主，凡城郭宫室、山川灵迹、寺院塔庙、市井风俗等，靡不悉备。其篇幅内容丰富，比《两京新记》详过 10 倍，成为古长安留存下来的较早的志书。宋代以降，方志成为记述都城的一种重要的文献。

关于宋代记述都城的文献，值得一提的还有孟元老的《东京梦华录》。这部书在都城记述上颇具新意。作者通过回忆的方式，将曾经居住过的北宋都城汴梁的繁华景象记录了下来。以往记述都城的文献，大多将记述的重点放在都城的古迹建筑、地理空间及相关史事上，而《东京梦华录》则用了大量的笔墨刻画都城居民的生活，比如对酒肆、饮食、曲艺、嫁娶、节日等方面的描写。它将都城空间的记述与都城生活的记述较好地结合起来，向人们展现了一座有血有肉、鲜活具体的都城形象，在都城整体风貌的记述上无疑向前迈了一大步。自此以后，通过对盛世都城的追忆，描摹都城市民日常生活，成为都城书写的一种范式。之后的《梦粱录》《都城纪胜》《武林旧事》《西湖老人繁胜录》几部记述南宋都城临安市井生活的文献，在书写体例和关注的视角上明显受了《东京梦华录》的影响。

从上述都城文献可以看出，自汉代至宋代，记述都城的方式、体例，以及关注的内容与视角，在不断地变化和丰富。记述的空间由宫廷禁苑扩展至街坊市肆，乃至整体的都城空间；记述的内容由单纯地罗列都城建筑扩展至描述建筑和地理空间背后的史事，以及与之相关的日常生活。在长达千年的历史中，记述都城的经验不断累积，但指南性质的都城文献在这一时期尚未出现和流行。无论是《三辅黄图》《洛阳伽蓝记》，还是《东京梦华录》《梦粱录》，它们都不以编撰都城指南为目的，也不能直接作为都城游览或生活指南来使用。

2. 晚明时期北京坊巷指南——《京师五城坊巷胡同集》

金元以降，历代王朝定都北京，关于北京的著述逐渐增多起来。但金元及明代前期，描述北京都城的专著还非常有限，这种情况到了明代中后期有了很大的改观，一时出现多部记述北京的专著，特别值得一提的是张爵的《京师五城坊巷胡同集》。

明嘉靖三十九年（1560 年），张爵编撰了《京师五城坊巷胡同集》。这是一部简明的北京街巷指南。张爵生于北京，在北京为官多年，曾经专管"街道房事"，因而有机会查阅公署中的坊巷档册，这为他整理京师坊巷胡同的相关信息提供了便利条件。《京师五城坊巷胡同集》收录京城胡同1170条，按照中城、东城、西城、南城、北城的次序记载，并将京师八景、古迹、山川、公署、学校、园囿、仓场、寺观、祠庙、坛墓、关梁之名称标于所在的坊巷胡同中，且书首附有一幅标有坊巷的北京城地图，与正文所列坊巷相对应。张爵在序文中，清晰地表达了他试图编撰一部京师坊巷指南的意图。

> 予见公署所载五城坊巷必录之，遇时俗相传京师胡同亦书之，取其大小远近，采茸（辑）成编，名曰京师五城坊巷胡同集。附载京师八景、古迹、山川、公署、学校、苑囿、仓场、寺观、祠庙、坛墓、关梁，皆以次具载于集。分置五城，排列坊巷，又为总图于首。披图而观，京师之广，古今之迹，了然于目，视如指掌。使京师坊巷广大数十里之外，不出户而可知。庶五城胡同浩繁几千条之间，一举目而毕见。均各备载，编集克成，用工锓梓，以广其传云。①

对于都城坊巷的记述，以往文献早有涉猎，已不足为奇。但像张爵这样，出于方便人们了解、查询北京坊巷胡同的目的，为满足现实特定需要而有意识地去整理编撰一部北京坊巷胡同指南，在之前的都城文献中是很难见到的。

张爵的《京师五城坊巷胡同集》虽仅简单地罗列坊巷胡同的名称，但因收集的资料较为全面，编排也十分清楚，又附有坊巷地图相对照，所以它既可以使阅者足不出户便可了解京师的坊巷胡同与古迹名胜，也可以帮助初到京城的旅行者

---

① ［明］张爵：《京师五城坊巷胡同集》，南林刘氏求恕斋刊本，1922年。

查询坊巷胡同的位置，其实用性是显而易见的。除商业属性略显不足外，《京师五城坊巷胡同集》已比较接近本书所指的城市指南文献，可视为北京城市指南的早期形态。但它只是一部以坊巷胡同为主的专门性的北京城市指南，而非本书重点论述的记录北京城各方面状况的综合性的北京城市指南。

3. 晚明时期北京景物游览指南书籍的盛行

晚明时期，北京还出现了大量记述风土景物的游览指南，如《长安客话》《帝京景物略》《山行杂记》《长安可游记》《日畿访胜录》《燕都游览志》等。对于初次来京的士子、官员、商贾等群体，这些书可以成为他们游览北京风土景物的参考。

《长安客话》编于明万历年间，蒋一葵撰，分8卷，按京师范围由内及外展开。卷一、卷二为"皇都杂记"，包含大明、北平、古幽陵、古蓟门、古燕京、黄金台、碣石宫、燕京五月歌、迎春、大明门、棋盘街、积水潭、顺天府、白塔寺、国子监、荷花酒等90个子目；卷三为"郊西杂记"，包含高梁桥、极乐寺、大真觉寺、玉泉山、华严寺、香山寺、碧云寺、卧佛寺、门头村、钓鱼台、万柳堂等30个子目；卷四为"郊坰杂记"，包含海淀、青龙桥、卢沟河、东岳庙、三忠祠、天寿山、诸王公主坟、清河等25个子目；卷五、卷六为"畿辅杂记"，包含古涿水、小西天、上方山、良乡行、固安河、香河县、百家湾、平谷县、草桥、顺义县、牛栏山、通惠河、杨柳青、河西务等122个子目；卷七为"关镇杂记"，包含边关、三关、居庸关、龙虎台、黄花镇、秦皇岛、喜峰口、古北口、桑干河等25个子目；卷八为"边镇杂记"，包含鸡鸣山、张家口、洗马林、滴水崖等22个子目。从这些细目中可以看出，这部书的记述范围十分广泛，涉及北京及近郊的广大区域，其内容包括名胜古迹、历史掌故、建置沿革、风俗物产等多个方面。该书作者蒋一葵是一位博学之士，曾任京师西城兵马司指挥，他在京任职期间，注重游览收集京师古迹，"车辙所到，必从耆老访古迹遗文，得即贮之奚囊"。① 《长安客话》即成书于他在北京的游历考察所得。这部书虽起到了解北京及周边地区景物的作用，但因体量较大，在体例上更接近方志。

《帝京景物略》付梓于明崇祯八年（1635 年），是刘侗、于奕正同撰的历史地理著作。全书共 8 卷，按北京城方位叙述，卷一为"城北内外"，包含太学石鼓、文丞相祠、水关、定国公园、金刚寺等 16 个子目；卷二为"城东内外"，包含于少保祠、吏部藤花、泡子河、观象台、成国公园等 14 个子目；卷三为"城南内外"，包含关王庙、药王庙、金鱼池、明因寺、李皇亲新园等 20 个子目；卷四为"西城内"，包含首善书院、天主堂、石镫庵、李文正公祠、双塔寺等 14 个子目；卷五为"西城外"，包含高梁桥、极乐寺、白石庄、惠安伯园、真觉寺等 18 个子目；卷六为"西山上"，包含香山寺、碧云寺、洪光寺、卧佛寺、水尽头等 12 个子目；卷七为"西山下"，包含西堤、功德寺、玉泉山、瓮山、戒坛等 10 个子目；卷八为"畿辅名迹"，包含狄梁公祠、刘司户祠、九龙池、银山、上方山等 25 个子目。全书共 129 条子目，每个子目后附有与之相关的景物诗。这部书的作者之一刘侗是湖北省麻城人，为求仕途来到北京，与于奕正、周损、谭元春等人结为好友。刘侗曾"燕游者五年"，而周损从之游。另一位作者于奕正则是北京人，他好游名山胜迹。② 由此可知，《帝京景物略》的成书建立在实地考察的基础上，作者的编撰态度也是认真严谨的，"事有不典不经，侗不敢笔；辞有不达，奕正未尝辄许也。所未经过者，分往而必实之，出门各向，归相报也。"③ 在语言表述上，此书很有特色，它的文体属于以钟惺、

---

① 〔明〕蒋一葵：《长安客话》，燕京大学抄本。

② 〔明〕刘侗、〔明〕于奕正：《帝京景物略》，北京：北京古籍出版社，1983 年。

③ 〔明〕刘侗、〔明〕于奕正：《帝京景物略》，北京：北京古籍出版社，1983 年。

谭元春为代表的"竟陵派"文学，其文字简明，描写细腻，"作者往往仅用几个字，就能够表现出一种境界，勾画出一幅图景。"[①]正因为这些特点，在记述北京风土景物的著作中，《帝京景物略》堪称典范。

明代宋彦编撰的《山行杂记》偏于记述北京西山名胜。另外，宋启明编撰的《长安可游记》、姚士粦编撰的《日畿访胜录》和孙国敉编撰的《燕都游览志》也都是记述北京风土景物的著作，可惜这 3 部书都未能保存下来，其内容和体例无法周知。

晚明时期北京景物游览图书之所以流行，是受到了当时社会大环境的影响。晚明士大夫崇尚旅游，当时的社会名流，如田汝成、王士性、袁宏道、谭元春、谢肇淛、徐霞客等，皆为好游之士。他们游览归来，往往将途中见闻记录下来，并考证于文献，形成游记，如田汝成的《西湖游览志》、王士性的《广志绎》、袁宏道的《华嵩游草》等。晚明游览风气不仅盛行于文人仕宦之间，而且蔓延到商人乃至市民之中。一些书商趁机迎合日益高涨的游览之风，他们主动参与游览图书的编撰刊刻。在这种社会氛围之下，各类游览图书被源源不断地编撰出来，有些还具有明显的游览指南性质。例如，明万历三十七年（1609 年）杨尔曾编撰，夷白堂刊刻的《新镌海内奇观》，这部书详述全国各地山水名胜，并附相关风景画 130 余幅，且将一幅全国地图置于书首，这样的内容编排，已初露游览指南的端倪。时新安人方庆来在为《新镌海内奇观》撰写题语时，指出此书的两大用途：一是可以寄"卧游"之思，二是可以充当游览的向导，"彼卧游者，谩劳车马，睹胜景于掌握之中，不出户庭，畅幽情于画图之外。即身游者，可按图穷致而山

---

① ［明］刘侗、［明］于奕正：《帝京景物略》，北京：北京古籍出版社，1983 年。

川之奇不至湮没于当局矣"。①

　　中国台湾学者巫仁恕指出，晚明的旅游活动已从"精英分子的宦游与士游，普及到大众旅游"。但就晚明游览类图书而言，它们大都出自文人仕宦之手，也主要传阅于他们之间，尽管这些图书也有可能成为商人及普通市民的游览指南，但它们主要是以士大夫的品位编撰出来的，因而带有浓重的文人色彩，从整体上看，它们属于文人阶层的游览指南。这些游览图书侧重于记述山水景物、名胜古迹和风俗人情，那些为文人仕宦所向往的风景名区，如五岳、孔林、虎丘、西湖、钱塘、雁荡等，成了描述的重点，这些名胜所在的城市，如南京、苏州、杭州等地，也成为他们乐于记述的城市。

　　晚明时期的北京是文人仕宦青睐之地，燕京八景及西山名胜此时早已扬名于外。明永乐十二年（1414 年）江西吉水人文官邹缉倡导众翰林学士及国子监诸生为燕京八景赋诗咏歌，得诗 124 首，并绘为图，遂辑成《燕山八景图诗》一卷。明嘉靖三十九年（1560 年），张爵编撰的《京师五城坊巷胡同集》也将"京师八景"放在了突出位置。至于北京西郊的香山、碧云、玉泉、西湖诸胜，更让众多士子官宦心向往之、流连忘返，光描述这些景区的明代游记就有数篇，如都穆的《游西山记》、沈守正的《游香山碧云二寺记》、蒋一葵的《燕京西湖记》等。上文提到的《长安客话》《帝京景物略》《长安可游记》《燕都游览志》诸书，是对晚明北京风景名胜的总结。与同时代江南的游览图书相比较，如《新镌海内奇观》《湖山胜览》《西湖志摘粹补遗奚囊便览》等，晚明北京游览图书的文人色彩更加浓重，还看不出丝毫的商业气息。我们可以将其视为晚明北京景物游览指南的萌芽，但从整体上看，它们的属性更接近于传统的游记、杂记或文人笔记。

---

① 杨尔曾：《新镌海内奇观》，10 卷，杭州夷白堂刊本，明万历三十七年（1609 年）刊。

4. 清代中期北京城市指南的萌发

清代前期是北京城市恢复和发展的时期。经过较长时间的休养生息，到了清乾隆年间，北京城市再次呈现繁荣的景象。在这个历史阶段，依然没有出现真正意义上的北京城市指南，但较晚明时期也有所扩展。

首先，北京城市地图的绘制取得了突破性的发展。清代康熙、雍正、乾隆三朝都绘制过北京城市地图，尤以乾隆年间为盛。乾隆十五年（1750年）绘制的《乾隆京城全图》采用实测方法，将北京城的形状、街巷胡同的布局及宫殿衙署、坛庙寺观、河湖水系的位置清楚地呈现了出来。也许这样的北京城市地图只流传于宫廷内部，它的受众还十分有限，但北京城市地图的兴起，反映了北京城市资讯的进步。

其次，路程指南书籍盛行，且增加了到达北京后的内容。例如，《周行备览》在"江南省城进京水路程"条后，附"京都九门诗"、"京都八景"和"京都二集"（报国寺、土地庙集市）内容。[①] 又如，清道光十九年（1839年）林伯桐编撰的《公车见闻录》，是一部为进京赶考的广东省士子编写的攻略，分为约帮、就道、行舟、升车、度山、出关、工仆、用物、养生、至都10个细目，对赴京前的准备、赶考路上的交通与防范、到达京城后的事宜作了详细说明。其中，"至都"部分说的是到达京城后的注意事项，记述了到达京城后的感受、都城的城门、都城五城的特点、如何入住会馆、都城的风俗、考场的位置等，这些方面的指引使初入京城的士子不致迷茫。[②]

再者，以北京游览指南为编撰目的的图书出现。清军入关后，陆续出现几部

---

① ［清］《周行备览》，清乾隆三年（1738年）序刊本。
② ［清］林伯桐编：《公车见闻录》，修本堂丛书刊本。

记述北京的重要文献，其中最著名的为朱彝尊编撰的《日下旧闻》和于敏中等编纂的《日下旧闻考》，它们都是卷帙浩繁的大部头的书，作为北京指南书显然不适宜。稍后，清乾隆年间文人吴长元感到《日下旧闻》《日下旧闻考》虽然记述完备，但它们过于烦冗，不便于查阅和携带。鉴于此，他对这两部书进行了简化整理，去芜存菁，采掇其大纲，使之事详语略，言简意赅，并"仿巾箱本，以便行箧"，于清乾隆五十三年（1788 年）编成《宸垣识略》。此书的编纂目的比较明确，吴长元一再强调是"为游览而设""以备游览之资"。可见，作者是想编纂一部游览北京的指南。邵晋涵为此书撰序，他认为《宸垣识略》可以起到北京游览指南的作用，"俾观光日下者，皆得按籍循途"。① 从内容编排上，也能看出吴长元为编纂一部北京游览指南所作的努力，此书图文并茂，卷首附有详细的北京城市地图，包括西山图，共 18 幅；游览者据此可按图索骥，了然于目。吴长元还看到了会馆对于外地士子的重要性，他经过调查，将采集的 182 处会馆信息附于书中，以便外地士子查阅。"外城各省会馆，近年创建日繁，此正邦畿民止，于以壮皇都，敦梓谊，意良厚焉。汇录卷末，庶征车戾止，不迷于所往。"② 为方便携带，此书还特意做成"巾箱本"。从这些地方，我们能够看出作者试图编纂一部北京游览指南的意图。与晚明时期的《帝京景物略》相比，《宸垣识略》无疑更接近于本书所指的北京城市指南，但它对景物古迹的记述太过冗长繁琐，而在游览所需的城市资讯上又着墨太少。因此，《宸垣识略》虽在北京城市指南上跨进了一步，但它还算不上成熟的北京城市指南。

　　以上所述之都城文献，成书时间自两汉至清代前、中期，从编辑意图上，我

---

① ［清］吴长元编：《宸垣识略》，清光绪二年（1876 年）刊本。

② ［清］吴长元编：《宸垣识略》，清光绪二年（1876 年）刊本。

们可以将它们分为两大类：一是有编写指南意图的都城文献，《京师五城坊巷胡同集》《宸垣识略》属于此类；二是没有编写指南意图的都城文献，此类文献数量较多，如《三辅黄图》《伽蓝记》《两京新记》《东京梦华录》《帝京景物略》等。

《京师五城坊巷胡同集》《宸垣识略》两部具有编写指南意图的都城文献，可以被视作北京城市指南的萌芽。特别是《宸垣识略》，它对晚清北京城市指南《都门纪略》的编纂有直接的参考价值。

《三辅黄图》《伽蓝记》等没有编写指南意图的都城文献，主要有以下3种情况：

其一，关于历史性质的记述。如《三辅黄图》《长安志》《东京梦华录》等，这些书记录的是业已成为历史的前朝都城的状况，而不是对本朝都城的当下记述，其编纂的目的主要为了存史、资政，这与都城指南文献有很大的区别。都城指南文献虽然会涉及历史记述，但更注重对都城当下情形的及时记录，进而才能在现实中发挥指南和向导的作用。尽管存在差异，这些历史记述性的都城文献，还是能为都城指南文献的编纂提供可参考的史料，在编纂体例和视角等方面对都城指南文献的编写也具有一定的启发性。

其二，关于方志性质的记述。如《长安志》《长安客话》《日下旧闻》《日下旧闻考》等。此类都城文献，记述力求详尽，从地形、气候、人口、河流，到宫廷、皇城、官署、律令，再到街坊、市集、古迹、名胜，以及人物、文艺、风俗、物产，等等，广为搜罗。方志性质的都城文献，大多卷帙浩繁，体量大，虽然它们记述的内容很全备，但因其携带和查阅不便，并不适合作为指南性的书籍来使用。与历史记述性质的文献一样，方志性质的都城文献，也能为都城指南文献的编纂提供翔实的史料，在门类的划分方面，对都城指南文献的编纂也具有一定的借鉴意义。

其三，关于文人笔记性质的记述。如《伽蓝记》《帝京景物略》等。此类都城文献，文人色彩浓厚，多记载都城的名胜古迹及相关的人物史事、掌故传闻，其编撰旨趣多出于学术与文化传承的考虑，用意不在指南上，故此类文献也未发展为都城指南文献，但它们对都城名胜古迹的记述，为都城指南中的历史古迹这一部分内容的编辑提供了可资参考的史料和书写方式。

虽然城市指南出现的时间较晚，它在很长的历史时期中都没有发展流行起来，但自汉代以来，多种类型的都城记述的累积，不仅为北京城市指南的编纂提供了史料参考，而且在门类与板块的划分、编写的体例与格式，以及记述的方法与视角等方面，提供了不少启发性的编纂经验。

第二节　指南文献的编纂传统

北京城市指南又是一种指南文献。所谓"指南文献"，是指通过提供知识、经验、方法、途径等，对实践能够起到指导作用的各种形式的文献。指南文献源远流长，在很早的时候就出现了。例如，成书于汉代的《急就篇》和南朝梁时期的《千字文》，都属于蒙学类的指南。隋唐五代时期，指南文献日渐增多，出现了择吉类的指南，以及各种契约文书写作类的指南、考试类的指南，等等。但指南文献真正流行起来，则是在宋元时期。这一时期，民间书坊发展迅速，图书编纂出版的商业化增强，指南文献因其实用性强而有着广泛的市场需求，成为书坊主争相编印的一个图书品类。南宋的《事林广记》《翰墨大全》，以及元代的《居家必用事类全集》《启札青钱》，是当时比较流行的指南文献。明清时期，指南文献的编刻更加兴盛，《多能鄙事》《便民图纂》《商贾便览》《士商类要》《地理大全》《克择便览》《通书大全》《新刻天下四民便览三台万用正宗》《鼎锓崇文阁汇纂士民万用正宗不求人全编》《新刻搜罗五车合并万宝全书》《鼎锲十二方家参订万事不求人博考全编》等名目繁多的指南文献源源不断地流入市场。

因此，在这些众多的指南文献中，两类对北京城市指南的编纂有重要的影响：一类是地图；另一类是路程指南。

1. 地图的绘制

地图具有较强的实用性，它对于旅行的指导意义是不言而喻的。中国具有悠久的地图绘制历史，如元代朱思本编纂、绘制的《舆地图》，已是比较成熟的地图集。明代是地图制作的大发展时期，不仅地图数量增多，而且类型丰富，绘制技术也日臻成熟。明代前期的地图在数量上还十分有限，但到了明嘉靖、万历年间，地图绘制呈现空前繁荣的景象。这一时期出现了一批有分量的地图集，如罗洪先的《广舆图》，陈组绶的《皇明职方地图》，吴国辅、沈定之的《今古舆地图》、吴学俨等辑的《地图综要》等。这些地图集一般含有地图数十幅，往往包括全国总图、各省地图、边防图、黄河图、漕运图、海防图、域外图等，内容丰富，且多含文字图说。一些古籍文献的插图，也收录了大量地图，如《三才图会》《图书编》《武备志》等，其中一些收录的地图数量达上百幅。明代的单幅地图也有所发展，如《大明混一图》《天下九边分野人迹路程全图》《古今形胜之图》《河防一览图》《九边图》《北京城宫殿之图》等，但在数量上，不及地图集和包含地图的古籍。明代地图的类型十分丰富，包括政区地图、历史地图、分省地图、分府（县、镇）地图、边防地图、海防地图、航海图、漕运图、黄河图、山川图、城市地图等。其中，与北京有关的地图往往包含于北直隶舆图、漕运图、九边图之中。如在北直隶舆图中，往往含有北京分里图、北京舆图、京师畿内地理之图等。

清代是地图制作的黄金期，无论是地图的数量、类型，还是绘制的理念、技术，都取得了长足的进步。在类型上，与明代相比，清代的单幅地图、地方性地图、专题性地图及城市地图的数量明显增多。在绘制方法上，康熙年间聘请西方传教士使用西方地图测绘方法制作全国疆域地图集《皇舆全览图》，开我国实测经纬度地图之先河。之后的乾隆年间的《内府舆图》、嘉庆年间的《大清会典舆图》都是实测经纬度地图的典范。清代政区地图也十分丰富，既有全国性的地图集和单幅地图，如康熙《皇舆全览图》、《乾隆天下舆地图》、《皇朝一统舆地全图》等，又有地方性的地图集和单幅地图，例如，就北京及周边地区而言，有《直隶舆地图册》《畿辅舆地全图》《畿辅舆图》《顺天府属全图》《直隶全省道里总图》《直隶全图》《蓟州舆图》《宣化府属全境舆图》等。这些政区地图，特别是直隶京师地区的政区地图，描绘了北京及周边地区的县市、城镇、河流、山脉、交通、地形等分布状况。

清代漕运图也有不少，如《康熙运河图》《岳阳至长江入海及自江阴沿大运河至北京故宫水道彩色图》《全漕运道图》《运河来水归江全图》《运河全图》《运河水道全图》等，这些运河图多采用传统的形象画法，主要绘出北京至杭州间大运河沿线的重要城镇、河道、闸坝、水势、泉源、地名、里程、水利工程等内容。其中，京冀段运河描绘了运河在北京及周边地区的流经情况。除运河之外，清代加强了对畿辅水利的治理。清代畿辅地区频繁发生水旱灾害，畿辅水利关系到京师的安危，清政府十分重视畿辅河道的治理疏浚，绘制了不少关于北京及周边地区的河道水系地图，如《永定河图》《蓟运河图》《北运河图》《畿辅六大河流图》《直隶河道图》《直隶各县河道地舆图》《北京至天津河道陆路图》等，这些河道水系地图详细地描绘了北京及周边地区的重要河流水系流经之处的自然与人文环境状况，包括沿线的重要城镇、山脉、河流、堤坝、桥梁、庙宇等。

清代城市地图也取得了长足的发展，数量剧增。以北京城市地图为例，仅乾隆年间就至少绘制过 3 幅北京地图，即《京师全图》《精绘北京图》《北京内城图》。清中后期，由于旅京人士增多，对北京地图的需求逐年增加，北京城市地图的编绘进入一个高峰期，一时涌现出许多不同形式的北京地图，如《北京全图》《京师九城全图》《京城内外首善全图》《京师城内首善全图》《北京地里全图》《最新北京精细全图》等。

地图对北京城市指南的编纂具有重要的参考意义。一方面，北京城市指南中大都含有地图；另一方面，有些北京地图，附有简明的游览指南，向旅客介绍北京的历史地理概况及旅店、商店、名胜古迹等方面的资讯，这些信息对于北京城市指南的编纂具有重要的参考意义。

2. 路程指南的兴起

路程指南是与地图接近的文献，但它对交通路况的记录更加详细，这类文献大都详述全国各地的水路、陆路运输线路，有的还说明沿途的路况、名胜古迹、需要防范的事项等。路程指南主要适应了商人外出经商的需要，也为士子参加科举考试、官员赴外地任职及大众出游提供了必要的旅行知识，具有较强的实用价值。

路程指南在宋代业已出现，但它的编纂和刊印到了明中后期才逐渐兴盛起来。明隆庆四年（1570 年）徽州商人黄汴编撰的《一统路程图记》，是一部现存较早的且较有代表性的路程指南，它详述了明代"两京十三省路程"，记录了全国各地水陆路程达 144 条。3 年后，明万历元年（1573 年）建阳书商叶近山刊刻《新锲纂辑皇明一统纪要》，在书中上栏记述了"天下路程"，它所辑录的路程比黄汴的《一统路程图记》更为丰富。

随着商品经济的活跃，明中后期出现了多部辑录经商知识的商业手册，如《新刻京本华夷风物商程一览》《士商类要》《新刻客商一览醒迷天下水陆路程》等。这些商业手册除了介绍商人必备的经营知识之外，还收录了"两京十三省路程""天下路程玉镜"等路程指南。这一时期的日用类书，如《新刻天下四民便览三台万用正宗》《新锲全补天下四民利用便观五车拔锦》等，也大都含有路程指南，其内容与商业手册中辑录的路程知识大同小异。

清代延续了明中后期路程指南和商业手册的出版，如《路程要览》《示我周行》《商贾便览》等，这些书中记述了北京至各地的路线、站点、里程、沿途风俗等，有些还附有交通路程图。除此之外，清朝皇帝出巡的御道，也有相关的路程指南，如《东道图说便览》《东陵路程图式》《西陵道路图式》《出巡各站图》《启銮路程图》《白涧至罗家桥图式》等。这些书详述了清代北京到东陵、西陵及各行宫的御道线路和沿途村镇、井泉、山峦、桥梁、庙宇等的分布情况。

明清时期的旅行者，可以从当时流行的路程指南中获得必要的旅行资讯，这些书一般介绍全国各地的旅行线路，尤其是两京（北京、南京）之间、两京与各省之间的行程路线，以及沿途的路况、特产、旅店、人情、距离、车舟、乘换、防范等信息。这些路程指南在文字叙述之外，通常还配有详细的地图说明。有的书商还特意刻印小型本的路程指南，便于携带。对于需要远途旅行的人来说，它们是非常实用的旅程指南。在早期的北京城市指南中，路程指南是其重要的组成部分，如《都门纪略》中专门设置了"路程辑要"。

对于长途旅行，尽管路程指南必不可少，但它们普遍缺少对沿途城市的必要介绍，于是，当旅行者到达目标城市后，路程指南所提供的信息就非常有限了。也就是说，明清时期的路程指南基本上属于单纯的交通指南，由于缺乏对城市资讯的记载，它们还称不上是城市指南。

综上所述，明清时期，特别是明中后期以来，北京城市化进程获得了很大的发展，呈现空前繁荣的景象，使得北京成为全国的政治文化中心，而且逐渐成为一个大型的消费城市和一个日益多元的流动城市。在这种背景下，出现了指导旅行者进京的地图和路程指南，也出现了指导旅行者辨别方位的北京街巷指南如《京师五城坊巷胡同集》，还出现了大量介绍北京风土景物的图书，如《帝京景物略》《长安客话》等，甚至还出现了北京游览指南性质的图书如《宸垣识略》。这些书籍在内容和体例上为北京城市指南的编撰提供了可资借鉴的书写经验，它们中的一些可以被视为北京城市指南的萌芽，但这些书籍或偏重于风土景物的介绍与描述，或单纯地向旅行者提供进京途中的交通指南，大多缺乏对北京城市生活资讯的必要记述，如对旅行者在北京城内的交通、住宿、饮食、购物等信息关注较少。从这个角度看，明中后期至清前中期，北京虽然已经成为一个大型城市，甚至具有了一些现代性的元素，但它的城市资讯服务尚未得到充分发展，这在当时是一个普遍的现象。我们可以看到，与资讯相关的明清出版业已经呈现出一片繁荣的景象，各种资讯类图书，如商业手册、居家指南、尺牍活套、律法一览、为政须知、择吉通书等，被那时的商业书坊源源不断地刊刻出来，但唯独不见城市指南的踪影。这在一定程度上反映了当时人们对城市资讯的需求还没有那么强烈，城市指南的出现，还有赖于城市的进一步发展。随着城市化建设的推进发展，旅京人士日益增多，他们在京的需求也逐渐受到关注，为他们提供京城生活资讯服务方面的指南性书籍变得越来越必要。

第三章

帝都时期的北京城市指南

第一节　晚清时期北京城市指南的代表——《都门纪略》

1.《都门纪略》的开创性

清道光二十五年（1845年），潞河（北京通州）人杨静亭编撰了《都门纪略》，这部书主要是针对外省暂居京城的行旅客商的需要而编撰的，可以称得上是北京最早的城市指南。在序文中，杨静亭说明了他编撰此书的意图，指出了以往记述北京的书，如《日下旧闻》《都门竹枝词》等，都不足以"扩市廛之闻见"。京畿为首善之区，幅员辽阔，风俗美备，街市热闹，"睹阛阓之繁华，燕都第一"。面对人烟阜盛的都城，远道而来的旅京者不免产生迷茫之感，"惟外省仕商暂时来都，往往寄寓旅邸，闷坐无聊，思欲瞻游化日，抒羁客之离怀，抑或购觅零星，备乡间之馈赠。乃巷路崎岖，人烟杂沓，所虑者不惟道途多舛，亦且坊肆牌匾，真赝易淆，少不经心，遂成鱼目之混。"①杨静亭看到，外地旅京者到达北京后，有游览、购物、问路等多方面的需求，却苦于无专著之指导，这是促成他编撰《都门纪略》的动因，即为远省仕商编撰一部京都生活指南。如杨静亭在本书的序文中所言："兹集所登诸类，分列十门，并绘图说，统为客商所便。如市廛中之胜迹，及茶馆酒肆店号，必注明地址与向背东西，具得其详，自不至迷于所往。阅是书者，按图以稽，一若人游市肆。凡仕商来自远方，不必频相顾问，然则，谓是书之作，为远人作，也可。"②

在例言中，杨静亭进一步申明他编撰《都门纪略》的旨趣，即为便利远省仕

---

① ［清］杨静亭编：《都门纪略》，文富堂书坊刊刻，清道光二十五年（1845年）。

② ［清］杨静亭编：《都门纪略》，文富堂书坊刊刻，清道光二十五年（1845年）。

商而作，书中内容的编排取舍均以此旨为依据。这里引述例言中的部分内容如下，以说明之。

　　一　是书之作，原为远省客商而设。暂时来京，耳目难以周知，故上自风俗，下至饮食、服用以及游眺之所，必详细注明，以资采访，庶几雅俗共赏。

　　一　京师铺户林立，市廛货物往往以伪乱真，价亦低昂无定。兹集所开载者字号，皆系一二百年老铺，驰名天下，货真价实，言不二价。

　　一　京师地面辽阔，惟前三门为天下仕商聚汇之所，市廛地址必详细注明，以资采访。内城禁地，外省之人足迹罕至，虽名园胜景以及风土人情，概不载入册内。[①]

由此可见，《都门纪略》的内容针对性强，定位明确，应北京城市发展之需要而产生。此书将目标受众群体设定为"远省仕商"，反映了在当时的赴京旅行者中，士子、官员和商人是最为重要的群体。

《都门纪略》道光初刻本内封面标有"都门杂咏附后"的字样，在编排上，分为上下两卷，上卷是"都门纪略"本文，下卷是所附的"都门杂咏"。上卷"都门纪略"分10门，依次为风俗、对联、翰墨、古迹、技艺、时尚、服用、食品、市廛、词场，并于卷首附北京外城地图。

其中所附的北京外城地图，没有《宸垣识略》中的地图详细，但它是根据内文中的内容绘制的，有助于读者理解后面的内文。关于这一点，杨静亭在例言中

---

① ［清］杨静亭编：《都门纪略》，文富堂书坊刊刻，清道光二十五年（1845年）。

作了说明："京师外城街衢巷口细若牛毛茧丝，兹集图说，限于尺幅，不能备载。进据册内所注市廛地址，绘图开列，以为远省客商寻觅之便。"

"风俗门"中的内容并非关于北京城市民俗的记述，它实际上是为远省仕商提供的在京防范信息，便于远省仕商了解京城流行的骗术和诱惑，以免上当或误入歧途。杨静亭首先提醒旅京客商，京城乃最繁华之地，风俗奢靡，若不能有所克制，极易散尽钱财，陷入困顿之中。

> 京师最尚繁华，市廛铺户妆饰富甲天下，如大栅栏、珠宝市、西河沿、琉璃厂之银楼缎号，以及茶叶铺、靴铺，皆雕梁画栋，金碧辉煌，令人目迷五色。至肉市酒楼、饭馆，张灯列烛，猜拳行令，夜夜元宵，非他处所可及也。
>
> 京师最尚应酬，外省人至，群相邀请，筵宴听戏，往来馈送，以及挟优饮酒，聚众呼卢，虽有数万金，不足供其挥霍。[①]

接着，杨静亭具体列举了几条重要的防范事项：一是兑换银钱，须先打听钱铺虚实，以防被不诚信钱铺欺骗；二是在街市闹区，不可占便宜，以防误入别人设好的圈套；三是初次入京，不知道路，必须雇车，但需要提前了解路程远近，得知大概车价，不致被车夫诓骗。他还特别提醒赴京赶考的士子，不可听人撞骗，谋划舞弊，否则身罹法网，悔之莫及。外省士子来京，住会馆居多，要注意谨防财物被盗。值得一提的是，旅行中的防范，在晚明时期的商业手册、路程指南中就有大量记述，如明万历年间的《新锲纂辑皇明一统纪要·客商规略要览》，就

---

① ［清］杨静亭编：《都门纪略》，文富堂书坊刊刻，清道光二十五年（1845 年）。

详载经商途中可能遇到的各种风险和骗术，提醒经商者加以警惕。但《都门纪略·风俗》是基于一座城市中的防范经验，这和过去以重点记述行程路上的防范是有所不同的。

"对联门""翰墨门"看似属于文学艺术的内容，但实际上包含了店铺、会馆等方面的信息。在"对联门"中，杨静亭首先说明选材的标准，"都中对联之佳者，美不胜收，惟嵌以字号、堂名、地名者载入"。该门共收录10副对联，每副对联所涉及的字号、堂名、地名，都详细注明，便于旅京仕商查寻。例如，"人参铺"的对联：

人居化日光天下

参自清河上党来

——人参铺在珠宝市北口路西

"翰墨门"载录饭馆、酒铺、茶园、药铺、会馆等匾额上的文字书法，并注明其详细地址，所收翰墨15幅。例如，"六必居"的牌匾：

六必居

明严分宜书，笔力极大，字体端严。

——酱园在粮食店北口内路西

由上可见，《都门纪略》之"对联门""翰墨门"依然围绕远省仕商的需求而编排选材，其内容不仅考虑旅京仕商在文学艺术鉴赏方面的需求，而且为其提供了不少店铺、会馆等方面的信息。

"古迹门"为方便远省仕商游览而设，载入古迹11处，分别为都一处内的土龙、翰林院衙门大门外的土旋、道教碑、悬山、架松、古槐、金鱼池、沟渠、黄木、万柳堂、法源寺，这些古迹大部分在外城。杨静亭指出，禁地内的古迹一般人难以靠近，所以没有收录，"京都壮观瞻者，如雍和宫、南北海，俱系禁地，概不载入"。①

"技艺门"记述了5项北京特有手工技艺（绝活）和游艺表演，分别为用离骨散摘牙、搭盖丧棚、殡葬喷纸钱、摔跤、滑冰。"时尚门"的内容比较简单，只记载了3项客商所易见的京都流行时尚，即走堂、轿夫、车夫。"走堂"为市廛茶馆、酒肆中的风尚，年轻的伙计立于顾客旁，能够做到"报菜名至十数种之多，字眼清楚，不乱话，不粘牙，后堂一喊，能令四座皆惊"；"轿夫""俱系年轻力壮，腿健如飞，上身不动，稳而且快"，但也有陋习，喜好逞能斗强，在前后来轿之时，或是人流拥挤处，"以人马赶不上者为能"；"车夫"也讲求速度，陋习是"挺身直走，不能回头"。

"服用门"载商铺56家，所售货品均为仕商日用所需之物，如帽、鞋、靴、扇、香、笔、纸、灯、刀具、肥皂、眼镜、烟袋、药丸、首饰、珠宝、荷包、绸缎、布匹、绣品、洋货等。杨静亭称，"都中珍宝、服物、百货具备"，店铺"不啻亿万家"，但仅就仕商所习用者，选取优质商户，如他在例言中所言："兹集所开载者字号，皆系一二百年老铺，驰名天下，货真价实，言不二价。"

"食品门"载饭馆及各类食品店48家，皆据"市廛著名，为客商所便者载入"。这其中不乏有些知名字号，如东兴居、福兴居、致美斋、便宜坊、月盛斋、都一处、六必居等。

---

① ［清］杨静亭编：《都门纪略》，文富堂书坊刊刻，清道光二十五年（1845年）。

"市廛门"载各种专业市场 20 处，如银市、珠宝市、玉器市、估衣市、米市、肉市、菜市、骡马市、黑市、补拆市、要货市、雀儿市等。载定期庙市和集市 14 处，如药王庙、土地庙、隆福寺、护国寺、东岳庙、都城隍庙、花儿市、厂甸、西鼎、南鼎、中鼎等。载戏园 16 家，如三庆园、庆和园、庆春园等。

"词场门"载 6 家戏班，即三庆班、春台班、四喜班、和春班、嵩祝班、新兴班，并注明各班的著名角色、代表剧目。在记述各大戏班之前，杨静亭还对戏剧的历史及其在北京的流传过程作了较为详细的论述。

由上我们可以看出，《都门纪略》与之前记述北京的图书有根本的区别，它主要围绕旅京仕商在京的需求展开，以购物、消费、娱乐、安全防范为记述重点，为旅京仕商提供有价值的都城生活资讯。以往记述北京的图书，有些偏于景物名胜，如《长安客话》《帝京景物略》《宸垣识略》等；有些偏于岁时民俗，如《北京岁华记》《帝京岁时纪胜》；有些偏于街巷胡同，如《京师五城坊巷胡同集》；有些偏于方志体例，如《苑署杂记》《日下旧闻》《日下旧闻考》等，这些书都不像《都门纪略》这样集中记述旅京者所需的都城生活资讯。就此而言，《都门纪略》是当时的一部新型城市生活指南图书，它的出现，反映了晚清时期北京城市资讯服务的进步。

2. 《都门纪略》的增补与传播

作为一部北京早期的城市指南，清道光二十五年（1845 年）初刻本《都门纪略》尚存在一些不足之处，例如，缺少住宿方面的信息，对于景物名胜的记述偏少等，难以满足旅京者的游览之需。不过，在之后的增补本中，这些方面的内容得到了充实。

目前据笔者所知，至少有以下 7 种版本：同治三年（1864 年）徐永年增补本、同治十一年（1872 年）刻本（题《都门汇纂》）、光绪二年（1876 年）刻本、光绪五年（1879 年）刻本（题《增补都门纪略》）、光绪十三年（1887 年）刻本（题《朝市丛载》）、光绪三十三年（1907 年）刻本、宣统二年（1910 年）刻本（题《新增都门纪略》）。

清道光二十五年（1845 年）初刻本《都门纪略》为两卷本，上卷题为"都门纪略"（后来的一些版本称此卷为"都门杂记"或"杂记"。下文所称"都门杂记"均指此卷），其内容如前文所介绍。下卷题为"都门杂咏"，设此卷是由于"《都门纪略》书成，友人再三怂恿，遂勉强效颦，补成打油诗若干首。凡前人所已载者，概不复赘。仍照前编《都门纪略》，区为数类"。下卷《都门杂咏》与上卷《都门纪略》所分门类相同，也有 10 个门类，依次为风俗、对联、翰墨、古迹、技艺、时尚、服用、食品、市廛、词场。这部分采用竹枝词、打油诗的形式，虽然属于"诙谐嬉笑之歌，言之浅陋"，但能反映"街巷之情"，有助于旅京仕商加深对上卷《都门纪略》内容的理解。

两卷本《都门纪略》发行后，杨静亭很快意识到会馆对于赴京士子的重要意义，便于清道光二十六年（1846 年）又增补一卷《都门会馆》。

> 都中会馆，为乡会士子而设，其法至良且善，一则可以省僦居之费，二则可以联桑梓之情。然会馆都中不下三四百处，《日下旧闻》所载皆系旧馆，并未分晰省馆、府馆、县馆之别，近年又经新葺者亦复不少。兹集核对明确，照省纲、府纲，条分缕晰，某为老馆，某为新馆，某为东馆，某为西馆，某为中馆，并注明坐落某街、某巷，与向背东西，以期士子进京寻觅之便。①

---

① ［清］杨静亭原编；［清］李静山增补：《都门汇纂》，清同治十一年（1872 年）。

　　会馆内容加入后，《都门纪略》便成为三卷本。18年后，至清同治三年（1864年），徐永年对杨静亭的《都门纪略》进行了增补，徐永年的增补本沿用了杨静亭三卷本的格局，最初也是由"都门杂记""都门杂咏""都门会馆"三部分组成，只是在每一部分中补充了一些新内容。徐永年在完成这个增补本后不久，又加入了署名为孙乐的人撰成的"路程辑要"，列于书后，这样徐永年的增补本就由原来的三部分变为四部分，即"一集杂记，二集会馆，三集杂咏，四集路程"。徐永年在序文中指出，先前赖盛远所编撰的《示我周行》，所记路程皆由各省至京师，"此于来京者便，而出京者不相宜。……甲子中秋后，有敝友孙梅溪先生来访，袖出由京师至各省路程一帙，嘱余载于《都门纪略》之四集。余观之许久，见其按程计里，诚为客路之箴规，投宿整装，可拟游人之行止。故将路程一帙，登入《都门纪略》，攒为四集。虽非京都之故事也，似于出京之行旅，堪作神珍矣。"①此后，清同治十一年（1872年）刻本题《都门汇纂》，新增"皇城"和"大内"两卷内容，详述皇城和紫禁城的建筑物和名胜古迹。清光绪五年（1879年）刻本题《增补都门纪略》，又增加了"国朝鼎甲录"和"菊部群英"两卷内容，分别详列清代进士及第名单和梨园子弟名单。至此，《都门纪略》增补版本的卷数和内容框架基本确定，即都门杂记、都门杂咏、都门会馆、路程辑要、皇城、大内、国朝鼎甲录、菊部群英。其各版本增补情况见表3.1。

　　从表3.1可以看出，清同治年间是《都门纪略》增补的重要时期。同治三年（1864年）的版本确立的"都门杂记""都门杂咏""都门会馆""路程辑要"4卷内容，为旅京仕商提供了交通、住宿、饮食、购物、娱乐、名胜游览等方面的信息，这之后的诸多版本也增补了不少内容。虽然不同版本的增补情况存在差异，但大多

---

① ［清］杨静亭原编：《增补都门纪略》，清光绪五年（1879年）。

表3.1　《都门纪略》各版本增补情况

版本	卷目门类							
道光二十五年（1845年）	外城地图	都门纪略	都门杂咏					
道光二十六年（1846年）	未知	都门杂记	都门杂咏	都门会馆				
同治三年（1864年）	未知	都门杂记	都门杂咏	都门会馆	路程辑要			
同治十一年（1872年）	外城、内城、皇城、大内地图	都门杂记	都门杂咏	都门会馆	路程辑要	皇城	大内	
光绪五年（1879年）	地图	都门杂记	都门杂咏		路程辑要	皇城	大内	国朝鼎甲录	菊部群英
光绪十三年（1887年）		都门杂记	都门杂咏	都门会馆	路程辑要			国朝鼎甲录	菊部群英
宣统二年（1910年）		都门杂记	都门杂咏	都门会馆	路程辑要	皇城	大内	国朝鼎甲录	

数版本包含了同治三年确立的4卷内容。

　　清同治十一年（1872年）版本题名"都门汇纂"，增加"皇城""大内"两卷内容，并将原外城地图扩展至外城、内城、皇城、大内都涵盖的整个北京城的地图，且在"都门杂记"之"古迹门"中，增加"京都八景""万寿寺""昆明湖""碧云寺""大钟寺""陶然亭""十刹海"等著名景观。这次增补弥补了以往版本对名胜古迹记述过于简单的不足，将记述范围从外城扩展至整个北京城，可谓是一次重要的增补。但新增的"皇城""大内"两卷内容，基本上摘自《宸垣识略》，编者只是作了些简化处理。

　　清光绪五年（1879年）版本增加了"国朝鼎甲录"和"菊部群英"两卷内容，"国朝鼎甲录"对于士子、官宦及商人来说，有一定的参考价值，所以清光绪、宣统年间的版本大都包含此卷内容。而"菊部群英"的增设，则略显冗赘，因为在"都门杂记"中已对京都梨园作了较为详细的记载。此处又单设一卷，则充分反映了当时戏曲在京城的盛行。对于当时的旅京仕商来说，了解京都梨园信息，在社交中是必要的。

清光绪十三年（1887年）的版本题名"朝市丛载"，这个版本在形式和内容上都有一些创新。形式上，它打乱了原有的卷次顺序，根据内容重新划分门类；内容上，增加了汇号、客店、庙寓、官阶品级、满汉衙署等方面的实用信息。会馆主要服务于赴京赶考的士子，它难以满足普通商人和游客的需求。随着旅京人员的增多和对住宿需求的多样化，商业性的客店显得愈发重要，《朝市丛载》较早注意到了这方面的需求，于是记录了京城客店信息，使其指南性增强。

清宣统二年（1910年）的版本增加了清末新政维新方面的内容，主要体现在对学堂、警察、银行等方面的记录，但这个版本整体上已跟不上时代的发展步伐，在火车已经开通及科举制度已经被废除的情况下，"路程辑要"和"国朝鼎甲录"两卷收录的依然是以往陈旧的内容，显然已无法满足新形势的需要。

3. 《都门纪略》记述的地理空间特征

《都门纪略》各版本所记店铺、戏园、会馆都标注了详细地址，便于旅京仕商查访。对这些地址进行统计，从中可以看出《都门纪略》所记述的地理空间在不同年代的一些变化及其特征。相关内容见表3.2。

表3.2　清道光二十五年（1845年）《都门纪略》店铺分布情况

地点	饭店	服用	戏园	总计	地点	饭店	服用	戏园	总计
东单牌楼	3	2		5	樱桃斜街	1			1
东四牌楼	3	2		5	李铁拐斜街			1	1
西四牌楼	1	1		2	前门肉市	5		1	6

续表

地点	饭店	服用	戏园	总计	地点	饭店	服用	戏园	总计
蒋家胡同	1			1	前门鲜鱼口	3	2	2	7
梯子胡同	1			1	前门西月墙	3			3
菜场胡同		1		1	前门荷包巷	2			2
地安门		3		3	前门粮食店	3		1	4
西直门内	1			1	前门煤市街	3	1		4
德胜门	1		1	2	珠市口		1		1
齐化门北小街		1		1	宣武门大街		3	1	4
兵部衙门		1		1	琉璃厂		10		10
前门内棋盘街		3		3	果子巷	2			2
东江米巷		1		1	虎坊桥	1	1		2
崇文门外大街	1	8	1	10	菜市口铁门	1			1
花儿市大街		2		2	菜市口东路		1		1
崇文门南小市		1		1	土地庙斜街	1	1		2
打磨厂	3	4		7	牛街	1			1
前门大街	4	5		9	南西门外	1			1
前门西河沿		1		1	西直门外	1			1
前门珠宝市		8		8	齐化门大街		1	2	3
廊房头条二条		3	2	5	平则门外			1	1
前门大栅栏	4	4	5	13	天桥		1		1
前门朱家胡同	1			1	南药王庙		1		1
杨梅竹斜街	3	3	1	7	帽巷北门	1			1

从表3.2可以看出，《都门纪略》记载的饭店有56家，服用类店铺有77家，戏园有19处。饭店内外城都有分布，但主要集中在外城。内城主要分布在东单牌楼、东四牌楼；外城主要分布在前门大街两侧的西月墙、打磨厂、肉市、大栅栏、鲜鱼口、煤市街、粮食店、杨梅竹斜街等地。服用类店铺内外城均有，但也主要集中在外城。内城以东单牌楼、东四牌楼、地安门、棋盘街为多；外城以崇文门大街、琉

璃厂、珠宝市、前门大街、打磨厂、大栅栏为多。戏园内城仅德胜门1处，外城主要集中在前门的大栅栏、廊房、鲜鱼口。

表3.3　清光绪十三年（1887）《朝市丛载》店铺、会馆分布情况

地点	饭店	服用	戏园	会馆	客店	汇号	总计	地点	饭店	服用	戏园	会馆	客店	汇号	总计
东单牌楼		3		2			5	石头胡同			1	4			5
东四牌楼	3	3	2				8	王广福斜街				2			2
西单牌楼	3						3	蒋家胡同	1	1		8	1		11
西四牌楼	2	1					3	席儿胡同				3			3
菜场胡同		1					1	外鹞儿胡同				3			3
羊管胡同		2					2	板章胡同				4			4
朝阳门		1					1	外芦草园				2			2
护国寺		1					1	前门三里河		1		2			3
地安门		1					1	薛家湾						2	2
西直门内	1						1	施家胡同				2			2
德胜门	1	1	1				3	前门东小市				3			3
阜成门			1				1	前门南小市		2					2
宣武门内		1					1	冰窖胡同				3			3
东华门				1			1	珠市口		2		13	8		23
兵部衙门		1					1	宣武外大街	1	3		32			36
崇文门西城根				1			1	椿树胡同				8			8
崇文门内大街	1						1	西草厂胡同	1			1			2
前门内棋盘街		3					3	皮库营				2			2
西交民巷		1					1	宣武外青厂				5			5
东交民巷	1			1			2	永光寺				5			5
前门内西城根				1			1	海北寺				4			4
前门内户部街	3						3	香炉营				4			4
崇文门外大街		3	1	2			6	南、北柳巷	1	1		5			7
木厂胡同						1	1	铁老鹳庙				1			1
五老胡同				2			2	前后孙公园				3			3

续表

地点	饭店	服用	戏园	会馆	客店	汇号	总计	地点	饭店	服用	戏园	会馆	客店	汇号	总计
巾帽胡同				2		2	4	琉璃厂	2	40		10			52
南、北官园				2			2	果子巷				1			1
四条胡同		1					1	保安寺街				2			2
东河沿		1		3			4	虎坊桥				9	4		13
花儿市大街		2		1			3	麻线胡同				1			1
堂子胡同		1					1	魏染胡同					1		1
手帕胡同				1			1	骡马市	1			4	6		11
瓷器口				1			1	四川营				1			1
打磨厂	2	4		8	27	5	46	崇兴寺				3			3
深沟				2			2	粉房琉璃街				7			7
前门大街	11	6		11			28	贾家胡同				6			6
长巷胡同		1		21	5		27	潘家河沿				5			5
銮庆胡同				2			2	菜市口				6			6
前门西河沿	1	7		5	21		34	铁门	2			1			3
前门珠宝市	1	7					8	棉花胡同				4			4
廊房头条二条	3	3					6	裴家街				1			1
前门大栅栏	8	11	5				24	烂面胡同	1			3			4
北孝顺胡同		1				1	2	西砖胡同				2			2
前门外观音寺	8	3			2		13	大吉巷				1			1
大耳胡同				1			1	米市胡同	1			5	1		7
延寿寺街	1			3			4	绳匠胡同		1		1			2
羊肉胡同				3			3	南横街				4			4
杨梅竹斜街	1	3		2	8		14	珠巢街				2			2
前门外臧家桥				2			2	官菜园上街				4			4
前门燕家胡同				1			1	半截胡同	1			7			8
前门樱桃斜街	1		2	2			5	盆儿胡同				1			1
猪毛胡同			5				5	土地庙斜街				2			2
陕西巷			5				5	轿子胡同				1			1
李铁拐斜街	1	1	5	1	2		10	门楼胡同				1			1

续表

地点	饭店	服用	戏园	会馆	客店	汇号	总计	地点	饭店	服用	戏园	会馆	客店	汇号	总计
前门肉市	3	1	1				5	彰仪门大街				6			6
前门鲜鱼口	7	4	1	2			14	下斜街				2			2
前门西月墙	3	3					6	报国寺				1			1
前门荷包巷		2					2	齐化门大街				2	1		3
前门粮食店	4		1		6		11	天坛内		1					1
煤市街、桥	5	1		2			8	缴家坑				2			2
前门草厂				24		6	30	东延旺庙				3			3
高庙				2			2	新开路路西							
大外郎营				4			4	紫竹林				2			2
韩家潭			19	2			21	南御河桥				1			1
百顺胡同			6	1			7	柴儿胡同				1			1

从表3.3可以看出，与《都门纪略》相比较，《朝市丛载》所记载的饭店、服用类店铺及戏园在数量上均增多不少。该版本记录饭店共87家，其中内城15家，以东四牌楼、西单牌楼、西四牌楼和户部街为多；外城72家，主要集中在前门大街、大栅栏、观音寺、鲜鱼口和煤市街。戏园共58处，内城4处，分布在东四牌楼、德胜门和阜成门；外城54处，主要集中在韩家潭、百顺胡同、猪毛胡同、陕西巷、李铁拐斜街、大栅栏。服用类店铺共138家，其中内城20家，以东单牌楼、东四牌楼、棋盘街为多；外城118家，集中在琉璃厂、大栅栏、珠宝市、西河沿、前门大街、鲜鱼口。会馆共354处，内城6处，以东单牌楼为多；外城348处，主要集中在前门和宣武门附近，前门多分布于草厂、长巷胡同、珠市口、打磨厂、前门大街、蒋家胡同，宣武门附近多分布于宣武门外大街，琉璃厂，椿树胡同，南、北柳巷，菜市口，半截胡同，米市胡同，虎坊桥，粉房琉璃街，彰仪门大街。客店共94家，都分布在外城，尤以西河沿、打磨厂、

杨梅竹斜街、粮食店、珠市口、骡马市最为集中。汇号共 17 家，主要分布在打磨厂、草厂和薛家湾。

随着清末铁路的兴建，交通方式发生了变革，京汉、京奉、京张铁路陆续建成，北京作为这 3 条铁路线的终始点，很快成为全国重要的铁路枢纽城市。为了让游客熟悉这一新兴的交通工具，掌握购票、乘车等流程及注意事项，各大铁路局纷纷编撰铁路旅行指南，详细记载各车次的时刻、票价、途经站点、货运乘车的规章制度等信息，并简明扼要地记述了沿途重要城市的历史、地理、气候、交通、物产、客栈、饮食、市场、庙会、古迹名胜等信息，以备旅行者参考。京奉、京汉、京张铁路的管理部门都编纂刊行过铁路旅行指南，最早的是清宣统二年（1910 年）发行的《京奉铁路旅行指南》。这部书开篇附正阳门大街、正阳门车站、万寿山、天坛、水关、永定门外的照片，并设"北京大观"专章。此章下分衙署、王公贝勒府第、阁部院大员住宅、旅店、内城饭庄饭馆、外城饭庄饭馆、学堂、报馆、茶楼、戏园、游览场所、胜迹 14 个子目。

与同年出版的《新增都门纪略》相比，《京奉铁路旅行指南》中的"北京大观"只记述与乘客密切相关的信息，简明扼要，一目了然，便于乘客携带和查阅，而且内容上也及时增加了新的信息，如对报馆、电话、铁路局、新式饭馆等信息的记录。

以下对清宣统二年（1910 年）发行的《京奉铁路旅行指南》中所记载的饭店、戏园、会馆、客店信息进行统计，但由于《京奉铁路旅行指南》中没有记录店铺和汇号的信息，对于这两项内容的统计，采用同年出版的《新增都门纪略》中的数据。

统计结果见表 3.4。

表3.4　清宣统二年（1910年）《京奉铁路旅行指南》及《新增都门纪略》店铺、会馆等分布情况

地点	饭店	服用	戏园	会馆	客店	汇号	总计	地点	饭店	服用	戏园	会馆	客店	汇号	总计
东单牌楼		3		1			4	宣武门皮库营				1			1
东四牌楼	4	4				1	9	宣武门外青厂		1		4			5
西四牌楼		2					2	永光寺				7			7
菜厂胡同	1						1	海北寺				3			3
干面胡同				1			1	香炉营				4			4
东安市场			3				3	南、北柳巷				6			6
西安市场			1				1	宣武铁老鹳庙				3			3
东直门大街	1						1	前、后孙公园				8			8
朝阳门大街	1						1	琉璃厂		16		8			24
护国寺		1					1	虎坊桥果子巷	1						1
地安门外	1	1					2	保安寺街				6			6
西直门大街		1					1	虎坊桥				6	1	1	8
齐化门北小街		1					1	麻线胡同				3			3
崇文门西城根				1			1	魏染胡同				1			1
崇文门内大街				1			1	骡马市				7	8		15
前门内棋盘街		1					1	四川营				2			2
西交民巷					2		2	崇兴寺				3			3
金鱼胡同	1						1	粉房琉璃街				11			11
灯市口	3						3	贾家胡同				7			7
东交民巷	1			1		5	7	潘家河沿				8			8
长安街	3						3	菜市口				1			1
总布胡同	1			1			2	铁门				3			3
炒面胡同	1						1	山西街				3			3
钱粮胡同	1						1	棉花胡同				2			2
小街南口	2						2	裴家街				4			4
芝麻胡同	1						1	烂面胡同				6			6
魏家胡同	1						1	西砖胡同				3			3
神路街	1						1	米市胡同	1			8	1		10

续表

地点	饭店	服用	戏园	会馆	客店	汇号	总计	地点	饭店	服用	戏园	会馆	客店	汇号	总计
交道口西	1						1	绳匠胡同				1			1
北新桥	1						1	南横街				5			5
方砖厂胡同	1						1	珠巢街				5			5
小四眼井	1						1	官菜园上街				4			4
报子街	1						1	半截胡同	1			10			11
羊肉胡同	1			4	2		7	土地庙斜街		1		1			2
锦什坊街	1						1	门楼胡同				2			2
新街口	1						1	教子胡同				2			2
护国寺街	1						1	彰仪门大街				6			6
白米斜街	1						1	宣武上下斜街				7			7
前门内西城根	1			1			2	报国寺				1			1
崇文门外大街		2		2			4	齐化门南小街		1					1
翟家口	1					1	2	齐化门北小街				1			1
半壁街		1					1	天桥		1					1
木厂胡同		1				2	3	南药王庙		1					1
五老胡同				2		1	3	缴家坑				3			3
巾帽胡同					8	2	10	东延旺庙				4			4
南、北官园		1		1			2	延旺庙街				4			4
东河沿				2	1		3	新开路				4			4
东便门				1			1	南御河桥				1			1
花儿市大街	2	2		1	14		19	柴儿胡同				1			1
西堂子胡同	1	1					2	稿家胡同	1						1
手帕胡同	1			1			2	宣武炸子桥		1		1			2
磁器口		1					1	灯儿胡同		1					1
打磨厂	1	7		7	27	12	54	东小市		1		1			2
深沟高井胡同		1		3			4	骡驹胡同				1			1
前门大街	1	4		3	2		10	五道庙				2			2
西柳树井				5			5	刷子市				1			1
纸巷子	1						1	紫竹林				1			1

续表

地点	饭店	服用	戏园	会馆	客店	汇号	总计	地点	饭店	服用	戏园	会馆	客店	汇号	总计
取灯胡同	1						1	玉皇阁				1			1
长巷胡同	1			18	9	2	30	校尉营				1			1
銮庆胡同				1			1	贤孝牌				1			1
前门西河沿	4	2		5	31	1	43	驴驹胡同				3			3
排子胡同				2			2	丞相胡同				3			3
三府菜园		1					1	石猴街				1			1
前门珠宝市	2	5					7	兵马司				4			4
廊房头条二条	5	5					10	后赵家楼				1			1
前门大栅栏	2	10	4				16	平乐园胡同				1			1
北孝顺胡同	1	1					2	周家大院				1			1
前门外观音寺	4	3			1		8	十间房				1			1
大耳胡同				1			1	余家胡同				1			1
延寿寺街	2			3			5	车子营				1			1
杨梅竹斜街		3		2	7		12	庆云巷				1			1
前门外藏家桥				1			1	高井胡同				1			1
前门樱桃斜街	1			1			2	抄手胡同				1			1
陕西巷	3						3	梁家园				1			1
李铁拐斜街	2			1	3		6	南大市				1			1
前门肉市	1		1				2	东华门甜水井				4			4
前门鲜鱼口		4	1	2			7	郭家井				1			1
前门粮食店	18		1		9		28	姚江馆夹道				1			1
煤市街、桥	19	4		3	4		30	高爵街				1			1
大纱帽胡同	2						2	裤腿胡同				1			1
前门草厂				26		7	33	举场西墙				1			1
高庙				3			3	缨子胡同				1			1
大外郎营				6			6	大井胡同				1			1
韩家潭	1			1			2	椅子园				1			1
百顺胡同	1			1			2	校场胡同				2			2
石头胡同	2			2			4	西半壁街				1			1

续表

地点	饭店	服用	戏园	会馆	客店	汇号	总计	地点	饭店	服用	戏园	会馆	客店	汇号	总计
王广福斜街	3			1			4	小沙土园				1			1
前门蒋家胡同		1		10	1	2	14	大马神庙				1			1
前门席儿胡同				2			2	大宝极巷				1			1
鹞儿胡同				3			3	前门外兴隆街				1	1	1	3
前门板章胡同				3			3	法元寺前街				1			1
前门外芦草园				3			3	西湖营					1		1
前门外三里河				2			2	蝎子庙					1		1
前门外薛家湾						2	2	沟尾巴胡同					7		7
前门施家胡同	1			2	1		4	湿井胡同					2		2
前门蔡家胡同	1				1		2	云居寺					2		2
前门外东小市				2			2	北火扇					1		1
冰窖胡同				4			4	沟沿					1		1
珠市口	4	1	1	8	12	1	27	茶儿胡同					1		1
宣武门外大街		3		29			32	许家大门					1		1
椿树胡同				8			8	三眼井					2		2
西草厂胡同				1			1								

从表 3.4 可以看出，饭店共 128 家，其中内城 37 家，较为分散，以长安街、灯市口、东四牌楼居多；外城 91 家，以粮食店、煤市街、珠市口、西河沿、廊房、观音寺居多。服用类店铺共 102 家，内城 14 家，以东单牌楼、东四牌楼居多；外城 88 家，以琉璃厂、大栅栏、打磨厂、珠宝市、廊房、煤市街、鲜鱼口居多。戏园 12 家，内城 4 家，集中在东安市场和西安市场；外城 8 家，主要在大栅栏、粮食店、鲜鱼口、珠市口和肉市。会馆 438 处，其中内城 15 处，较为分散，以东华门居多；外城 423 处，主要分布在宣武门外大街，琉璃厂，前、后孙公园，南、北柳巷，骡马市，半截胡同，粉房琉璃街，烂面胡同，米市胡同，永光寺，贾家胡同，上下斜街，椿树胡同，珠市口，蒋家胡同，草厂，打磨厂，长巷胡同，大

外郎营。客店 163 家，都在外城，主要分布于西河沿、打磨厂、巾帽胡同、花儿市大街、粮食店、珠市口、长巷胡同、杨梅竹斜街、骡马市、沟尾巴胡同。汇号 43 家，内城 8 家，以东交民巷、西交民巷居多；外城 35 家，主要集中于打磨厂、草厂。

由上可见，晚清时期北京城市资讯服务得到了稳定的发展，城中会馆、旅馆、饭店、金融机构及销售日用品的店铺逐年增多，这也反映了晚清旅京人数的递增。这一时期赴京旅客以文人士子、官员和商人为主，同时，其他身份的人员，如手艺人、外省雇工、周边灾民、外国游客等，也在日益增多。由于京城内城的种种限制，如《都门纪略》所言，大多旅京人士活跃在外城，尤其是前门、宣武门和崇文门三门外大街，"京师地面辽阔，惟前三门为天下仕商聚汇之所"[1]。因此，店铺、会馆、客店大都集中于外城，且形成"聚市"特征，即店铺、饭店、会馆、客店、戏园、汇号等，根据不同类型，聚集于某一固定地方。如前门的草厂和长巷胡同会馆林立，打磨厂、西河沿聚集了大量旅店，琉璃厂则是书籍、文具和古玩的市场。还有些地方，店铺、会馆和客店都很多，呈现繁华景象，如打磨厂、西河沿、大栅栏、珠市口、粮食店、煤市街、长巷胡同、花儿市大街等。

第二节　晚清时期京、沪、津三地城市指南比较

在城市指南的编撰出版上，北京早于上海和天津，直到清光绪年间，上海和天津才出现类似《都门纪略》的城市指南书籍，而且它们都受到《都门纪略》的影响。

---

[1]　［清］杨静亭编：《都门纪略》，文富堂书坊刊刻，清道光二十五年（1845 年）。

1. 晚清时期上海城市指南代表——《沪游杂记》

清光绪二年（1876年）杭州人葛元煦编撰了《沪游杂记》。仅从书名上看，似乎这是一部关于上海的游记，但实际上它与《都门纪略》的性质相近，是近代上海早期的一部城市指南。这部书共有4卷，记述了上海的行政机构、市政建设、商肆货物、交通工具、地方物产、园林寺观、社会生活、民俗风情及黑幕恶数等方面的状况，是当时旅沪人士的文字向导。

在这部书的序言中，葛元煦自称在上海洋场生活了15年，亲历上海的繁华，在闲暇之余，仿照《都门纪略》，留心于上海当时发生的状况，随记随录，以备游沪宦商便览，其自序文如下。

> 余游上海十五年矣。寓庐属在洋场，耳目所及，见闻遂夥。因思此邦自互市以来，繁荣景象日盛一日，停车者踵相接，入市者目几眩，驾骎乎驾粤东、汉口诸名镇而上之。来游之人，中朝则十有八省，外洋则二十有四国。各怀入国问俗、入境问禁之心，而言语或有不通，嗜好或有各异，往往闷损，以目迷足裹为憾。旅居无事，爰仿《都门纪略》辑成一书，不惮烦琐，详细备陈。俾四方文人学士、远商巨贾身历是邦，手一编而翻阅之。欲有所之者庶不至迷于所往；即偶然莫辨者，亦不必询之途人，似亦方便之一端。若谓可作游沪者之指南针也，则吾岂敢！[①]

葛元煦虽然声称《沪游杂记》仿照《都门纪略》辑成，但他编排内容时并没有像《都门纪略》那样分门别类。这部书前两卷逐条记录葛元煦所知道的上海事宜，

---

① ［清］葛元煦编，郑祖安标点：《沪游杂记》，"上海滩与上海人丛书"，上海：上海古籍出版社，1989年。

包括上海的名胜古迹、风俗习尚、市容面貌、百货物产、饮食娱乐等情况。卷三专记上海竹枝词。卷四记录轮船沿海路程及价目、会馆、公所、租界洋行、丝栈丝号、汇业、洋货、客栈、戏园等实用信息。其卷一、卷二的条目见表3.5。

表3.5　清光绪二年（1876）《沪游杂记》卷一、卷二条目

类别		数目	条目
西洋相关	组织管理	11	租界、租界例禁、江海关、会审公堂、会捕局、工部局、巡捕房、房捐、号头、巡捕、包打听
	风俗习尚	38	赛花会、水龙会、赛跑马、赛跑船跑人、西历、礼拜、大自鸣钟、午正炮、火警钟、洋水龙、西人马车、脚踏车、东洋车、外国秤尺、博物院、保险、拍卖、外国讼师、申报馆、万国公报、格致汇编、照相、油画、电报、各式机器、外国酒店、外国菜馆、外国戏园、外国马戏、外国戏术、外国戏影、东洋戏法、外国药材、火轮车路、千人震、自来风扇、荷兰水、柠檬水
	市容环境	11	马路、阴沟、阴井、大桥、道旁树木、徐家汇花园、外国花园、外国花卉、洒水车、垃圾车、煤气灯
	华人雇工	3	康白度买办、细崽、露天通事
本地传统	名胜古迹	13	上海城隍、武圣宫、邑庙东西园、也是园、徐氏未园、春申侯祠、青莲庵、一粟庵、施庵、黄婆庵、静安寺、龙华寺、红庙
	民俗习惯	9	神诞日、城隍会、茅山会、盂兰盆会、兰花会、菊花会、棉花生日、仙人看香头、斗鹌鹑
	防范杜骗	18	搭轮船、流氓、拆梢党、豆腐党、放白鸽、坍头搭脚、台基、白蚂蚁、女荐头、野鸡、挑水夫、车夫、箩杠、掉包、舢板、剪绺白撞、救食生洋烟、青楼二十六则
	流行时尚	13	教习英文文字、广方言馆、时式衣履、轮船招商局、房价、新报馆、书画家、白鸽票发财票、公估局、汇划庄票、豆规平色、插息贴新贴现、救生轮舟
	百货物产	27	各货聚市、京货、洋广货物、花布、宝珍膏、痧药、针线机器、粤东珍禽、吕宋烟、雕翎扇、书画灯、笺扇、百灵台、菊花山、火油灯、焰火、小车、救命肚带、气裤气垫、百虫挂屏、玻璃器皿、提金炉、古玩、藤器、水蜜桃、羊城瓜果、法华牡丹
	饮食娱乐	8	酒馆、茶馆、烟馆、广东茶馆、城中食水、客栈、盆汤、戏园
	其他	8	上海交界里数、放生羊、放生鼋、掮客、长人矮人、牛痘局、善堂、制造局

从表 3.5 可以看出，《沪游杂记》比较关注租界的情况，对租界的管理规定，以及外国人的生活方式、日用器具、管理组织等着墨颇多，且在篇首附有多幅外国国旗图片，这与《都门纪略》形成了鲜明对比，《都门纪略》对于外国使馆区及北京外国人相关信息几乎没有记载。这反映了近代上海在对外开放为商埠后，受西方国家的影响更为明显，它的繁荣带着浓重的西方烙印。《沪游杂记》描述了大量从国外传入的新鲜事物，如水龙会、赛跑马、保险、拍卖、照相、电报、洒水车、垃圾车、煤气灯等，从这些记述中可以看出，西方的生活方式、文化习惯及市政管理制度已经不可抗拒地进入上海，使近代上海呈现出有别于中国本土封建城市的新面貌，但这种新面貌是一种畸形的发展景象，它终究受困于西方殖民主义的制约，其繁华的背后遮不住黑暗与罪恶。在《沪游杂记》中，葛元煦以十分严肃的态度，记录了近代上海的种种黑暗面，希望引起人们的警觉。例如，葛元煦在书中说："上海烟馆甲于天下。"并在卷三中专载《洋烟害》，揭露洋烟的危害，劝诫人们远离洋烟。又如，对于妓院的记述，葛元煦指出，上海自通商后，北市繁华，日盛一日，妓院也集中于北市，"北市烟花遍地，淫靡成风"，对于此种丑恶现象，葛元煦认为，"不载则嫌其缺略，详载又恐伤风化"，最终葛元煦还是收录了"青楼二十六则"，并在卷三中载《冶游自悔文》，以劝诫世人勿入歧途。

晚清时期的北京，作为国家的首都已有 600 年的历史。北京是全国的政治中心和文化学术中心，这里聚集了大批朝廷命官、皇族贵戚、文人学者及赴京赶考的士子，所以，为方便士子而设的会馆及列有进士名录的"国朝鼎甲录"成为《都门纪略》后来增补的重要内容，而《沪游杂记》关于此类内容的记述很少，这反映了晚清时期北京、上海两座城市的主要人群构成不同。《都门纪略》虽然强调为"仕商"服务，但在当时，"仕"和文人是北京这座城市的主体，"商"在很大程度上依赖

"仕"和文人群体的消费；而晚清时期上海的城市人群构成更加多元，"仕"和文人仍是上海这座城市的重要群体，但不像北京那样具有举足轻重的影响力。

　　同《都门纪略》相似，《沪游杂记》出版后也大受欢迎，10年以后"来游兹土者依然索购不已"。后来，葛元煦的好友袁祖志对《沪游杂记》进行了一次重要的修订，增加了一些新的条目，并于书后新增《书申江陋习》《时事论说新编八则》《沪游纪略》等文章和诗词，于清光绪十三年（1887年）正式推出《重修沪游杂记》。

2. 晚清时期天津城市指南的代表——《津门杂记》

　　清光绪十年（1884年）寓居天津的张焘辑成《津门杂记》一书。张焘在序文中声称本书乃仿《都门纪略》《沪游杂记》之作①。全书共分上、中、下3卷：上卷和中卷多描述天津的历史、地理、名胜古迹、风俗习惯、管理机构等情况，下卷则记述了大量租界及外国人生活的情形，其内容条目见表3.6。

表3.6　清光绪十年（1884）《津门杂记》内容条目

上卷	考略、形胜、交界、城池、河渠、海口、七十二沽说、濠墙、各衙门行馆住址、书院、税关、新设兵营、会馆、浮桥、古楼、仓库、盐坨、古迹、专祠、龙亭圣庙、各庙宇、清真寺、烈女墓、芥园、艳雪楼、天津剿寇纪略、岁时风俗、婚娶、丧礼、出大殡、乡甲局、水会、义学、迎春、扶犁
中卷	各善举、采访局、与祭会、洒扫会、灯牌会、官书局、备济社、施种牛痘局、广仁堂、名宦、近科甲第、书画家、艺术、机器局、水师学堂、挖河船、电报、轮船招商局、开平矿务局、时令、灯节、烟花盒子、天后宫、皇会论、四月庙会、峰窝、金顶妙峰山、盂兰会、登高攒斗、巡更下夜、年年在此、祭灶过年、姑娘子、混星子、有门坎、化缘、仙家搬运、冰床、跑凌鞋、妓馆、小班、下处

---

① ［清］张焘编：《津门杂记》，清光绪十年（1884年）。

续表

下卷	戏园、杂耍馆子、唱落子、天津论、花厂、雪弥勒、敲诗、钱帖、食品、厉坛寺、减当利、打印子、津门杂咏、新修官道、官道条例、脚驴东洋车、高丽馆、外国租界、租界例禁、驻津各国领事官、洋行、租界工部局巡捕、施医养病院、邮政局、北洋水师办公处、天主教堂、医养病院、耶稣教堂、妇婴医馆、西历、礼拜、外国节期、赛跑马、洒水车、衣兜烟卷、外国花园、外国坟地、广东神、盆汤、叫卖、客栈、脚行、中外国异俗、由津出口货物、税则水脚附略、轮船搭客价目

张焘出生于北京，自幼随父移居天津，写《津门杂记》的时候，他已经在天津生活了近30年，对近代天津的变迁和状况十分熟悉，书中所记有不少是他自己耳闻目睹的。在自序中，张焘虽然自称编写的这部书仿效《都门纪略》《沪游杂记》而作，但是，与这两部书相比，《津门杂记》更像是一部传统的杂记或笔记，而算不上是一部严格意义上的城市指南。一方面，张焘并没有在书中明确表示想要编纂一部天津指南书籍的意图；另一方面，《津门杂记》中关于店铺、住宿、交通等城市生活资讯方面的内容非常少，难以起到作为城市指南的用途。但它又是同时期的天津文献中比较接近《都门纪略》《沪游杂记》的，所以将之与《都门纪略》《沪游杂记》放在一起讨论。

《津门杂记》对晚清时期天津的风俗人情记述得较为详细。除"岁时风俗""婚娶""丧礼""出大殡""时令""灯节""烟火盒子""四月庙会""金顶妙峰山""盂兰会""祭灶过年"等直接记载传统习俗外，还有不少内容真实地反映出了当时因"中外互市，华洋错处"，而使得中西文化在这座城市中交相碰撞、融合的局面。例如，下卷"衣兜烟卷"记载："紫竹林通商埠头，粤人处此者颇多。原广东通商最早，得洋气在先，类多效泰西所为。尝以纸卷烟叶，衔于口吸食之。又如衣襟下每作布兜，装置零物，取其便也。近则津人习染，衣襟无不作兜，凡成衣店、估衣铺所制新衣，亦莫不然。更有洋人之侍童马夫辈，率多短衫窄裤，头戴小草帽，口衔烟卷，时辰表链，特挂胸前，顾影自怜，唯恐不肖。"这段文字描述了晚清时期天津人是如何受西方的影响而吸食卷烟的。又如下卷"赛跑马"中，不仅记载了西人赛马的情景，而且还描述了每至赛马时节便出现"万人空巷"的盛况。

3. 从城市指南看晚清时期京、沪、津三地的城市特征及影响

通过比较晚清时期北京、上海、天津三地的城市指南，可以看出以下几个方面的特点。

第一，城市指南的出现与流行，跟城市发展的状况息息相关，它是城市发展到一定阶段的产物。晚清时期，北京、上海、天津三地先后出现以《都门纪略》《沪游杂记》《津门杂记》为代表的城市指南，反映了近代前期三地城市化都有所发展，流向三座城市的人口逐渐增多，人们对城市生活资讯方面的需求增加。在城市指南的编纂出版方面，北京首开先河，对沪、津二地的城市指南的编纂出版起到了重要的推动作用。

第二，上海、天津自近代通商互市后，发展迅速，于清光绪年间呈现繁华景象。在西洋文化的影响下，上海、天津的城市生活呈现出一种现代性的气息，对于前往上海、天津的旅客来说，了解租界与西洋人的生活，以及一些现代化的时尚是十分必要的事情，因此，《沪游杂记》和《津门杂记》记载了大量外国租界的情况，以及新鲜的时尚讯息。而北京与它们相比存在明显的差异，作为晚清政府的统治中心，北京的闭关自守政策受西洋文化的影响较小，以至于我们在当时流行的北京城市指南中都难以发现对使馆区和外国人生活方式的记述，这反映了北京的城市特征与它作为政治中心的地位息息相关。就城市本身而言，晚清时期的北京、上海、天津都获得了较大的发展，但北京与上海、天津的发展路径不同。从整体上看，北京城市的发展是内向型的，它主要依靠本土传统的积累不断前进，而上海、

天津的城市发展是外向型的，受外力的影响较大。

第三，晚清时期北京、上海、天津之间的互动联系加强，在很多方面相互影响。三地城市指南的编撰出版本身就是一个例子，上海、天津的文人能够获知北京的城市指南，从而编撰本地的城市指南。另外一个例子是戏曲的传播，北京的戏曲传入上海，成为上海的新时尚。"自京班来沪，一时官商士庶强半京装。其甚者，男则宽衣大袖学优伶，女则靓妆倩服效妓家。相习成风，恬不为怪。上海初不知二黄调，今则市井儿童亦能信口成腔，风气移人，一至于此"。[①] 京货也受到了上海人的追捧，"沪俗装束竞尚京式，棋盘街、宝善街新开京货铺四五家，所售皆内城靴鞋、雕翎扇、各式时新绣货、挂件耍货，无不咸备。"[②] 而许多来京旅行的外国人，也大多从上海、天津进入北京。

第三节 晚清时期英文北京城市指南的出版

近代以来，旅京外国人增多，一些在北京有旅行或居住经历的外国人，结合自己在北京的旅居经验，编撰了不少指导外国旅客游览北京的指南。早在19世纪末，就出现了多部外文北京城市指南，其主要受众对象是来华旅游或定居的外国人，编者以商人和传教士居多。因为主要服务于来华的外国人，因此外文北京城市指南主要记录与外国人在京生活和旅行息息相关的内容，例如，到北京的路线、交通及出发前的准备，北京的外国使馆、商店、餐馆及名胜古迹，等等。

---

① ［清］葛元煦编，郑祖安标点：《沪游杂记》，"上海滩与上海人丛书"，上海：上海古籍出版社，1989年。

② ［清］葛元煦编，郑祖安标点：《沪游杂记》，"上海滩与上海人丛书"，上海：上海古籍出版社，1989年。

比较早的外文北京城市指南是英国人丹尼斯（N.B.Dennys）在清同治五年（1866 年）编撰的《中国北部旅行须知》（*Notes for Tourists in the North of China*）。丹尼斯最初的设想是编撰一部北直隶的旅行指南，但书成后，有 2/3 的篇幅是记述北京的，因此，这部书算是一部北京及周边地区的旅行指南。该书的内容框架见表 3.7。

表3.7　丹尼斯《中国北部旅行须知》内容细目

1	大沽	
2	从大沽到天津	
3	天津	使馆、商店
4	从天津到北京	路线、交通、出发前的准备
5	北京	护照、换钱、住宿、旅店、费用、北京概况、外城、天坛及其他庙宇、购物、商店、戏园、内城、大内、皇城、外国使馆、法国教会使团、观象台、贡院、雍和宫、孔庙、圆明园、西山诸庙

10 年后，清光绪二年（1876 年）香港《中国邮报》办公室（China Mail Office）在丹尼斯《中国北部旅行须知》的基础上发行了一部更为详尽的北京城市指南，即《北京及周边地区旅行指南：附北京及周边地区略图》（*Guide for Tourists to Peking and its environs: With a plan of the city of Peking and a sketch map of its neighbourhood*）。这部书的框架非常清晰，它先介绍从天津到北京的路线，然后介绍北京的概况，包括历史、人口、地形、气候、城墙城门，接着依次介绍内城、外城的主要建筑，最后介绍了北京近郊的一些区域，如西山的寺庙、妙峰山、长城、明陵等。该书在光绪十四年（1888 年）、光绪二十三年（1897 年）又分别在北京、天津专门印发，因此它是 19 世纪晚期比较流行的英文北京城市指南，具体见表 3.8。

表3.8 《北京及周边地区旅行指南：附北京及周边地区略图》内容细目

1	从天津到北京	路线、交通方式、时间、旅行准备
2	北京概况	历史、人口、地形、气候、城墙和城门
3	内城	皇城、大内、煤山、御河桥、北堂、外国使馆、旅馆、观象台、贡院、总理衙门、雍和宫、文庙、俄国教会使团、北京医院、新教教团、钟鼓楼、帝王庙、白塔、南堂、清真寺、都察院
4	外城	天坛、先农坛、店铺、集市
5	近郊	南海子、天宁寺、白云观、月坛、八里庄、五塔寺、大钟寺、海淀、万寿山、玉泉山、圆明园、日坛
6	远郊	西山寺庙、八大处、香山、碧云寺、卧佛寺、戒台寺、妙峰山、房山、云水洞、百花山、长城、古北口、居庸关、八达岭、张家口、十三陵

光绪三十年（1904年），英国立德夫人（Mrs. Archibald Little）结合自己的亲身游历撰写了一部北京城市指南——*Guide to Peking*，[1] 这部书没有划分门类，只是罗列了一些名胜古迹景点，主要包括城墙、紫禁城、煤山、小白塔、三湖、团城、大高玄殿、天坛、先农坛、金鱼池、雍和宫、国子监、石鼓、辟雍宫、大钟寺、五塔寺、钟鼓楼、观象台、贡院、隆福寺、护国寺、土地庙、报国寺、帝王庙、白塔寺、旃檀寺、地坛、日坛、月坛、白云观、东岳庙、八里庄、卢沟桥、西山、八大处、卧佛寺、碧云寺、玉泉山、万寿山、十三陵、万里长城、西陵、汤山等。这部书的编者是英国商人立德的妻子，立德于咸丰九年（1859年）到达中国，他开始从事茶叶贸易，还参加过洋枪队。立德夫妇都是中国通，他们编撰出版过不少关于北京的书，如立德的《扁舟过三峡》，以及立德夫人的《穿蓝色长袍的国度》《我的北京花园》《李鸿章一生与他的时代》等。另外，立德夫人在北京发起过中国妇女天足会，她曾经和李鸿章就反对裹足问题当面辩论。

---

① Mrs. Archibald Little. *Guide to Peking*. Tientsin Press Limited, 1904.

　　宣统元年（1909 年），汉斯·巴克（Hans Bahlke）编撰出版了《北京及周边地区指南》（*Guide to Peking and Neighbourhood*），[①]这部书附有前门、德华银行、北京马车、天坛、黄寺、颐和园等 32 幅照片，其内容细目见表 3.9。

表3.9　汉斯·巴克编撰的《北京及周边地区指南》内容细目

1	北京之行、到达北京、旅馆、交通工具、邮局、银行、使馆区、医院、洋行、北京旅行计划（按天数推荐旅游路线）
2	内城：东单牌楼、东四牌楼、雍和宫、国子监、孔庙、辟雍宫、鼓楼、钟楼、观象台、贡院、西四牌楼、帝王庙、白塔寺、北堂、南堂、礼拜寺、地安门
3	外城：天坛、先农坛、金鱼池、琉璃厂、土地庙
4	北城：地坛、黄寺、大钟寺
5	西城：五塔寺、万寿山、农事试验场、钓鱼台、白云观、月坛、天宁寺
6	南城：南海寺、东岳庙、日坛
7	外郊：圆明园、颐和园、万寿山、玉泉山、卧佛寺、碧云寺、大觉寺、八大处、八里庄、卢沟桥、南口、居庸关、八达岭、万里长城、十三陵、汤山

　　晚清时期多部英文北京城市指南的出版，反映了这一时期到北京旅行的外国人的数量逐渐增多。这些英文北京城市指南大都篇幅不长，多则 100 页左右，少则仅二三十页，但它们的针对性很强，紧紧围绕旅行必备的资讯及他们对北京这座城市感兴趣的地方进行编写，主要包括两大方面的内容：一是行程安排，包括交通路线、出发前的准备、抵京后的食宿与购物等；二是景点介绍，一般按照内城、外城、近郊的顺序依次介绍外国人感兴趣的游览景点，有的指南甚至推荐了游览北京的路线。

　　晚清时期英文北京城市指南的内容虽不及《都门纪略》丰富，但它们作为城市指南的性质更加明显。《都门纪略》虽然也具有较强的针对性，杨静亭强调了

---

① Hans Bahlke. *Guide to Peking and Neighbourhood*. Tientsin: Tageblatt fuer Nord-China, 1909.

为来京的"远省仕商"服务的编撰目的，但我们还很难从这部书中感受到现代意义上的旅行意识和观念。而此时期的外文北京城市指南，则已经有了一定的现代意义上的旅行概念，它们是真正意义上的关于北京的旅行指南。

北京的历史建筑和名胜古迹对外国旅行者具有较大的吸引力，晚清时期英文北京城市指南大都对这一部分内容给予了重点记述。光绪二年（1876 年），《北京及周边地区旅行指南：附北京及周边地区略图》的序文中提到北京吸引外国游客的地方，"随着交通的便利，北京的古老文化，作为首都的地位，以及多不胜数的优秀建筑、寺庙等名胜古迹吸引了越来越多的西方游客。"[1]

---

[1]　*Guide for Tourists to Peking and its environs: With a plan of the city of Peking and a sketch map of its neighbourhood.* Hongkong: China Mail Office, 1876.

第四章

国都时期的北京城市指南

　　城市指南是一种时代性较强的书籍，它随着时代的变化不断更新，且具有一定的价值倾向性。民国肇始，北京由帝都变为国都，社会发生了巨大变化，旧有的北京城市指南已不再适应当时的新形势。伴随着社会经济的发展，城市化进程的推进，以及其他多种因素共同催生出国都时期的新的北京城市指南。

第一节　国都时期北京城市指南的出版——从《新北京》到《北京游览指南》

1.《新北京》《新北京指南》的出版

　　1914年，北京撷华书局推出一套新北京城市指南，分为上下两编，上编题名"新北京"，下编题名"新北京指南"，上编和下编单独成册，实为两册书。

　　这套书的序文提到，编撰新的北京城市指南的目的，首先是出于实际的需要，"自民国以来，文明进化，北京犹是而诸务全非，以前旧有诸书，近今多不适用。"①北京变化之快，不仅令初入京城的人感到迷茫，即便那些久居京城的人也不免感到困惑，为适应新的环境，编撰新的北京城市指南日显必要。"自共和肇造以来，百度维新，大之政、学、军、警各界，小之局、馆、楼、园所在，或原无而今有，或地是而名非，文物声华，日渐其盛，非第入国都者不胜询俗问禁之劳，即久住京华者亦难获攸往咸宜之便。"②其次，关于新北京城市指南的编撰，作者邱钟麟还寄以宣扬维新思想的期望，民国已确立三年，若不及时记录维新景象，则"革故鼎新之事业何以流传于四表并昭示于来兹？"书成后命名为"中华民国新北京"，

---

① 邱钟麟编：《新北京指南》，北京：撷华书局，1914年。

② 邱钟麟编：《新北京》，北京：撷华书局，1914年。

"窃取周虽旧邦，其命维新之意"。[1] 此书的编撰，既可作为入京旅行的向导，也可作为共和维新思想的宣传手册，指导广大市民和旅京者树立新风尚，"言政治则知所法守，言风俗则知所习尚，言实业则知所发达与竞争"，[2] 以实现共享自由幸福之目的。

上编《新北京》分为 12 类，分别为天象、地理、共和成立、宪法、议院、公署、官制、服制、礼制、清皇室、国旗、附录。另外，卷首附北京详细地图及中华门、新华门、大总统、副总统摄影图画。内容细目详见表 4.1。

表4.1　1914年《新北京》内容细目

类目	内容细目
图画	北京详细地图、中华门摄影、新华门摄影、大总统肖像、副总统肖像
天象	北京之位置：北京经纬度数、北京经纬度数与各省会比较表 北京之历数：北京中央观象台考略、北京中央观象台仪器考、北京与各省会时差比较、北京与世界名都时差比较、中华民国三年中央观象台历书
地理	北京之沿革、北京之形势、北京之气候、北京之山川、北京之城池（附北京与各国首都对照表）、北京之街道（附北京马路全图）、北京之人文（附北京与各都会人口比较表）、北京之关隘
共和成立	大总统组织临时政府命令、参议院宣布举定临时大总统电文、临时大总统改用阳历之布告、临时大总统誓词、临时大总统赦罪令等11条
宪法	中华民国约法
议院	参议院、众议院、政治会议议场、政治会议接待所、约法会议会场
公署	国务院、外交部、内务部、财政部、陆军部、司法部、教育部、农商部、交通部等公署公告
官制	国务院、法制局、印铸局、蒙藏事务局、外交部、内务部、财政部等机构官制
服制	男子礼服、女子礼服、学校制服规程、陆军服制、海军服制等10条
礼制	谒见大总统规则、觐见条例、学校仪式规程、陆军礼节等11条
清皇室	清皇帝退位谕旨原文

---

① 邱钟麟编：《新北京》，北京：撷华书局，1914 年。

② 邱钟麟编：《新北京》，北京：撷华书局，1914 年。

类目	内容细目
国旗	国旗、陆军旗、海军旗（附各国旗式）
附录	国庆日纪念日、公文书程序、大总统受任后各国颂词

从表4.1的内容细目中可以看出，上编《新北京》所载内容，很多是全国通行之事，侧重于记述民国时期新颁布的各项章程规则，欲使各界易于奉行遵守。此部分并非纯粹为介绍北京城市而设，而是在有意识地宣扬民国维新主张。与其说它是北京指南，倒不如说是写给旅京者及北京市民的民国指南，如本书凡例所言，上编乃是"中华民国革故鼎新之大凡也"。

下编《新北京指南》分20个大类，分别为教派、会社、军防、警察、学务、报馆、会馆、栈店、使馆、市廛、营业、服饰、饮食、存古、风尚、梨园、乐户、慈善、卫生、杂录。其内容细目见表4.2。

表4.2　1914年《新北京指南》内容细目

类目	内容细目
教派	孔教、宗教（释教、道教、喇嘛教、回教、耶稣教）
会社	会（政学、实业、各界公会）、社
军防	军政、军法、宪兵、京卫军、拱卫军、禁卫军、步军、陆军、稽查
警察	总厅、区署、队所、违警律（商铺应守简章、特许广告规则、挂失票办法、管理旅店规则、呈报营业规则、呈报建筑规则）
学务	各部直辖学校（大学校、专门学校、军警学校）、学务局所辖各项学校（师范学校、中学校、实业学校、小学校、蒙养园、补习学校、女学校）、学区、图书馆、宣讲所、学校系统表、学校征收学费规程、学校学年学期及修业日期规程、教育部规定收受转学学生规则
报馆	公报、日报、杂志、外国文字报
会馆	各省会馆、各行会馆
栈店	中国栈店、外国旅馆、日本旅馆
使馆	各国使署、各国兵营、各国邮政、东交民巷地图

类目	内容细目
市廛	银钱市、珠宝市、玉器市、食品市、衣品市、鸟兽市、杂货市、市场、夜市、故物市
营业	钱业（银行、银号、钱庄、炉房、金店、汇兑庄、账局、公估局、货币）、当铺、货栈、屯栈、转运公司、洋行、矿物、拍卖行、保险（保火险、保人寿险）、镖局、信局、车行（汽车、马车、人力车、大车、轿车、脚踏车）、工厂（铜铁、织布、纺纱、呢革、印刷、造纸、面粉、碾房、肥皂洋烛、火柴、锯木、木厂、工程、花厂、料器、玻璃店）、各业店铺（照相、镶牙、理发、洗衣、电器、染坊、颜料、书铺、学堂仪器、球房、音乐、纸张、南纸、笔墨、扇画、洋广杂货、烟、纸烟、煤油、煤炭、铜铁锡器及烟袋、木器、新式木器、漆店、寿器、瓷器、五金杂货）
服饰	服用（绸缎庄、绸缎洋货、顾绣、丝线、布店、军衣庄、新衣庄、寿衣铺、帽局、鞋铺、皮靴店、袜铺、皮货、绒货、估衣铺、雨衣）、妆饰（首饰楼、珠宝、玉器、古玩、钟表、眼镜、嫁妆铺、花粉香水、香烛熟药铺、银器铺、徽章铺）
饮食	酒（酒店、酒局、酒馆、中外酒目）、食（饭庄、饭馆、豫茶馆、闽菜馆、粤菜馆、南菜馆、包办教席、番菜馆、中外菜目、点心店、宵夜店、咖啡店、肉食店、小菜店、干鲜果局、糕点铺、外洋糕点、奶酪、南货店、糖行、冰店、酱园、海味店、野味、茶叶、罐头、茶社、茶楼、茶轩、清茶馆、盐店、米局、油房）
存古	坛、庙、殿、祠、寺、观、庵、宫、院、堂、故宅、古迹、名胜（山林、水泉、园亭、庙寺）、金石、翰墨、陵寝、冢墓（墓、义冢、各国茔坟、丙舍）
风尚	风俗（冠旧俗、婚旧俗、丧旧俗、祭旧俗、四时旧俗、四时新俗）、时尚（新名词、集会、演说要诀、宴会、华人与西人交接通则、男装束、女装束、文明结婚、文明仪式、文明游戏、文明器具）
梨园	戏班、角色、名伶列传（附名伶小影）、文明新戏、影戏、马戏、电影、书馆、词场、杂技、管理戏园规则、捐章三则
乐户	清吟小班、二等茶室、三等下处、日本妓院、西洋妓院、名花摘艳（附名妓小影）、管理乐户规则、乐户捐章摘要
慈善	义会、水会、善堂、教养院、京师济良所章程
卫生	药行及药铺、丸药、著名专门丸散膏丹、药房、参局、医院、中医、西医、东西洋医生、自来水、汽水、浴堂、修脚、电灯
杂录	律师、书画家（书家、画家、传真）

对其中部分门类设置的构想，该书"例言"部分作出了具体说明：

一　各项章程规则，多属通行之件，非限于北京一隅者，但北京事务殷繁，莫不以法律为范围，兹特摘要登录，以便各界易于检查遵守。

一　市政系创立机关与商民有密切关系兹列入市廛类内，阅者可详参之。

一　饮食服饰为日用所必需，所载商号皆系著名之家，仅据调查时所知者列入，庶外来客商不至真赝莫辨。

一　北京名胜、金石、翰墨、风尚为全球视线所注，特详为记载，以供游览考古者之快睹。①

由内容细目和门类设置可见，下编《新北京指南》大部分内容围绕北京城市方方面面展开，切于旅京者及北京市民的实际需求，可以说是名副其实的北京城市指南。

将《新北京》《新北京指南》与晚清流行的《都门纪略》相比较，会发现明显的不同。具体见表4.3。

表4.3　《新北京》《新北京指南》与《都门纪略》相对照所增删的内容

新增条目	删除条目
天象、地理（北京历史地理概况） 共和成立、宪法、议院、礼制、国旗等（新政体） 各项法规条例、规章制度 使馆、洋行、西医、西餐 报馆、图书馆、博物院、电报、邮政、拍卖、火车、电灯、电影、工厂、新式礼俗、律师、会社、教派 乐户妓院	国朝鼎甲录 都门杂咏 路程辑要

① 邱钟麟编：《新北京》，北京：撷华书局，1914年。

　　《新北京》《新北京指南》与晚清《都门纪略》的不同点主要体现在以下几个方面：

　　（1）所预设的受众群体不同。

　　《都门纪略》预设的主要受众群体是远省赴京的仕商，即士子、官员和商人，其内容选取以他们的需求为根据，只收录对远省仕商有用的信息，如在谈京都风俗时，杨静亭注明选材的依据："京师风俗，最为淳厚，笔难尽述，惟无关于仕商者，概不载入。"① 由于当时前三门（宣武门、前门、崇文门）为天下仕商聚会之所，因此，《都门纪略》所记载的内容，大都限于外城，尤其是前门外大街、宣武门外大街和崇文门外大街。

　　《新北京》《新北京指南》预设的主要受众群体，仕商仍是其重要的部分，但它们比《都门纪略》预设的受众更为广阔，仅从序文的表述上就能看出这一点。《新北京》《新北京指南》较少使用远省仕商这样的词汇，而是表述为"政学军警商各界"，或使用"旅客"称呼，而且还照顾到已在北京定居的市民。这反映了进入民国后，随着社会环境的变化，北京城市人口的构成及旅京群体日益多元化。在这种情况下，《新北京》《新北京指南》在选材上不再拘泥于仕商群体的需求。

　　（2）编撰目的不同。

　　《都门纪略》的编撰目的较为纯粹，即为远省仕商提供旅京指导。《新北京》《新北京指南》除了作为旅京指南之外，还具有较强的政治意图和革新意识，它们被寄以维新变革推介和北京城市推介的期望。《都门纪略》仅为旅京仕商提供

---

① ［清］杨静亭编：《都门纪略》，文富堂书坊刊刻，清道光二十五年（1845 年）。

资讯服务，它还不具备向外推介和宣扬北京城的意识。而《新北京》《新北京指南》有一个较为完整的北京城市构想，并有意识地向外展示当时北京城市的形象，且将北京视为城市多元化发展的重要实践中心。

（3）记述的范围不同。

在记述的空间范围上，《都门纪略》所记述的范围以外城为主，而《新北京》《新北京指南》所记载的事项，范围涵盖了整个北京城及其周边地区。另外，《新北京》《新北京指南》收录了大量晚清新政时期及民国初期的维新内容，弃用了原《都门纪略》中不相适应的门类，如国朝鼎甲录、路程辑要等。同时，对使馆区和旅京外国人也给予了较多的关注，如西医、西餐、洋行、使馆等，这部分内容在《都门纪略》中几乎没有记载。这一方面反映了不同时期北京城市指南的编撰者在接纳外来事物上的态度；另一方面也反映了在北京居住或旅行的外国人越来越多，他们逐渐成为北京城中的一个重要群体。

2. 中华图书馆《北京指南》

1916年，中华图书馆推出了《北京指南》，该书分为10卷，依次为地理、行政、公共事业、交通、食宿游览、实业、俗礼、名胜、杂录、北京京城地名表。另在卷首设"国宪"，卷首前有18张人物和景物照片，以及一幅最新北京五彩详细全图。[①] 具体内容细目见表4.4。

在序文和凡例中，中华图书馆编纂的《北京指南》基本使用"旅客"替代以往的"仕商""客商""政学军警商"等称呼，更为强调交通方式的改进，以带动北京城市旅行业的发展。

---

① 中华图书馆编辑部编：《北京指南》，上海：中华图书馆，1916年。

表4.4　1916年中华图书馆《北京指南》内容细目

类目	内容细目	备注
图画	黎大总统肖像、正阳门摄影、京汉铁路总车站摄影、颐和园全景摄影、中华门摄影、新华门摄影、东安市场摄影、西安市场摄影、京张铁路车站摄影、京奉铁路总车站摄影、天坛之正门摄影、京汉铁路局摄影、颐和园正门摄影、三贝子花园摄影、金台旅馆摄影、第一舞台摄影、第一劝业场摄影、青云阁商场摄影、最新五彩北京详细全图	
国宪	中华民国临时约法、国会组织法、议院法、五年七月颁定之公文程式令（附图式）、九政团地址人物一览表	
地理	疆域（北京之建置沿革、北京之地望与疆界、北京之形势、北京之气候、内城之大概、皇城内之大概、外城之大概、北京之街制、北京新开街道及城内、西苑及其他禁地之开放）、户口（内外城户口总数、外国在留北京人数、东交民巷使馆图）、故宫志（志清宫内殿廷之大概、附北京宫城图一二）	
行政	职官志（行政首长及副长、中央职官、京师地方职官、外国官吏）、公署（关于中央及京师地方之公署、关于清室及八旗之衙署、关于军事上之局所驻署、外国使署附兵营）、法令（文官官秩令、知事奖励条例、国币条例、留学生甄拔考验规则、报纸条例等44项）、市政（北京房地收用暂行章程、铺捐章程、车捐章程等7项）	
公共事业	学校（教育部直接管辖者，包括大学校、专门学校、军警学校，京师学务局所管辖者，包括中学校、师范学校、实业学校、小学校、外省旅京小学校、幼稚园、补习学校、女学校）、图书馆、宣讲所、阅报所、试验场、医院、慈善团（议会、善堂、留养院）、义冢（大兴县界内者、宛平县界内者、附丙舍、附各国茔地）、会馆公所等16项	
交通	铁路（包括各类章程、价目表、车次、行李托运规则等）、邮务（包括邮费表、章程、邮局地址表、邮件封发时刻表等）、电报（包括章程、费用、使用方法、总分局所地址等）、电话（包括章程、安装、价目表、电话局所地址等）	
食宿游览	客店（中国旅店、外国旅店）、饮食店（酒店、酒局、酒馆、中外酒名及价目、饭庄、饭馆、大餐馆、南菜馆、广东菜馆、豫菜馆、闽菜馆等29条）、园林寺观（天坛、十刹海、白云观、陶然亭、万牲园、商品陈列所、万寿寺、东安市场、东庙西庙、寺观、颐和园、南苑及诸林泉）、戏园（茶园、新剧、电光影戏）、书场、词场、杂戏、球房、妓馆（二等茶室、附花界特别用语等6项）、浴堂与女浴堂、消夏之游览处、游观庙会日期	

续表

类目	内容细目	备注
实业	钱业（银钱市之大概、银行与银号、钱庄、炉房、金店、汇兑庄、账局、公估局）、当铺、货栈、屯栈、转运公司、洋行、矿务、拍卖行、保险（保火险、保人寿险）、镖局、信局、车行（汽车、马车、人力车、大车行、脚踏车）、工厂（铜铁厂、各项工厂、织布、纺纱、呢革、印刷石印、造纸、面粉、碾房、肥皂洋烛、火柴、锯木、木厂、工程、花厂、料器场、玻璃店）、各业店铺（照相、镶牙、理发、洗衣、电器、染坊、颜料、书局、琉璃厂书店一览表、学堂仪器、音乐、纸张、南纸店、笔墨、扇画、洋广杂货、烟、烟纸、煤油庄、煤炭、铜铁锡器及烟袋、木器、新式木器、漆店、瓷器、五金杂货）、药业（药铺、丸散膏丹各药店、药房、参局）	
俗礼	礼制（大总统阅兵礼式、觐见礼、谒见礼、觐贺礼、公宴礼等10项）、服制、宴会交际（华宴通则、西宴通则、访拜外人、被访拜者、脱帽与握手之礼节）、婚仪（结婚礼式、旧俗婚礼）、丧礼、岁时俗尚、四时新节日（国庆纪念日、四节日、年节日）	
名胜	坛庙、庙宇（庙、祠、寺、观、庵、宫、院、堂）、故宅、名迹、园亭	
杂录	教派（佛教、道教、喇嘛教、回教、天主耶稣教）、报纸（公报、日报、杂志、外国文字报）、律师、书画家（书家、画家、传真）、医家（中医、西医）、阅览书报处地点时间表	
北京京城地名表	内城街道地名表、外城街道地名表	

　　古昔闭关时代，人们多老死不相往来，间有出同门百里者，即戚然有难色……今者世界进化，交通利便，虽数万里之外，远阻重洋，人且视若户庭，而有寰游全球之乐，则是昔之以为难且苦者，今则视为易且乐矣。……北京为吾国首都所在，占政、学、商界之中心，每岁政客、学士、商人、游子之往来燕蓟者，奚止亿万计。①

---

① 上海中华图书馆编辑部编：《北京指南》，上海：中华图书馆，1916年。

从这段文字中可以看出，清末以来，以铁路兴建为主的交通方式的变革，给北京城市的发展带来了较大的影响，不同身份的人怀着不同的目的涌入北京，使这座城市的人口变得更加多元。同时，旅京人数的增多，也对北京城市资讯提出了更高的要求。

其间道路之详细，禁令之森严，商场之繁盛，俗尚之从违，以及邮电、舟车之章程，公署机关之地址，饮食、住宿、游览、应酬之适宜，虽数至其地者，尚不能一一悉也，况初次观光者乎？向无专书为之纪载，旅京者每以为憾。本主人有鉴于此，因特委托老于京师者，悉心调查，并由大错先生主任分类纪载，辑成是编，以饷世之作客京师者。[①]

卷首前有一页为"本编内容之大纲"，概括了《北京指南》的主要内容。

中央政学商界之概要，火车轮船邮电之价目，饮食旅宿地方之导引，风俗习惯游览之指示，京津间习用之通俗语，内外城街道之检寻表，无一不详载，了如指掌，诚旅京人人必携之书。

与1914年的《新北京》《新北京指南》相比较，中华图书馆出版的《北京指南》剔除了许多与北京不直接相关的内容，虽然它在卷首设置了"国宪"门类，用以介绍《中华民国临时约法》《国会组织法》等民国通行法律法规，但较《新北京》的记述已经非常简略，并且在"凡例"中指出此部分内容"非本编范围之必要"。

---

① 上海中华图书馆编辑部编：《北京指南》，上海：中华图书馆，1916年。

正文前所附名胜、车站、市场、商场等摄影照片及地图，增强了它作为城市指南的属性，这一点为之后的北京城市指南所沿用。自中华图书馆出版《北京指南》始，而后出版的北京城市指南大都注重采集摄影照片，以增强读者对北京这座城市的直观印象。在门类设置上，中华图书馆出版的《北京指南》较1914年出版的《新北京指南》更加浓缩清晰，它所设置的"公共事业""交通""食宿游览""实业"等门类，多为后来的北京城市指南所采用，成为国都时期北京城市指南的基本门类。可见，1916年中华图书馆出版的《北京指南》具有一定的开创和示范意义，这部书至1919年已发行到第三版，可以看出它在当时是一部比较受欢迎的北京城市指南。

3. 商务印书馆《实用北京指南》

继中华图书馆发行《北京指南》之后，商务印书馆于1920年出版[1]了一部《实用北京指南》。[2]

该书共分为10编，分别是地理、礼俗、法规、公共事业、交通、实业、食宿游览、古迹名胜、杂录、地名表。正文前有24张北京景物名胜照片。具体内容细目见表4.5。

表4.5 1920年《实用北京指南》内容细目

类目	内容细目	备注
北京风景画	国子监大成殿、北京大学校、观象台、农商部第二栽种试验厂、景山、小汤山、颐和园、中央公园、天坛、戒坛寺、碧云寺等24幅摄影	

① 作者注：有的版本标注的是民国八年（1919年）初版。

② 徐珂编纂：《实用北京指南》，上海：商务印书馆，1920年。

续表

类目	内容细目	备注
地理	建置之沿革、城池之沿革、疆界、形胜、地位、气候、内城之概略、外城之概略、内外城新开街道、皇城之概略、清宫、户口（内外城、外国人）、文武公署地址、各国使馆兵营、水平石标、警钟台	
礼俗	谒见礼、总理接见礼、相见礼、访客、宴会、新式婚礼、旧式婚礼、新式丧礼、旧式丧礼、岁时俗尚、庙会、附妈妈论	
法规	违警罚法、内务部防疫清净方法消毒方法、传染病医院章程、管理会馆规则、管理旅店规则、管理戏园规则、管理乐户规则、马路章程、商铺应守简章、乡车进城领照简章等28项	
公共事业	教育（学校教育，包括国立学校、公立学校、私立学校、旅京学校、教会学校、警察厅立贫儿半日学校，通俗教育，包括讲演所、图书馆、博物馆、阅书处、阅报处、公共体育场、试验场）、各省会馆（直隶、奉天、山东等20项）、慈善事业（善堂、留养院、丙舍、义冢）、自来水、电灯	
交通	水路、陆路（车站、汽车行、马车行、轿车行、赁车店、敞车、手车铺、人力车行、自行车行、骡马店、驴店、镖局、转运）、邮务（北京一等邮局各支局地址、邮政章程摘要、快信地名表等）、电报（北京电报总分局地址、电政章程摘要、各省电报局名表等）、电话（北京电话局地址、大城内电话价目表等）、附铁路客票价目表	
实业	北京特优工商品略述、京师市场说明、厂作店铺（记述工厂店铺314类）	
食宿游览	饭庄、饭馆、饭铺、番菜馆、通用中菜、通用西菜、茶轩、小茶馆、茶楼及咖啡馆、旅店、庙寓、商场、市场、戏园、影戏班、电影园、八角鼓班、词曲、坤书馆、评书、弦子书、书茶社、杂技、围棋社、球房、妓馆、澡堂、理发馆、洗衣局	
古迹名胜	景山、白塔山、玉泉山、宝珠洞、吕公洞、天坛、马神庙、白塔寺、香山寺、惠济祠、象房等482处古迹名胜	
杂录	宗教、报章、律师、医、画家、书家、府第、世界各国国庆纪念日等	
地名表	地名表	

从表4.5的内容细目中可以看出，《实用北京指南》与中华图书馆出版的《北

京指南》在门类划分上基本相似，且编撰旨趣大致相同，都是为了编撰一部对旅京者有切实指导作用的实用指南。但《实用北京指南》的篇幅更大，记载的事项更加丰富。为了提高全书的容量，它每页划分为4个小栏，并采用较小的字体。其中"实业"一编占据了全书约 1/4 的篇幅，该门类所记录的工厂、商店数量比以往出版的各类北京城市指南中记录的数量都多。

《实用北京指南》同样重视对摄影照片的采集，该书正文前放了 24 张北京风景照片，编者徐珂认为，这些照片能够起到"已至京者可得按图寻访之便，未至京者亦有卧游披览之乐"的作用。

商务印书馆具有编撰城市指南和游览指南的丰富经验，如其在本书序例中所言，"本馆所辑游览专书，本书以外，则有《增订中国旅行指南》（定价大洋七角，所载都会商埠以及舟车辐辏之地，凡八十九处）。又有《上海指南》（定价大洋五角）、《西湖游览指南》（定价大洋四角，并附《观潮指南》），则皆游上海、游西湖者所必不可少之书也。"①

此书的编者徐珂为清末民初著名学者，他生于杭州，在光绪年间曾考中举人，后参与了"公车上书"。袁世凯在天津小站练兵时，徐珂参佐戎幕，为将校讲授经史大义，未几因思想不合而离去，携家眷寓居上海，加入商务印书馆，从事编辑出版工作。徐珂有较高的文学造诣，诗词文俱佳，尤长于填词，是南社词人的代表。他又勤于编书，曾任《东方杂志》主编，参与编辑《辞源》，更以独立编纂的大部头著述《清稗类钞》而闻名于学术界。

除了编纂学术著作，徐珂还热衷于编纂各种通俗实用书籍，如《酬世文柬指南》《订正新撰商业尺牍》《西湖游览指南》《庐山指南》《莫干山指南》《北

---

① 徐珂编纂：《实用北京指南》，上海：商务印书馆，1920 年。

戴河指南》《实用北京指南》等。其中，《实用北京指南》是徐珂晚年编纂的作品，这部书在 20 世纪 20 年代十分流行，1920 年初版上市后，一再增订重印，至 1926 年 9 月已发行到了第四版。

4. 文明书局《北京便览》与《袖珍北京备览》

1923 年，文明书局出版《北京便览》[①]，分上、中、下 3 编，上编 11 卷，依次为区域、城垣、河道、古迹、名胜、公府、公署、礼节、法制、教育、交通；中编 2 卷，分别是商业、工业；下编 7 卷，分别为会所、祠祀、宗教、风俗、艺术、游戏、各表。具体内容细目见表 4.6。

表4.6 1923年《北京便览》内容细目

类目	内容细目	备注
图画	新华门、南海瀛台、北海正面、太和殿、中央公园、天坛、雍和宫之玉佛、颐和园、颐和园侧面、明陵御路	
区域	气候、位置、界限、险要、沿革	
城垣	历代之建置、近今之因革、街市	
河道	长河、清河、孙河、钓台湖、凉水河、团河、永定河、内外城沟渠、桥闸	
古迹	第宅、陵墓、宫苑、园林、台榭、公所、关隘、城市、寺塔、石刻、古物	
名胜	紫禁城内、皇城内、内城内、外城内、郊坰、西山述略、香山、翠微山、卢师山、石径（经）山、潭柘山、马鞍山、仰山、汤山	
公府	总统府、三海、清宫室、内务府、王公邸第	
公署	国务院、将军府、平政院、审计院、外交部、内务部、步军统领、财政部、税务处、海军部、司法部、教育部、农商部、交通部、各国使馆等	
礼节	谒见礼节及规则、总理接见礼、名帖式、新旧婚礼、新旧丧礼、交际等	
法制	违警罚法、商铺应守简章、管理会馆规则、管理旅店规则、马路章程等	

---

① 姚祝萱编：《北京便览》，上海：文明书局，1923 年。

续表

类目	内容细目	备注
教育	国立学校、公立学校、私立学校、旅京学校、教会学校、警察厅立贫儿半日学校、通俗教育讲演所、图书馆、阅书处、阅报处、（劝学所、博物馆、公共体育场、试验场）	
交通	报馆、铁路车站、航空站、电车、长途汽车、汽车行、马车行、轿车行、敞车、人力车行、脚踏车行、手车铺、骡马店、驴店、镖局、转运公司、邮务、电报、电话等	
商业	金融类、公司类、文具类、美术类、建筑类、饮食类、服装类、装饰类、植牧类、器用类、杂货类、药饵类、燃料类、洋行类、旅店类、栉沐类	
工业	工厂类（五金工厂、铜铁工厂、地毯厂等）、工作类（油漆作、楠木作、琢磨玉石作等）	
会所	各省会馆、各业会馆、各界会社、俱乐部、慈善事业	
祠祀	坛庙、祠宇	
宗教	僧寺、道观、天主堂、耶稣教、俄国教会、回教、在理教	
风俗	时令、宜忌、庙会、杂谈	
艺术	医术、法律、书画、杂项	
游戏	游戏场、戏园、电影园、影戏班、八角鼓班、傀儡戏、说书、唱曲、弦子书、坤书馆、杂技、新技术社、书茶社、围棋社、球房、妓馆等	
各表	雇赁汽车价目表、雇乘马车价目表、各饭店住宿价目表、东方饭店西餐价目及时刻表、汤山饭店各项价目表、北京各种游览价目表、北京各业集市表、北京著名器物表、北京著名食品表、北京著名药品表、北京著名天产品表、北京街巷地名检查表	

在序文中，姚祝萱开山见门，指出本书的编撰意图："《北京便览》一书，为指导旅行者作也。"[1] 这与中华图书馆出版的《北京指南》和商务印书馆出版的《实用北京指南》的编撰目的如出一辙。而后姚祝萱却话锋一转，紧接着说："作者之意，犹不止此。首都奥区，形便势利，美哉山河，端资群力，促成统一

---

[1] 姚祝萱编：《北京便览》，上海：文明书局，1923 年。

动机者，此其一；川泽纵横，矿苗绵亘，轮轨四达，大好商场，导成实业计划者，此其一；离宫衰草，别殿斜阳，累代雄图，都成陈迹，破除帝王迷梦者，此其一；斑驳古物，山水名区，涤俗清尘，胸襟为畅，引起高尚优美观念者，此其一。"[1]从这段文字中可以看出，《北京便览》虽为方便旅京者而作，但也寄托了作者对国家民族发展及个人修养的一些期许，这与1914年出版的《新北京》所宣扬的民国革故鼎新之气象类似，都是将北京城市指南的编撰出版与政治需要及国家民族命运相连。

《北京便览》出版后，或许姚祝萱感觉该书的编排不够简练清晰，便于1924年又重新调整了类目次序，使之更加简明实用，一目了然，重排后的书名改为《袖珍北京备览》[2]，这个改编版本更加适合在市场上流通。

5. 新华书局《北京游览指南》

1926年，新华书局发行《北京游览指南》，编撰者为金啸梅。该书分为10类，依次为疆域、公共机关、游览、古迹胜景、宗教、都门风俗、交通、警务规章、商业、清宫游纪。[3] 具体内容细目见表4.7。

表4.7　1926年新华书局《北京游览指南》内容细目

类目	内容细目	备注
疆域	总统府及其附属机关、国务院及其附属机关、议员及其附属机关、外交部及其附属机关、交通部及其附属机关、外国使馆、外国兵营、航空事务处及其附属机关、京兆各机关等22条	

---

① 姚祝萱编：《北京便览》，上海：文明书局，1923年。

② 姚祝萱编：《袖珍北京备览》，上海：文明书局，1924年。

③ 金啸梅编：《北京游览指南》，上海：新华书局，1926年。

类目	内容细目	备注
公共机关	学校（国立大学、国立专门学校、国立中等学校、国立初等学校、私立大学、专门学校、中等学校、私立初等学校、教会大学、教会专门学校、教会中等学校、教会初级学校、图书馆、博物馆、阅报处、陈列所）、会馆（包括全国19个地区的在京会馆）、团体及俱乐部（宗教）	
游览	京师游艺场、商场、妓院、妓寮之切口释要、吟清班名录、东森书寓、南派名妓班名录、茶室一览、下处纪名录、戏馆、电光影戏场、落子馆、说书、影戏、茶馆、整容处、浴室、菜馆、旅社、寺观寄宿处、公园、市廛、游戏处	
古迹胜景	山水、园林、名人遗迹、亭台、古迹、寺观、祠庙、坛、塔、庵、古物	
宗教	儒教、佛教、道教、基督教会、天主教、理教、回教、京师同修念佛会简章附录、北京乐乐省心社章程、附乐乐坛规则、佛学公研社宣言附志	
都门风俗	京华岁时纪、日下游寺节、迷信杂事、婚礼、婚俗琐谈、丧葬仪节、新丧仪摭略、丧中之俗例、婴育谈、宴会式议、谈探友	
交通	铁路（京汉铁路特车规则、北京铁路车站表、铁路办公处、马房、骡马店、人力车公司、租车处、脚踏车行、驴子铺、手车店、轿行、摩托车公司、货车租赁处、铁路转运公司、北京航空处规章）、电话（京师电话局区域、电话简章、京师大城内电话价目表、北京大城外电话价目表、电话零售处、京师长途电话价目表、京师电报局区、电报费、信局、邮政局、邮政支局收信时刻、京城报送时刻、管理邮务处收件时刻）、水程（治港公司、招商局轮船、怡和轮船公司）	
警务规章	处理戏园之警区例、戏馆捐例、关碍风俗之罚则、诬告与伪证罪、妨及治安之警区罚规、妨害卫生罪、阻害交通之罚规、马路章程等23条	
商业	商品撮略、商业汇市杂谈、金融界、农艺、绸缎布匹、美术品、五金类、报章通讯社、药材、丝竹乐器、矿业	
清宫游纪		

这部书冠以"游览指南"之名，从门类设置上看，它也的确突出了游览方面

的内容，如"游览"和"古迹胜景"两个门类比较靠前，且篇幅较长，而以往其他指南类图书较重视的"实业（商业）"门类排得比较靠后，所记述的内容事项也较为简略。

民国初期，近代旅游业尚未充分发展起来，前面提及的几部民国以来发行的北京城市指南，虽然大都声称为便利旅京者而作，但当时的旅京者群体中，纯粹到北京观光游览的人只占较小的比例。因此，那几部北京城市指南，大都命名为"北京指南"，而非"北京游览指南"或"北京旅行指南"。到了1926年《北京游览指南》出版的时候，民国已有10余年的发展，国内观光旅游的环境、条件及氛围逐渐得到了改善和进步，到北京专门观光旅游的人也在逐年增加，《北京游览指南》的出现适应了当时社会的变化。

这部书的记述颇有特点，它多在条目下设置一小段介绍或评论性的文字，便于读者了解该条目的现状和特点。如"整容处"条，介绍的是北京的理发店，金啸梅在罗列店铺名称、地址前，先对北京的理发店进行一番评论："都下之理发处，其价目与南省无甚高下，仅日本理发所，索资稍昂耳。然近来因流行女子剪发，遂有电气烫发之设备，价非一元不办。他如寻常理发，则不过一二枚小银圆而已。"又如"摩托车公司"条，介绍的是北京的汽车租赁情况，在罗列汽车租赁公司前，也有一小段说明的文字："日下（京师别名）汽车，近来日见增多，故赁价亦较前为廉。普通车辆，以钟点计算者，每句钟约两元，赁半日以上者，每句钟减四分之一。头号汽车，每句钟四元，全天三十五元。如租长月，价须另议。而往来接送，至游影戏场，五小时八元。若赴汤山，来回二十圆（元），过五小时以上，每句钟加一元二角，车夫酒资另给。但租用普通汽车，则全日不过十六七元云。"

第二节 铁路旅行指南中的北京记述

20 世纪初期，政府大力发展铁路事业，中国的交通方式发生了重大变革。以往人们的旅行，特别是跨区域的长途旅行，途中充满了艰难险阻，而火车的出现，让长途旅行变得更加舒适、便捷，使"千里之遥，且发夕至"成为可能。

北京因其政治文化中心的地位，成为中国最早修筑铁路的城市之一。随着京汉、京奉、京绥 3 条铁路建成通车，北京很快成为当时的铁路枢纽城市。自此，人们多了一种到北京旅行的更加便利的交通工具。通过 1917 年通俗教育研究会编纂的《北京入学指南》，我们可以看出，火车已成为外省学子赴京入学所乘坐的最重要的交通工具。

清末京奉铁路局率先推出《京奉铁路旅行指南》后，各地铁路旅行指南也相继推出。

1913 年，京汉铁路局发行《京汉旅行指南》。1916 年，京绥铁路管理局编译课发行《京绥铁路旅行指南》。除此之外，这一时期还出现了全国性的铁路旅行指南，如 1921 年广益书局发行的《全国铁路旅行指南》、1922 年交通部铁路联运事务处编辑发行的《中华国有铁路旅行指南》、1926 年中华书局发行的《全国都会商埠旅行指南》等，这些全国性的铁路旅行指南对京奉、京汉、京绥铁路也都给予了重点介绍。

铁路旅行指南以便利行旅为主要编纂目的，凡关乎行旅之紧要事项，莫不搜罗记录，故此类书籍大都以"旅行指南"命名。除了向旅客介绍购票地点、购票价格、乘车规则、乘车时刻、换乘站点等乘坐火车的必备知识之外，各铁路旅行指南还详述了沿途站点的古迹名胜、风土物产、食宿市廛等方面的信息。北京作为京奉、京汉、京绥 3 条铁路的交通中心，且为全国最重要的大都会，备受编纂者的关注，铁路旅行指南对北京的记述，较其他站点城市更为详备。《京奉铁路旅行指南》《京汉旅行指南》《京绥铁路旅行指南》《全国铁路旅行指南》《中华国有铁路旅行指南》《全国都会商埠旅行指南》等都用了较多的篇幅描绘北京。

表4.8　几部铁路旅行指南中记述的北京城相关内容

时间	书名	内容
1910年	京奉铁路旅行指南	正阳门车站、北京大观（衙署、王公贝勒府第、阁部院大员住宅、会馆、旅店、内城饭店、内城饭庄饭馆、外城饭庄饭馆、学堂、报馆、茶楼、戏园、游览场所、胜迹）、通州岔道车站
1913年	京汉旅行指南	北京前门车站、古迹、名胜、游览、衙署局所、各省会馆、各行会馆、学堂、报馆、旅馆、外国旅馆、茶楼、戏园、浴室、代步、流通货币
1916年	京绥铁路旅行指南	京师、城关、坛庙、古迹、名胜、衙署局所、各省会馆、各行会馆、学校、报馆、旅馆、外国旅馆、茶楼、戏园、浴堂、代步、流通货币
1922年	中华国有铁路旅行指南	名胜古迹、游览、北京衙署局所、北京各学校、各省会馆、北京中国大旅社、北京外国旅馆、饭庄、银行、浴堂、代步、通用货币
1926年	全国都会商埠旅行指南	交通、马车、汽车、人力车、旅馆、饭庄、饭馆、茶楼、公使馆、通信机关、位置、城郭、市街、市内人口、沿革、主要衙署、银行、主要商店、商场、病院、教堂、寺庙、学校、报馆、工业、商业、城内名胜、城外名胜、汤山温泉、京通支线、西陵支线

铁路旅行指南对北京的记述，在内容上主要包括两个方面：一是必备的旅行资讯，二是可供游览观赏的地方。

旅行者抵达北京后，首先要安顿下来，这就需要知晓北京的交通、住宿、饭馆、店铺、街市、银行、货币等旅行必备的资讯，这些必备的旅行资讯成为铁路旅行指南记述北京的基本内容。除此之外，衙署、学校、会馆等方面的资讯也是常见内容，这是由于在当时乘火车到北京旅行的人群中，政、商、学界占了相当的比重，衙署对于政客和商人，学校、会馆对于学生和教师，都是比较实用的资讯。

名胜古迹、坛庙公园等可供旅行者游览观赏的地方，也是铁路旅行指南重点记述的内容。北京拥有数量众多的名胜古迹、历史建筑，这对旅行者有较强的吸引力。铁路旅行指南将北京的著名宫殿、城楼、坛庙、寺院、公园等值得旅行者游览观赏的地方均给予简括性介绍，不少景点还附有相关照片，并注明开放日期及票价情况，这些内容可以帮助旅行者在短时间里对北京的游览场所有所了解。

与同时期的各种北京指南相比，铁路旅行指南对北京的记述，明显突出了为旅行服务的编纂意图。在篇幅上，北京指南的篇幅较大，所记载的事项比较全面，更像是一部关于北京的实用百科全书；而铁路旅行指南对北京的记述则力求简括，贵在简明清晰，它只记录对旅行具有实际指导意义的事项，且在设计上注重考虑旅行者携带与查询是否方便，因此，更像是一部关于北京的旅行指南。

铁路旅行指南在传播上具有天然的优势，这些记述北京城市的铁路旅行指南，犹如一张张北京城市的名片，在南来北往的旅客中流传，吸引更多的人了解北京、走近北京。

第三节 国都时期的外文北京城市指南

1. 英文北京城市指南

进入民国时期，英文北京城市指南的编辑出版延续了清末时期的热潮。1912年，C.L. 马德罗（C.L. Madrolle）编撰的《北京和周围》（*Peking and Environ*）是一部介绍京、津、冀地区的城市指南，全书分为 3 个部分，分别为北京、直隶及相关地图。其内容细目见表 4.9。

表4.9　C.L.马德罗（C.L. Madrolle）《北京和周围》内容细目

北京	一般介绍，市场和展览，旅行建议，印象，气候、气温和物产，历史，使馆区，内城，皇城，紫禁城，外城，北京周边，从北京城到颐和园和西山的路线
直隶	大沽及大沽到北京、天津、北京到门头沟、北京到张家口、北京到十三陵、北京到热河、北京到通州、北京到东陵、北京到山海关、北京到黄河、北京到西陵、定州到五台山、天津到济南
相关地图	使馆区地图、紫禁城地图、北京地图、天津地图、直隶省地图

晚清时期的英文北京城市指南，其记述空间以北京城为主，但往往不限于北京城，北京近郊甚至天津、唐山、张家口等地也常常被记录在内，又因其编撰的目的主要为旅行服务，所以，称它们为"北京及周边地区旅行指南"或许更为贴切。C.L.马德罗编撰的《北京和周围》就明显具有这种特点。实际上，它涉及的区域更广，书中所记述的有些地方已经不属于北京的周边地区了。

这一时期值得注意的是，西方的旅游公司开始参与北京城市指南的编纂出版，最有代表性的是英国通济隆公司（Thos. Cook & Son）在 1917 年推出的《北京与陆地路线》（*Peking and the Overland Route*）①。这部书简要记述北京的历史概况、北京城的 4 个区域、使馆区、购物与店铺、工业、政府机关等信息，还重点介绍了为外国游客设计的北京 9 日游路线，对 9 天参观游玩的景点进行了比较详细的描述。英国通济隆公司设计的北京 9 日游安排如下：

第 1 天　上午：天坛、先农坛、天桥；

　　　　下午：紫禁城、历史博物馆、中央公园

第 2 天　上午：圆明园、煤山（景山）；

---

① Thos. Cook & Son. *Peking and the Overland Route*, 1917.

　　　　　　　下午：黄寺、地坛、钟鼓楼

　　第 3 天　上午：德胜门、大钟寺、五塔寺、万寿寺、帝王庙、白塔寺、

　　　　　　　　　　皇城、御河桥；

　　　　　　　下午：雍和宫、文庙、国子监

　　第 4 天　上午：观象台、贡院、东岳庙；

　　　　　　　下午：古物陈列室、天宁寺、跑马场

　　第 5 天　全天：颐和园、万寿山、圆明园、农事试验场

　　第 6 天　全天：西山、卧佛寺、碧云寺、八大处、狮子窝、皇陵

　　第 7 天、第 8 天　明陵、长城

　　第 9 天　西陵

　　民国初年，北京城的交通、街道、住宿等环境较以往得到了极大的改善，皇家苑囿也陆续向公众开放，应该说，北京已初步具备旅游的硬件条件。但此时段中国旅游的社会氛围尚待形成，公众的旅游意识还非常淡薄，相关的旅游服务业还没有发展起来。到了 20 世纪 20 年代，随着中国旅行社的成立，中国的旅游业才逐渐有了起色。因此，我们从各类文献中可以看到，民国初年到北京旅行的人逐年增多，但在形形色色的旅京人群中，纯粹来观光旅游的群体是十分有限的，当时的北京尚未充分具备旅游的软件条件。

　　但是对于西方的旅行者来说，旅游已不是新奇的事情，他们成立了旅游公司，积累了丰富的旅游服务经验。于是，在民国初年中国旅游环境发展尚未成熟的条件下，西方的旅游公司叩开了中国的旅游大门。英国通济隆公司便是较早在中国开展旅游服务业务的西方旅游公司之一。早在宣统二年（1910 年），英国通济隆公司就在上海设立了办事处，并出版旅行手册，向欧洲在朝鲜、日本线上的旅游

者介绍中国。1916 年，英国通济隆公司在北京设立办事处，后来他们将办公地点固定在北京饭店，开始为外国游客提供北京旅游服务。1917 年出版的《北京与陆地路线》，便是英国通济隆公司在北京开展旅游服务活动的一项成果。《北京与陆地路线》是为旅游服务的，因此，向外国游客介绍北京观光游览的路线成了它最主要的内容。为了让那些未到过北京的外国游客对北京城有个直观的认识，英国通济隆公司在这部北京旅行指南中穿插了大量人物、名胜古迹的照片，这些照片比同时期中文北京城市指南所附的照片还要丰富。

英国通济隆公司安排的北京 9 日游，涉及 40 余处景点，对这些景点的描述十分细致，如仅对天坛的描述，就用了 6 页的篇幅。《北京与陆地路线》出版后，成为英国通济隆公司对外宣传北京旅游的手册，后来这部书被不断修订完善，名称最终确定为《通济隆北京指南》（ *Cook's Peking Guide* ）。

1920 年，英国通济隆公司又编印了一部北京旅游的小册子《北京旅游资讯》（ *Information for Travellers Visiting Peking* ）[1]，这部小册子实际上是《北京与陆地路线》的浓缩。或许英国通济隆公司感觉《北京与陆地路线》的篇幅过长，不便于宣传，也不容易使旅行者快速了解通济隆公司的服务及其安排的北京旅游行程，于是编印了更利于传播的小册子。

《北京旅游资讯》一方面介绍了英国通济隆公司的旅游服务项目，包括票务预订、货币兑换、食宿安排、汽车租赁等；另一方面介绍了北京的历史、气候、习俗、购物和娱乐场所、旅游景点等。同时还推出了北京城区及近郊的 7 日游行程，以及远郊和周边地区的两日游行程，如明陵、长城等。在这部小册子的前言中，编者提醒游客，若想对北京城有更详细的了解，需阅读通济隆公司编印出版的《通

---

[1]　Thos Cook & Son. *Information for Travellers Visiting Peking*, 1920.

济隆北京指南》（*Cook's Peking Guide*）。

从英国通济隆公司编印推出的北京指南和北京旅游小册子中可以看出，民国初期，在北京不少名胜景区尚未完全开放，北京本土旅游业尚未起步之际，英国通济隆公司已在北京向外国游客开展比较成熟的旅游服务业务。其出版的北京指南，主题和目的十分明确，就是围绕旅游编写，将其称为北京旅行（旅游）指南更为贴切，这与同时期的中文北京城市指南有着明显的区别。

1921 年，3 家在京外国人俱乐部（The Mothers' Club of Peking, The Peking Friday Study Club, The Peking American Collge Women's Club）联合编纂出版了《北京实用指南：1921—1922 年》（*Peking Utility Book:1921-1922*），这部书在英文北京城市指南中较为特别，它是一部为国外俱乐部成员撰写的北京生活实用指南。全书共分 27 类，其内容细目如下：

1. 俱乐部和社会机构；2. 北京艺术机构；3. 协和华文学校；4. 外籍儿童学校；5. 中国政府官办学校；6. 教会学校；7. 医院；8. 北京护士学会；9. 外籍私人护士名录；10. 教会；11. 中国自立教堂；12. 中外慈善机构；13. 中国官办或私营机构；14. 机械业指南；15. 购物指南；16. 有用信息；17. 市场；18. 庙会；19. 寺庙节日；20. 中国节日；21. 中西日历对比；22. 中餐馆名单；23. 中国戏园；24. 周末旅游；25. 周日服务；26. 地址录；27. 地图。

《北京实用指南：1921—1922 年》为方便俱乐部成员之间的交流及其在京生活而编印出版，书中相当一部分篇幅用于介绍 3 家俱乐部在北京的创建过程、成员组织及其相关活动等，以及他们关心的学校、医院、教会等情况。同时，对北京生活和游览方面的信息也有不少描述，如购物、市场、庙会、节日、餐馆、戏园等。

2. 日文北京城市指南

民国以来，到北京旅行的日本人逐渐增多，为方便日本旅行者而编撰的日文北京城市指南开始出现。1921 年，丸山昏迷所著的《北京》一书出版，这是日本人撰写的较早的一部北京城市指南①。丸山昏迷在序文中说明了这部书的编撰背景："第一次世界大战爆发以来，中日关系愈发紧密，到北京游玩的日本人呈现逐步增多的可喜景象，本书是为这类游客，或是有意前往的游客编撰的指南书。"丸山昏迷的这部北京城市指南共分为 18 个部分，具体内容细目见表4.10。

表4.10　丸山昏迷《北京》内容细目

北京概况	帝都的变迁、北京的名称、沿革、位置、地势、交通、到达各地的距离、北京（内城、内城街道、外城、外城街道、警政区划、人口及出生率）、气候、学校、报纸、金融机构
旧皇城	旧皇城概况、紫禁城、古物陈列所、景山、炭海、太液池、北海、总统府、国务院、中央公园、紫禁城的开放
东城	公使馆区域、各国公使馆、公使馆的历史、东交民巷的外国银行、京师警察厅、东长安街、中国红十字总会、观象台和钦天监、克林德碑遗迹、东安市场、税务处、外交部、内务部、军医学校附属医院、隆福寺、内城官医院、北京大学、蒙藏院
西城	司法部、大理院、审计院、中国银行、中国大学、回子营、财政部、盐务署、交通部、双塔寺、众议院、参议院、教育部、女子高等师范学校、北京美术学校、农商部、平政院、参谋本部、日语学校、中央医院、历代帝王庙、白塔妙应寺
北城	陆军部、海军部、文天祥祠、京师传染病医院、朝阳大学、京师图书馆、雍和宫、文庙、国子监、将军府、步军统领衙门、鼓楼、钟楼、关帝庙、什刹海、积水潭、护国寺、宝禅寺、北京工业专科学校、陆军大学校

---

① ［日］丸山昏迷著，卢茂君译：《北京》，北京：北京联合出版公司，2016 年。

续表

外城	外城概况、正阳门东车站、前门西站、交通银行、中华懋业银行、边业银行、北京医院、天桥市场、琉璃厂、孙公园、北京高等师范学校、北京医学专科学校、民国大学、京师商务总会、新世界、外城官医院、城南游乐场、首善医院、旧刑刑场、商品陈列所、悬山、法源寺、天坛、中央防疫所、先农坛、陶然亭、北京监狱、财政部印刷局
近郊	东岳庙、日坛、十八狱、二闸、南苑、天宁寺、白云观、钓鱼台、卢沟桥、月坛、北京农业专科学校、中央农事试验场、五塔寺、万寿寺、永安万寿塔、北京清华学校、大钟寺、元土城、黑寺、黄寺、地坛、自来水楼
远郊	万寿山、玉泉山、景帝陵、西山、卧佛寺、碧云寺、香山寺、八大寺、西域寺、西陵、汤山、十三陵、居庸关、弹琴峡、万里长城、大同石佛寺
北京风俗	序言、服装、饮食、居住、全年节日、婚礼和葬礼
北京的日本人	在京日本人的发展、在京日本人的现状、日本公使馆、北京驻屯队、北京日本警察署、北京日本邮局、北京日本侨民会、北京日本小学、北京儿童会、汉语学校、报纸及杂志、医院、银行与公司、土木建筑、杂货铺、照相馆和印刷所、古玩和古玩店、药铺、衣服铺、旅馆、应聘者、俱乐部
北京的耶稣教	中国的耶稣教、北京的耶稣教会、北京的天主教
文华殿读画记	文华殿读画记
大同石佛寺	大同石佛寺
京剧	京剧概况、京剧的欣赏方法、重要剧本梗概
中国货币	中国货币
中国的度量衡	中国的度量衡
中国旅行注意事项	中国旅行、中国内地旅行
北京各机关以及近郊名胜	北京各机关以及近郊名胜

从上面的内容细目中可以看出，该书内容十分丰富，如序文所言"力求涵盖各个领域"。虽然本书为前往北京游玩的日本游客所作，书中也确实有不少指导旅行的信息，如丸山昏迷标出许多景点的票价，以及罗列旅行的注意事项等，但从整体上看，它不像英国通济隆公司编撰的北京指南那样，完全为旅游而服务，丸山昏迷的这部《北京》还称不上严格意义的北京旅行（旅游）指南，它与同时

期的中文北京城市指南风格更为接近。

丸山昏迷曾以记者的身份于 1919 年至 1924 年在北京居住、工作，他对鲁迅非常推崇，曾翻译过鲁迅的著述，他与周作人、李大钊等中国知识分子也有过交往。《北京》还附了几篇其他执笔人撰写的文章，如栗原诚的《文华殿读画记》、本村庄八的《大同石佛寺》、村田乌江的《京剧与梅兰芳》、永野武马的《中国货币》，这些执笔者大都是曾经旅居北京，并对中国历史文化有着较深了解的日本学者、画家等文化界的名流。由于编者具有较高的人文素养，《北京》虽为大众读物，却也有一定的学术水准。

《北京》在描述完北京概况之后，按照旧皇城、东城、西城、北城、外城、近郊、远郊的空间顺序展开，对这 7 个区域的名胜古迹、机关衙署、寺庙苑囿等代表性建筑进行一一记述，还用大量的篇幅描述了北京的风俗及日本人在北京的状况。在记述北京的过程中，丸山昏迷常联想到日本的同类事项，会进行一番比较评论。例如，提到北京的报纸，书中写道："北京报纸……特别是新闻报道中的社会新闻，也就是俗称的'第三版'内容几乎没有，报纸内容主要以五六个通信社的通信报道和电报为主要内容，经费也相当少，多为各部和个人办的报纸，内容也颇为随意，因此发行数也很少，发行量超过 1 万份的报纸也只有两三家，达到三四千份的可以算作大报社，一般也就是三四百份或五六百份。其经营方式也非常简单，因此很多报纸轰轰烈烈地创刊，但不知何时就成了废刊。"① 又如对澡堂的记述："近年来，上流社会的家庭开始使用浴室设备。据说，即使有 100 多用人的大户人家家里也没有洗澡间。如此说来，大街上洗澡堂应该随处可见。然而，并非如此，

---

① ［日］丸山昏迷著，卢茂君译：《北京》，北京：北京联合出版公司，2016 年。

并且少之又少，户均数量还不足日本的 1/10。"① 这样的比较记述，为我们呈现了丸山昏迷眼中的北京城。

《北京》还有一个值得称道的地方，就是书中附有 100 多幅照片，这些照片反映的内容不仅包括景物建筑，而且还有不少内容反映北京的市井生活状况，颇为弥足珍贵。

在丸山昏迷所著的《北京》出版的前一年，即 1920 年，日本人上野太忠编印出版过一部《天津北京指南》②，该书分为天津和北京两大部分。其中，北京部分又划分了三大类。具体内容细目见表 4.11。

表4.11 上野太忠《天津北京指南》

从抵达北京到旅馆	车站（京奉铁路车站、京汉铁路车站、京绥铁路车站），车马费（汽车、马车、人力车），旅馆（欧式旅馆、日本旅馆、中国旅馆），餐馆（西餐馆、日本餐馆、中国餐馆）
街区概况	街区概要（历史、位置、人口、城郭、街区），各种机构（主要的中国官衙、公使馆、日本行政机构、通讯机构、医院、教育机构、舆论机构），工商业（商业概况、工业概况、金融机构、主要店铺、外国商铺、中国商铺）
游览地及娱乐场	城内名胜（紫禁城、古物陈列室、中央公园、景山、雍和宫、孔庙、国子监、鼓楼、钟楼、观象台、天坛、其他），城外名胜（东岳庙、白云观、黄寺及黑寺、农事试验场和动植物园、其他），近郊名胜（万寿山、玉泉山、西山之胜、汤山温泉、明十三陵、万里长城、西陵），娱乐场（俱乐部、图书馆、博物馆、商品陈列所、剧场、书馆、妓院、电影）

与丸山昏迷的《北京》相比，上野太忠的《天津北京指南》对北京的记述要简单得多，且重点突出了旅行和商务方面的实用资讯，如对交通、食宿、商铺、游览地点等信息的记述。上野太忠在序文中也说明了这只是一部关于天津、北京

---

① ［日］丸山昏迷著，卢茂君译：《北京》，北京：北京联合出版公司，2016 年。

② ［日］上野太忠编著，李蕊、卢茂君译：《天津北京指南》，北京：知识产权出版社，2017 年。

的概要："决定先编纂一部简单的概要以满足急用，日后再着手编著详细的指南。"

第四节　呈现"新北京"——在维新、西洋与传统之间

国都时期，北京城市在很多方面发生了巨大变化，呈现出与以往不同的新景象。更为重要的是，面对多元文化的影响，尽管北京没有建立高度的工业文明，却也迈出了一条独特的近代化发展路径。在这一历史阶段，北京对待外来文化持较为开放的态度，兼容并包，但它的发展主要依靠的不是外力推动，而是自身传统的积累和强化。

从国都时期不同时段的北京城市指南中，可以窥视北京如何在维新变革、外来文化和本土传统之中进行博弈，又如何强化自己的独特文化性格和发展路径。这些比较明显地体现于北京城市指南对教育、实业、交通、食宿游览、风俗时尚等领域的记述上。

1. 新式学校与新知识群体

帝都时代，北京是科举考试的中心，赴京备考求仕者络绎不绝，北京也因此成为全国的教育中心。光绪三十一年（1905 年），清政府废除科举制度。这一举措并没有动摇北京的教育中心地位，因为在废除科举制度的同时，近代新式教育的改革也在如火如荼地进行着，一批近代新式学堂陆续在北京建立起来，北京又成为新式教育改革的中心。1912 年，中华民国肇造，南京临时政府设立教育部，掌管全国教育事务，不久教育部随国民政府从南京迁至北京，到 1928 年 6 月北洋政府覆灭之前，教育部一直设在北京。除了教育部之外，1912 年 5 月，北京还成立了专门的地方教育行政机关——京师学务局，负责管理北京的中等、初等学

校教育。1912—1928 年，教育部和京师学务局对旧教育进行了大刀阔斧的改革，北京教育呈现出一派新气象。在这种背景之下，国都时期的北京城市指南均记录了学校方面的信息。

关于北京城市指南中记录学校方面的内容，始于清宣统二年（1910 年）的《都门纪略》，该书记载了各种类型的学堂 73 所，其中一些成为后来北京著名大学、中学的前身，如京师大学堂、京师女子师范学堂、顺天中学堂、五城学堂等，这是对清末新式教育改革的反映。同年的《京奉铁路旅行指南》也记载了 48 所学堂。

清政府灭亡后，"学堂"改称"学校"。国都时期的北京城市指南，均将学校视为公共事业的重要部分，加以详细记述。1914 年出版的《新北京指南》记载的学校数量达 312 所，分为大学校、中学校、小学校、蒙养园、专门学校、实业学校、女子学校、师范学校、补习学校等数种，与清末《都门纪略》中记载的学堂相比，无论是数量还是类型，都有了明显的增长。而 1920 年商务印书馆出版的《实用北京指南》记载的各类学校数量达 617 所，是 1914 年出版的《新北京指南》中记载的学校数量的近两倍。值得一提的是，民国初年，政府在重视中小学基础教育的同时，也强调了专门教育与社会教育，《新北京指南》记载的专门学校和实业学校达 34 所，分为法政、工业、军事、外文、交通、税务、医学、银行、农业、工艺等数种。在社会教育方面，有各类讲习所、宣讲所、公众补习学校。另外，女子教育也获得了较大的发展，清末《都门纪略》记载的女子学堂仅 7 所，而 1914 年出版的《新北京指南》记载的女子学校多达 22 所。在学校类型方面，《实用北京指南》增加了教会学校、贫儿半日学校等类型。《实用北京指南》记载的教会学校达 96 所，可见，西方教会在民国初期北京的教育中扮演了比较重要的角色。警察厅设立的贫儿半日学校有 53 所，这种形式的学校将城市社会治理与学校教育相结合，在清末和民国初期比较流行。

国都时期，北京的高等教育分为大学、专门学校和高等师范学校 3 种。1926年出版的《北京游览指南》记载的大学有 9 所。其中，公立大学有 3 所，为北京大学、交通大学、陆军大学校；私立大学有 4 所，为中国大学、平民大学、民国大学、朝阳大学；教会大学有 2 所，为汇文学校、燕京大学。专门学校有 38 所，其中，国立有 20 所，包括中央陆军测量学校、北京工业专门学校、北京法政专门学校、北京美术学校、北京农业专门学校、北京医学专门学校、警官高等学校、航空学校、清华学校等。这一时期的清华大学尚处在向大学改制的过程中，名为清华学校，尚未改称大学，国都时期的北京城市指南均未将清华学校列为大学，而是将它归在专门学校之中；私立专门学校 15 所，包括中央法政专门学校、北京法文学校、京师女子美术学校、新华商业专门学校等；教会办的专门学校有 3 所，为协和医学校、高等法文学校、华北协和女医学校；高等师范学校有 2 所，为北京高等师范学校、北京女子高等师范学校，均为国立。

国都时期是北京高等教育发展的奠基期。北京大学在这一时期是北京的最高学府，在北京高等学校中是一枝独秀的存在，且其发起新文化运动、五四运动，对近代中国社会文化产生了举足轻重的影响。清华大学在这一时期虽然还是清华学校，被列在专门学校之中，似乎在北京高等学校中并不突出，但在国都时期的最后几年，清华学校设立大学部和国学研究院，聘请名师，开始专为国内造就需用人才，不再以选送留美学生为目的，逐渐完成了向一流大学的过渡。1919 年，北京女子高等师范学校（北京师范大学前身）成立，为中国历史上第一所女子高等学校。北京高等师范学校在这一时期也获得了平稳发展。除此之外，教会所办的燕京大学、协和医学校，后来也都发展为中国的知名大学。国都时期的私立大学维持在 4~5 所，较为著名的有中国大学、朝阳大学、民国大学，所设学科专业"大抵偏于法政，虽有文科、商科，学者不多"。专门学校虽有不少，但军警、法政占了相当一部分，而农工商医类投考人数较少。这些专门学校中不乏名校，如北京医学专门学校（北京大学医学部前身）、北京农业专门学校、北京工业专门学校、北京法政专门学校等。

在中小学教育上，北京初等小学校数量可观，但高等小学及中学发展相对不足。如中学，国都时期的几部北京城市指南记载的中学学校数量均为20余所，与清末的情况差不多。1919年出版的《大中华京师地理志》指出了北京中等教育不甚发达的状况："京师各公立私立中学校，班次人数，远不及天津私立南开中学、上海私立民立中学。对于国内之中等教育，已不足以当首善。……今吾国中学，既无附属小学，以预备来源，又无相当大学、专门（学校），以立他日深造之标准，此不上不下之中学，毕业复谋生、升学，皆感受困难。"[1] 这段文字反映了当时北京中学教育面临的困境。关于清末及国都时期几部城市指南中记载的各类学校数量见表4.12。

表4.12 清末及国都时期几部城市指南中记载的部分类型学校数量

		高等学校			中等学校			初等学校	
		大学	专门学校	高等师范	中学	中等师范	实业学校	初等小学	高等小学
《都门纪略》		1	11	1	26	2	4	16	12
《新北京指南》		7	26	1	21	3	6	186	57
《北京入学指南》	公立	2	18	1	8	2	2	77	45
	私立	4	3		7	1	4	27	17
	教会	2	4		12			49	18
	总计	8	25	1	27	3	6	153	80

---

[1] 林传甲总纂：《大中华京师地理志》，北京：中国地学会，1919年。

续表

		高等学校			中等学校			初等学校	
		大学	专门学校	高等师范	中学	中等师范	实业学校	初等小学	高等小学
《实用北京指南》	公立	2	18	2	8	1	1	89	48
	私立	4	4		7	1	4	153	16
	教会	2	4		12			54	11
	总计	8	26	2	27	2	5	296	75
《北京便览》	公立	3	18	2	8	1	4	38	42
	私立	5	8		10		5	20	15
	教会	2	2		5			12	5
	总计	10	28	2	23	1	9	70	62
《北京游览指南》	公立	3	20	2	8	1		74	49
	私立	4	15		10	2	6	146	20
	教会	2	3		7			59	14
	总计	9	38	2	25	3	6	279	83

　　从整体上看，国都时期的北京教育呈现出欣欣向荣的景象，北京依然是全国的教育中心。通俗教育研究会 1917 年编印的《北京入学指南》可以被视为一部从学校角度切入的北京城市指南，因为这部书在介绍学校的同时，也记录了北京的交通、会馆、旅店、公寓、庙寓、邮局、电报、卫生、公园、陈列所、图书馆、坛庙寺观、山水、医院等诸多方面的信息。这部书开篇称北京已成为学界的中心，每年都有大批学子赴京入学。"北京为民国建都所在，占学界、政界、商界之中心，每岁学子、政客、商人之荏止者，奚啻亿万计，学子无论矣，即政客、商人挈眷同来，苟有子女，莫不为之皇皇求学。然而学校之种类，极为繁夥，即同种类之学校，设备完善与否，程度相当与否，亦断非初入国门者，所易辨别。"[1] 由此可见，

---

[1]　通俗教育研究会编：《北京入学指南》，通俗教育研究会，1917 年。

民国以后，学校成为北京城的重要公共机构，学生及教师成为北京城里的新型知识分子，这为北京城市的发展注入了新的活力。

　　大批学子赴京求学，面临的首要问题是膳宿。不少学校膳宿需要学生自行解决。虽然民国初年的北京城市指南记载了大量旅店，但对于需要久住的学生来说，旅店并不适合他们。《北京入学指南》建议初到北京的学子可暂时居住在客店，但应尽快寻找会馆、庙寓、公寓等更为廉价的住处。"旅店不过暂时投止，长此羁留，则资斧太巨，断非求学者力所能及。各省多建有会馆在京，或省或郡或县，每馆必公举掌馆董事、副董事各一人，专掌馆事，可赴本会馆向馆役探问董事所在，前往趋谒。如允许住馆，即可迁入；设馆无余地，或已改作学校等用，可商请董事介绍庙寓或公寓所在，自往租定。"①可见，过去满足赴京赶考士子住宿需求的会馆，在国都时期，又成为外地学子投宿的第一选择。因此，民国以来，在大量旅店兴起的背景下，传统会馆因适应特定群体的需求而依然盛行，国都时期的北京城市指南无一例外地详细记述了会馆方面的信息，反映了它强大的生命力。和会馆一样，庙寓也是传统的住宿方式，之前早就存在。公寓是民国才兴起的一种寄宿方式，1914 年出版的《新北京指南》中就记载有大同公寓、大田公寓。1919 年出版的《大中华京师地理志》记载："京官、学生久居（京城）者，莫不叹旅费之昂，于是公寓乃应时而兴，设备等于旅馆、客栈，而价值稍廉，但以月计耳。"②1920 年《实用北京指南》中记载了 56 所公寓。公寓不仅能提供住宿，而且往往兼备伙食，这样一来膳宿都能解决；不少公寓设在学校附近，因而颇受学生欢迎。直到 20 世纪 30 年代，北京的公寓依然兴旺不衰。徐崇寿在回忆北平公寓时，指出了公寓兴盛的原因："提起北平的公

---

① 通俗教育研究会编：《北京入学指南》，通俗教育研究会，1917 年。

② 林传甲总纂：《大中华京师地理志》，北京：中国地学会，1919 年。

寓生活来，我想凡是在北平住过几天学校的，大概都尝过它的味儿？说也奇怪，凡是一座学府附近（无论大中学校）总有多少公寓林立着专为学生哥儿们住宿。这固然一方面是由于学校中寄宿舍少，学生全住不下，势必另觅出路。其实一方面乃是公寓老板投机，为迎合学生哥儿们怕在校受拘束的心理，所以才开设的。总而言之，脱不了上述两种理由，以致公寓在北平形成特有活跃的营业。"[1] 可见，民国公寓的流行，满足了学生等特定群体的实际需求。无论是传统的会馆、庙寓，还是新兴的公寓，都不是专为学生而设，却因大量流入北京的年轻学子而焕发生机。

新式学校的发展也促进了图书馆、博物馆、体育场等公共文化空间的建设。1914 年出版的《新北京指南》记载了 7 处图书馆，分别是京师图书馆、京师图书分馆、历史博物图书馆、第一通俗图书馆、第二通俗图书馆、第三通俗图书馆、第四通俗图书馆。另外，还记载了 9 处宣讲所和 3 处阅报所。1920 年出版的《实用北京指南》记载的图书馆、博物馆等公共文化场所种类和数量更多，包括图书馆 6 处，分别是教育部图书馆、京师图书馆、京师图书分馆、通俗图书馆、京师儿童图书馆、中央公园图书阅览所；博物馆 2 处，分别是历史博物馆、交通博物馆；阅书处 11 处，包括京师公立第一阅书处、京师公立第二阅书处等；阅报处 11 处，包括珠市口阅报处、东四牌楼阅报处、新街口阅报处等；体育场 1 处，为公众体育场；试验场 4 处，分别是农事试验场、工业试验场、第一林业试验场、第一林业试验分场。该书在 1926 年的增订本显示，不少高校也设有图书馆，如女子师范大学图书馆、北京大学图书馆、师范大学图书馆、清华学校图书馆等。1917 年出版的《北京入学指南》告诫学生"慎毋竟日伏案"，鼓励他们课余之暇"散步公园，策骑郊外，换新鲜之空气"，但不宜到茶坊戏园等喧闹之处："茶坊酒肆、戏园庙市，众人

---

[1]　陶亢德编：《北平一顾》，上海：宇宙风社，1936 年。

拥挤、空气秽恶之区，少到为是。不惟有碍卫生，且亦非学生时代所应涉足也。"①
接着，该书列举了适合学生游览消遣的地方。这些地方分别为：公园，该书推荐
中央公园、先农坛公园和北海公园 3 处；陈列所，该书推荐古物陈列所、历史博
物馆、商品陈列所、农事试验场、交通博物馆、中央观象台 6 处；图书馆及阅报
处，该书推荐京师图书馆、京师图书分馆附阅报处、京师通俗图书馆附阅报处、
第一公众阅书报处等 13 处；坛庙寺观、林泉等名胜古迹，该书推荐天坛、孔子庙、
雍和宫、什刹海、陶然亭、钓鱼台、万寿山、玉泉山、香山等 32 处名胜古迹。

这时期的琉璃厂仍是北京重要的文化空间。因新式学校的兴起，以大中学校
的学生和教师学者为主的新知识分子为这里的生意带来了生机。1920 年出版的
《实用北京指南》在"实业"类别下特设"教育品"，包括书铺、书局、书社、
学校仪器等，而这些文化机构和店铺大都集中在琉璃厂。

作为全国教育与文化的中心，北京聚集了大批文化群体。帝都时期，这个文
化群体以士大夫为主。而进入国都时期，传统士大夫走向没落，新式学校里的学
生与教师学者成为新的文化群体，这些新型的知识分子成为北京城中很有影响的
新生力量。围绕兴建新式学校，发展新式教育，相关的公共文化空间被打造出来，
如图书馆、博物馆等。一些新开发的公共空间，如中央公园，受到知识分子的青睐，
他们为这些新型的公共空间注入了活力。

2. 实业与消费中心

国都时期的北京城市指南，大都设置"实业"（或营业、商业）门类，记载
北京的各类店铺、工厂、市场等方面的信息。从此门类记述的内容看，国都时期，

---

① 通俗教育研究会编：《北京入学指南》，通俗教育研究会，1917 年。

北京店铺林立，于商业上呈现繁荣的景象。如 1920 年出版的《实用北京指南》中的"实业"部分记载的店铺类型，从大的方面分为金融、教育品、美术品、金属品、织染、绸布、衣着、装饰品、日用品、燃料、饮食品、农牧、药品、武装品、杂类共 15 项，收录店铺数量达 8237 家，这还不包括旅店、饭馆两项。当时北京店铺之多，可谓数以万计。

除店铺以外，北京的工厂在国都时期的发展也有所起色。1914 年出版的《新北京指南》记载工厂 65 家，而到了 1920 年出版的《实用北京指南》中记载的工厂数量达到了 389 家。1926 年出版的《北京游览指南》提到了当时北京工厂的发展情况："京华商业年来日见兴盛，若工厂与厂造所亦较他省为多，且出品之精良，远非外货所逮。辄就染织各厂而言，纱纺（纺纱）公司、棉花厂、缄（织）布厂，以及毛巾、织袜、地毯厂之类，营业皆异常发达。而染厂则有染坊、颜料等厂，组织完美，尤雄于资本，问实业前途，一好希望也。"[1]

至于市场，在进入民国以后，传统的市集和庙市依然兴旺。1914 年出版的《新北京指南》列举的固定市集有银钱市、珠宝市、玉器市、米市、肉市、鱼市、果市、菜市、瓜市、估衣市、皮衣市等 19 处。这些市集形成了各自的交易规则，这在 1926 年出版的《北京游览指南》中有详细的记述，如金融方面的市场，"京师市集，首推金融界，其集会之时，在每日之清晨，犹之南省之茶会也。而北京则称市场，凡金融界之商人，咸集其地，互议市价。或以金圆、银钱、钱票、铜元互相买卖。视一日之金市为标准，藉以空赢亏。故正阳门外、珠宝市小胡同，为市集之中心点。"[2] 又如粮食市集，"至西直门外官厢则为粮食市集，凡米粮、豆饼以及

---

① 金啸梅编：《北京游览指南》，上海：新华书局，1926 年。

② 金啸梅编：《北京游览指南》，上海：新华书局，1926 年。

油麻诸商，皆于晨间集斯，以规定一日之市价，习以为常。一般小本营业，循例不得上市集，维在外探听消息而已。以是清晨往来其处，踵趾相接，车马声喧，无异东安市场也。"①

固定市集以外，另有定期举行的庙市，如护国寺、隆福寺、土地庙、东岳庙等都有庙市。1920 年出版的《实用北京指南》记述："每月之按单双日或朔望日开庙列市者颇多。兹分述之。七、八日护国寺（俗呼西庙），九、十日隆福寺（俗呼东庙）。每届期，车马盈门，百货咸备。而医卜星相、歌唱耍舞之杂技亦皆有之。五、六日白塔寺，较东西庙稍逊，然游者亦不少。四日有花市，在崇文门外稍南，陈列货品，以妇女所戴纸花为多……"②

还有一种市场，在特定时辰聚散，主要有晓市、晚市和夜市，晓市寅时聚辰时散，晚市午后聚酉时散，而夜市主要在夜间售物，也有在午后至日落时分进行的。1926 年出版的《北京游览指南》对晓市和夜市的交易情景作了细致描述："日下（京师别名）有所谓晓市者。于寅初天犹昏黑之际，陈设货物于地，任人购取，要以旧物为多，间亦有古重（董）玉器之类。但买卖时，例不用灯，购者仅知其为何物，至于物之精美与新旧，则不能辨也。故俗呼为黑市。往黑市购物者，全仗幸运。有出数元代价，而购得数十元之品物者；有以数金购一物，归视仅值数角者。因黑市中，偶亦有佳品，如古玩之属，则为人所窃来者，不识其物之可贵，作常品以售者有之。盖偷儿卖赃物，白天恐为失主所认识，利在黑夜出售，以是亦称黑市曰贼市……晚上市集，一称夜市。其性质、货品略同于黑市，在宣内路西，其时间分为两次。一以午后集市，日落即行收市；一则在黄昏集市，至十时收摊。

---

① 金啸梅编：《北京游览指南》，上海：新华书局，1926 年。

② 徐珂编纂：《实用北京指南》，上海：商务印书馆，1920 年。

所售为零星旧物，间以古玩玉器，以及瓷漆器之类。货品有半新者，有已坏者，价甚低廉。购者取物，无断断论价，故又称一言市。因购物在暗黑中，付价之后，察之货物为破旧，虽明知上当，不得反悔。以斯夜市购物，亦有幸不幸之别也。"[1]

除了各类市集和庙市以外，国都时期北京的传统庙会仍十分活跃，"北方岁时，悉有庙会，京师尤多"。[2]庙会一方面能满足市民的娱乐之需，如"（正月）西直门内曹老公观，亦开庙十五日，昔甚繁盛，儿童玩物各种杂技皆集于此，内城居民率以此为娱乐之所"。[3]另一方面也是商品交易的集市，如琉璃厂火神庙开庙期间，"所售字画书帖古玩玉器，多至不可胜数。"[4]

市集、庙市和庙会均为传统的交易形式，与之并行不悖，一批富有现代气息的大型市场、商场也发展起来。1914 年出版的《新北京指南》记载的大型市场、商场有东安市场、东河市场、西安市场、西河市场、西单市场、新丰市场、广安市场、地安市场、劝业场、首善第一楼、青云阁、集云楼、望园 13 处。1920 年出版的《实用北京指南》记载的大型市场有东安市场、西安市场、阜成市场、新丰市场、地安市场、天汇大院、天桥市场、公兴市场、华兴市场、广安市场 10 处。其中，以东安市场规模最大，最为繁华，"东安市场为京师市场之冠，在东安门外丁字街路东，地址宽广，街衢纵横，商肆密比，百货杂陈。场凡三门，正门在丁字街，南门在王府井大街，北门在金鱼胡同。其中有大街四，南北一，东西三。各肆对列，中多货摊，食品用器，一一具备。四大街外，又有畅观楼、青莲阁、东安楼，其中亦均有各种商店及茶楼饭馆，又各成一小市场矣。至娱乐处所，则

---

①　金啸梅编：《北京游览指南》，上海：新华书局，1926 年。

②　徐珂编纂：《实用北京指南》，上海：商务印书馆，1920 年。

③　徐珂编纂：《实用北京指南》，上海：商务印书馆，1920 年。

④　徐珂编纂：《实用北京指南》，上海：商务印书馆，1920 年。

有丹桂茶园、吉祥茶园、中华舞台、震华球房……"[1] 此外，记载的商场有新世界商场、宾晏楼商场、劝业场、集云楼、首善第一楼、青云阁，这些商场均为现代化的楼房，集购物、娱乐为一体。如对青云阁的描述："青云阁在正阳门外观音寺街，壮伟瑰丽，足以俯视一切。屋三层，下一层门洞内之店，为估衣、首饰、皮货、扇画，而鲜果店亦在焉。进内院，则南北东为洋货、荷包及各种商店，西为球房，可于地上手抛大球。后院有北门，通杨梅竹斜街。中层之东西，各有对峙之照像馆，南为特别大餐之雅座，北亦商店……上层为玉壶春茶楼，其南北为通常座，东西为雅座……此楼居外城繁华之中心，故游人较他处为盛。"[2] 又如首善第一楼："首善第一楼在正阳门外廊房头条胡同，楼三层，南北八间，东西五间，合计全楼之屋，凡七十八间。上层之南为玉芳照相馆，中部之北为畅怀春茶楼，中设盘球。中层之南为中兴玉理发所，北为碧岩轩茶楼。若东若西，则除电镀漆器茶店外，率为镶牙补眼之室。下层则货物杂陈，五光十色，灿然夺目。其品类大率为古玩玉器、珐琅首饰、笔墨书籍、南纸南货、盔头玩物，游人往来，络绎不绝。上层茶楼，座亦常满。"[3]

从北京城市指南的这些记述中，可以看出国都时期，北京商业有了很大的发展，出现了繁荣的景象。这一时期的北京城市指南多强调北京在 3 个方面是全国的中心：一是商业；二是政治；三是文化。

尽管近代北京的工业发展多为人所诟病，但工业本身并不构成这座城市的特征，国都时期北京的商业具有自身的独特性。

---

[1]　徐珂编纂：《实用北京指南》，上海：商务印书馆，1920 年。

[2]　徐珂编纂：《实用北京指南》，上海：商务印书馆，1920 年。

[3]　徐珂编纂：《实用北京指南》，上海：商务印书馆，1920 年。

其一，国都时期，北京作为全国商业中心，主要是就消费而言的。1920 年，日本人上野太忠在他编撰的《天津北京指南》一书中提到："现北京仅作为消费地而存在……此地是中国的首都，所以禹域满蒙各地的中国人在此处来来往往自不必说，各国使臣和军队都在此驻扎，这些住民的日用品乃至内外各地生产的各种奢侈品的需求及其消费量颇为巨大。"①《全国都会商埠旅行指南》也记载："北京为中国首都，本部及满蒙各地之人侨居者，固不待言，更有各国公使、外侨及军队之驻扎，复以铁道之发达，与工业之勃兴，因之内外各地出产之奢侈日用品，无不具备，其消费力之大，已可想见。"②北京的首都身份及其文化、教育中心的地位，使其吸引形形色色的人群涌入北京，这其中既有政要、巨商、教授、名媛，又有学徒、商贩、人力车夫，等等，这就形成了一个有差序的庞大的消费市场。因此，我们看到，在这里高端的现代商场、市场与传统的市集、庙市、庙会并行不悖，它们满足着各自不同的阶层需求，同时呈现了热闹繁荣的景象。当 1928 年首都南迁后，许多拥有巨大消费能力的上流人士离开北京，那些高端的现代商场迅速失去了昔日的繁华，而更为平民化的天桥市场却兴盛起来，这反映了北京的商业对消费群体的依赖性。

其二，国都时期，北京老字号店铺和传统手工技艺获得了空前发展，构成北京商业文化的独特内容。帝都时期出版的《都门纪略》中就记载了不少老字号店铺，如同仁堂、六必居、王麻子、月盛斋、都一处、便宜坊等。国都时期的北京城市指南记载的老字号店铺数量更多，除了前面提到的几家之外，还有瑞蚨祥、内联升、老天利、王致和、六味斋等。这些老字号店铺有很多延续至今，备受世人赞誉，

---

① ［日］上野太忠编著，李蕊、卢茂君译：《天津北京指南》，北京：知识产权出版社，2017 年。

② 喻守珍、葛绥成等编：《全国都会商埠旅行指南》，上海：中华书局，1926 年。

几乎成为北京的一张名片，而这些老字号店铺成长发展的关键时期，正是在民国最初的一二十年里。传统手工技艺同样如此。以著名的"燕京八绝"为例，它们虽然出自宫廷，在帝制时代就已存在，但若没有国都时期的兴旺，很多手艺可能都无法传承到今天。清末民初，每逢灾年，都会有一些儿童跟随家人逃荒入京，这些儿童中有不少进入北京手工作坊当学徒，其中一些手巧聪慧的人，学到了手艺。在中华人民共和国成立之后，这些人不少被评为"老艺人"，进入北京特种工艺工厂传习手艺，北京许多特色手工技艺由此得以传承了下来。可见，民国初期的北京手工技艺发展，在传承上起到了承上启下的重要作用。从这一时期的北京城市指南中，可以看到当时北京的很多店铺和工厂与北京的特色手工技艺相关，如打磨厂仁义顺的象牙雕刻、东安市场万聚兴的绢花绒花、东安市场文竹斋的刻竹、中剪子巷继古斋的雕漆、琉璃厂之风筝哈、劝业场彩霞绣庄的刺绣等。《实用北京指南》总结了北京的"特优商品"所在店铺的字号，如"金银制造为护国寺街之宝华楼，嵌银丝铁为草厂头条之奇古堂，古铜仿造为打磨厂板井胡同之义泰永，景泰蓝为王府井大街之老天利……雕象牙为打磨厂之仁义顺，画灯为廊房头条胡同之文盛斋，刀剪为宣武门外大街路东之王麻子，镊子为打磨厂深沟之镊子张"。[①]这些享有声誉的店铺，大都没有采用现代化的机器生产，很多是传统的手工作坊，通过招收学徒的方式传承与延续。

3. 近代化的交通与市政建设

清末，铁路、邮政、电报、电话陆续在北京筹办建设，进入民国后，这些近代化的交通通信方式在北京得到了大力推广，成为北京城市里的一道新景观，为人们

---

① 徐珂编纂：《实用北京指南》，上海：商务印书馆，1920 年。

的出游、交往和生活带来极大的便利，北京与外界的联系也因此而增强。

　　对于北京城市的这些新变化，北京城市指南予以及时记录，并极力宣扬。1914 年出版的《新北京》中将新开辟的街道和铁路予以详细记述，"中华门、新华门以及东西车站、内外城新开之孔道，必详细注明，以志焕然一新之盛"。①该书交通部分记录了京奉、京汉、京张 3 条铁路干线的列车时刻表、行李转运及包裹寄运规则；各邮局地址、收件时刻、寄往国内各处及外国邮件之办法；电报章程摘要与电报字汇；电话章程摘要、安机移机章程、说话价目、公用电话收费价目及使用方法。1916 年出版的《北京指南》将京汉铁路总车站、京张铁路车站和京奉铁路总车站的照片列入卷首图画之中，并在"凡例"中说明铁路邮电通信对于旅行的重要性："邮电路政本为便利行旅交通而设，亦为旅客最主要之事，不可不明了于中，故关于此类之一切章程表件，尤为详搜博采，以便行旅。"②该书不仅记载了可直达北京的京奉、京汉、京张铁路，而且也记载了通过中转间接到达北京的重要线路，如津浦铁路、沪宁铁路、南满铁路等。卷四"交通"记述了北京铁路的大概情况："自各省直达北京之铁路有三：曰京汉铁路、曰京奉铁路、曰京张铁路，其由各路间接以达北京者，京汉有正太干路及周琉支路，京奉有津浦干路、安东南满干路及正丰支路、沟营支路，京张有京门支路。"对于行车章程较 1914 年出版的《新北京指南》里的记述更为细致，如京汉、京奉、京张、津浦、沪宁 5 路联络载运搭客行李及包件章程，介绍了重要站点联络运输的情况；包车章程、专车章程介绍了包车和专车的预订方式及注意事项；京汉寻常快车还为加挂头等卧车的旅客提供中外饭菜及洋酒、茶点。这些反映了火车运输能力和

---

① 邱钟麟编：《新北京》，北京：撷华书局，1914 年。

② 中华图书馆编辑部编：《北京指南》，上海：中华图书馆，1916 年。

服务水平的提升。1920 年出版的《实用北京指南》对于各类章程的记载较前两部
北京指南有所减少，而增加了各种简明实用的表格，如五路联络通票丰台价目表，
以及西苑、南苑、北苑电话分局价目表等。这反映出通过民国初期几年的推广宣
传与运营实践，到 20 世纪 20 年代，人们已经比较熟悉火车、邮政、电报、电话
的章程规则和使用办法，不再像初兴起时那样陌生。相比之下，旅客更加需要价目、
车次、站点、地名、时刻等信息，对于章程规则的了解也不像以前那样迫切和重要。

　　近代化交通通信的发展，加强了北京与全国其他大城市及海外各国的联络。
就火车而言，京奉铁路与津浦、沪宁、沪杭线路联合，经过换乘，自北京可到达
天津、南京、上海和杭州等城市；自北京经京汉铁路可到达石家庄、郑州、汉口
等城市，且经由浦口，可实现与津浦、沪杭铁路的联络；自北京经京绥铁路（京
张铁路与张绥铁路合称）可到达内蒙古、新疆、甘肃等省份。不仅如此，有些火
车线路可到达海外，如京奉铁路可联络欧美，"京奉路由京直达奉天，循南满铁
路至长春，改坐东清支路，火车至哈尔滨。又乘东清干路火车，至满洲里。贯西
伯利亚铁路，逾乌拉岭，京师十日可至俄京森堡，又一日至德京柏林，又一日至
法京巴黎，又一日至英京伦敦。若有奉天安奉路，贯朝鲜至釜山，由下关至横滨、
东京。"[1] 火车的快捷、便利，让越来越多的旅客往返于北京与各大城市之间，
使北京日益成为一个多元的流动城市。国都时期，航空亦在筹办之中，北京指南
对此有简略记述，如 1923 年出版的《北京便览》记北京航空事项云："航空署
筹备航空，以清河为总站，分京沪、京汉两线。向定每星期四、六及星期日，为
近畿游览飞行之期，售票搭客，自十年四月二日起，至九日止。已飞行八次，中
外乘客共十九人。后因近畿狂风，机损暂停。然航空之举，已辟一新纪元，此后瞬

① 林传甲总纂：《大中华京师地理志》，北京：中国地学会，1919 年。

息千里，必日进也。”①

除了加强与外部联系之外，北京城市的市内交通路况也有了明显的改善。民国初年，政府重视市政，新辟若干街道，北京城市指南及时记录新修筑的街道，并对此加以宣扬，认为这些建设是文明开化的象征。

1914年出版的《新北京》记载了新开辟的道路，并附马路图，该图略说言："北京街道高低不一，泥泞时虞。每届夏日溽暑之际，雨淋日炙，秽气熏蒸，尤于卫生有碍。近数年来，所有大街大巷皆渐次垫修马路，旁各植以槐柳，每日洒扫各数次，雨后修理尤勤。污秽之气，泥泞之虞，悉与蠲除，亦于时进化之见端也。兹将马路图附后，以觇文明之现象焉。"②《新北京》所列新开道路如下：

一　中华门前隙地系方形，前三面皆绕石栏，谓棋盘街，东南、西南二隅皆方角外伸，交通不便。民国元年，将方角改为圆形，二隅皆内缩，车马往来较前甚为便利。

二　中华门先系大清门，与东西长安门虽设而不开，禁人行走。民国元年尽行开放，可由中华门与东西长安门往来出入，惟中华门只准徒步行走，禁止轿车与人力车。又中华门内向系千步廊，民国二年秋间，又于东西廊中间，各开一门，东对户部街，西对四眼井街，均可往来出入。

三　内城向惟东安门、西安门、地安门可以往来出入，其南则无门户可通。民国元年，于城之南左开一便门，曰"南池口"；南右开一便门，曰"南府口"。东可从东便、南池口直达正阳门，或出东西长安门；

---

① 姚祝萱编：《北京便览》，上海：文明书局，1923年。

② 邱钟麟编：《新北京》，北京：撷华书局，1914年。

西可从西便、南府口直达正阳门，或出东西长安门，自外入亦如之。又东安门北，外对翠花胡同，开一便门，曰"花园口"；地安门西，外对厂桥街，开一便门，曰"北栅栏"，均可出入往来，毫无阻碍。又内海向系禁行，苑内景物无从瞻眺，民国元年亦行开放，东西城人民可以往来出入，交通甚形便利，苑内景物一览在望。世界光明于此可见一斑，惟徒步与人力车则可经过，轿车仍禁行，路旁皆植有门牌，以示标准。[1]

其后，1920年出版的《实用北京指南》，重点记述了府右街和新华街的开辟。

民国纪元，讲求市政。皇城既增便门，又于内外城开辟新街。其在内城者，曰"府右街"，北起西安门内大街，沿国务院总统府西墙，贯皇城而南，至西长安街。马路宽坦，车马便捷。在外城者，曰"新华街"，北起琉璃厂厂甸，南至虎坊桥，道路宽广，商廛对列。即香厂一带之旷地，近已辟为街衢，楼屋四起，马路纵横，而新世界商场尤为杰出。计其街道，南北干路为万明路，东西干路为香厂路，两路相交，形如十字。其他支路，属于万明路者，则有保吉路、华严路、仁民路；属于香厂路者，则有仁寿路、香仁路、华仁路、大川路。纵横四达，略如津沪。又内城南起化石桥，北经板桥西北向，抵长安街，与府右街相对，亦已掩盖沟渠，修筑马路。并拟穴城垣为门，与（南）新华街街接，将来内外城之交通，自更便利矣。[2]

---

[1] 邱钟麟编：《新北京》，北京：撷华书局，1914年。

[2] 徐珂编纂：《实用北京指南》，上海：商务印书馆，1920年。

随着马路和街道的开辟整顿，北京市内交通工具也有了新的变化，但传统交通工具依然存在，呈现新旧交通方式共存的情形。1914年出版的《新北京指南》记载的北京市内交通工具有汽车、马车、人力车、轿车（轿子）、脚踏车（自行车）。这些交通工具都有相应的公司为顾客提供租赁服务。汽车是当时新兴的高档交通工具，"汽车分用电与用煤油两种，向惟西人用之。近则中国人士亦多乘用"。[1]汽车租费昂贵，一日需22元，只能满足少数上层群体的需求。随着北京市内路况的改善，马车成为舒适的交通工具，价格比汽车便宜很多，租用一日需5元，受到不少人的欢迎。"北京达巷通衢现已修筑马路，官绅士商出游拜客，多乘马车。近今文明结婚，往往用之，车马均结以五色彩绸，亦美观也。"[2]人力车价格低廉，包日需1元左右，是更为大众化的出行工具。1920年出版的《实用北京指南》提到"汽车"，时人俗称"摩托车"，有自用和出赁两种。并列举专往一些景区的租赁价格，"往来农事试验场，四钟内八元，过一钟加二元；往来颐和园，五钟内十元，过一钟亦加二元；再远至西山、汤山，二十二元或二十四元"。[3]轿车（轿子）日益衰退，"轿车日少，惟婚丧及妇女归宁时，或雇用之"。[4]市内还出现主要用于载运货物的敞车，"敞车为载运货物之用，全日赁价与轿车略同（轿车全日赁价约一元二角）。惟用双套者，约加半价，三套、四套则递加。或于移居时载运器具"。[5]1926年出版的《北京游览指南》对汽车和敞车作了更详细的说明，租用汽车的人数增多，租费亦降低，普通汽

---

① 邱钟麟编：《新北京指南》，北京：撷华书局，1914年。

② 邱钟麟编：《新北京指南》，北京：撷华书局，1914年。

③ 徐珂编纂：《实用北京指南》，上海：商务印书馆，1920年。

④ 徐珂编纂：《实用北京指南》，上海：商务印书馆，1920年。

⑤ 徐珂编纂：《实用北京指南》，上海：商务印书馆，1920年。

车每日不过十六七元，头等汽车每日约 35 元。"日下（京师别名）汽车近来日见增多，故赁价亦较前为廉。"[1] 敞车除载货以外，还可载人，因其价廉，又能乘坐多人，颇受远郊旅行者的欢迎："京师货车，一名敞车，专载笨重货物，倘物多者，车节可以增添，一套至两套三四套，尽能加多。且亦可载人往东城内外。每表里铜元两枚。春日游城外者，多喜乘之，因取其价廉而能多坐人口也，故京人呼为躺子车，犹南人所谓兜圈子是也。"[2] 在谈到轿车（车轿）时，该书论述了不同交通工具使用者的阶层差异："车轿盛于清时，常人乘者，以二人舁之行。下有篾顶，间或用布，凡仕女出游，类皆坐轿。民国以来，此风渐革，坐者日渐其稀。盖普通有人力车，讲究者用马车，富有者则坐摩托车（汽车）矣。轿子自无人顾问，偶有一二遗老，或尚乘坐。"[3]

火车的运行对北京城市交通带来较大影响，它促进了北京内外城及周边郊区的联系。京奉车站设在正阳门东，俗称东站；京汉车站设在正阳门西，俗称西站。京奉、京汉两大铁路线都在正阳门设总站，这使得正阳门较往昔更为繁华，它附近的西河沿、打磨厂一带旅店林立。《大中华京师地理志》记载："正阳门之东，俗名东站，规模雄壮，冠盖往来，为各路之冠，由天津来者尤多。伟人来则有总统府汽车欢迎，各机关团体欢迎，伟人去则有同乡、亲友、门生、故吏之恭送。其次，则产业家眷安寄天津者，往来尤密也。"[4] 西站"行旅之多，与东站等，而检察不及东站之烦苛"。[5] 京绥铁路总站设在西直门外，也是环城京门两路的

---

[1] 金啸梅编：《北京游览指南》，上海：新华书局，1926 年。

[2] 金啸梅编：《北京游览指南》，上海：新华书局，1926 年。

[3] 金啸梅编：《北京游览指南》，上海：新华书局，1926 年。

[4] 林传甲总纂：《大中华京师地理志》，北京：中国地学会，1919 年。

[5] 林传甲总纂：《大中华京师地理志》，北京：中国地学会，1919 年。

总站。京奉、京汉和京绥三大铁路线，将北京城内与周边远郊地区联系起来。例如，京奉线中的京通支路，"自西便门外，由运河之南岸至通县，直达东南运河码头"[①]；京汉线可由正阳门到达良乡、琉璃河、周口店、高碑店；京绥线可由丰台到达清河、沙河、南口、青龙桥，该线路"夏日游昌平、十三陵者最多"[②]，其中的京门支路，又可自西直门直达门头沟。1915年北京开始建设环城铁路，1916年建成通车，以西直门车站为起点，经德胜门、安定门、东直门、朝阳门、东便门，到达正阳门。"京师环城铁路，为民国成立以后，中国自办之铁路。交通部呈明大总统，奉批令允准照办，不借外款，不用外人，完全为京都市政运输之正轨。由西直门起，经德胜、安定、东直、朝阳四门，至通州岔道，与京奉接轨，直达前门。"[③]环城铁路比人力车价格稍廉，使市内交通更加便利。

环城铁路建成通车之后，全城电车的筹办建设是北京市内交通又一次重要的变革，1923年出版的《北京便览》记述了北京电车的筹备情况："北京全城电车干路路线，现已规定四条：一由天桥经前门、西长安街、西单西四牌楼，至西直门；一由天桥经前门、东长安街、东单东四牌楼，至北新桥；一由瓷器口经菜市口，进宣武门，经东西长安街，出崇文门，至瓷器口；一由北新桥经地安门大街、西皇城根，至护国寺街西口。预计机械材料到齐，土木工程同时兴筑，约至十二年六月可望开车。"[④]1926年出版的《增订实用北京指南》记载北京电车已于1924年12月开通运行，该书用较多篇幅详细介绍了这种新式交通方式的乘坐方法和规则，包括电车公司各处所地址、各路分站价目表、北京电车公司发行月季票简章、

① 林传甲总纂：《大中华京师地理志》，北京：中国地学会，1919年。

② 林传甲总纂：《大中华京师地理志》，北京：中国地学会，1919年。

③ 林传甲总纂：《大中华京师地理志》，北京：中国地学会，1919年。

④ 姚祝萱编：《北京便览》，上海：文明书局，1923年。

定备车、北京电车公司发行广告简章等。当时共开通 4 路：由天桥至西直门为第一路，沿途站点为：天桥—珠市口—前门—司法部街—新华门—西长安街—西单牌楼—甘石桥—缸瓦市—西四牌楼—石老娘胡同—护国寺街—新街口—南草厂—西直门；由天桥至北新桥为第二路，沿途站点为：天桥—珠市口—前门—户部街—南池子—王府井大街—东单牌楼—米市大街—灯市口—东四牌楼—六条胡同—二条胡同—北新桥；由东四牌楼至西四牌楼为第三路，沿途站点为：东四牌楼—灯市口—米市大街—东单牌楼—王府井大街—南池子—中央公园—新华门—西长安街—西单牌楼—甘石桥—缸瓦市—西四牌楼；由北新桥至太平仓为第四路，沿途站点为：北新桥—交道口—锣鼓巷—鼓楼—地安桥—三座桥—厂桥—太平仓。①

4. 多元交融的食宿与游览

食宿游览也是北京城市指南的常设门类，这部分内容与旅行关系密切，记载得也尤为详备。1916 年中华图书馆出版的《北京指南》在"凡例"中对设置食宿游览门类作了说明："从前多以作客他乡为苦者，大半皆因饮食起居不适土宜所致，故本编于食宿等等，尤最注意，详加调查，以为游客之指点。而游览娱乐之事，更旅客应酬、卫生及游玩时所不可不知者，本编亦均详载。"②1923 年商务印书馆出版的《增订实用北京指南》中有一段"食宿游览略说"的文字，对北京的食宿游览作了分类说明："食之大别为西餐、中餐，西餐大率为番菜馆及饭店所备，而茶楼或兼备之……中餐为南北二派，豫菜馆、闽菜馆、广东菜馆、云南菜馆、四川菜馆皆为南派；北派旧皆为山东人所办，近更有山东馆、济南馆、天津馆、

---

① 徐珂编纂：《增订实用北京指南》，上海：商务印书馆，1923 年。

② 中华图书馆编辑部编：《北京指南》，上海：中华图书馆，1916 年。

天津锅贴铺之别。要之婚丧及作寿演戏，多在饭庄，以其屋宇宽敞也。通常宴会则在饭庄、饭馆与羊肉馆、素菜馆。……住居之所，为饭店、旅馆、客栈、客店、公寓、寄宿舍、庙寓七等。……大抵饭店为上等，旅馆次之，客栈、公寓又次之，客店更次之，寄宿舍则为学校学生，或银行行员。寄宿非如客栈之营业者也。庙寓则庙之可住旅客是也。……游览之处，有商场、市场、游艺场、戏园、影戏班、电影园、八角鼓班、词曲、坤书馆、评书、弦子书、书茶社、杂技、围棋社、球房、溜冰场、跑马场、妓馆等。"[1]

可见，北京城里的食宿游览存在不同的消费空间，分为多种档次和形式，满足不同阶层的多样化需求。就食宿而言，北京城市指南中记载的食宿场所数量十分可观，1923 年出版的《增订实用北京指南》记载饮食场所 368 家，其中饭庄 20 家、饭馆 176 家、饭铺 54 家、番菜馆 16 家、茶楼及咖啡馆 32 家、茶轩 32 家、小菜馆 31 家、酒馆 3 家、洋酒馆 4 家；住宿场所 1094 处，其中会馆 481 家、饭店 23 家、旅馆 54 家、客栈 84 家、客店 193 家、公寓 126 家、寄宿舍 21 处、庙寓 112 处。食宿营业的兴旺，反映了国都时期旅京人数的增长，以及旅京群体的多元化。此时期，北京融合了南北各地的餐饮文化，如苏菜、闽菜、豫菜、川菜、粤菜、鲁菜等。西餐也日益流行起来，西式饭店、菜馆进入大众视野，成为北京城里的一道景观。1914 年出版的《新北京指南》记载番菜馆 4 家，并说道："番菜馆，又名大菜馆，有为外国人设者和中国人设者二种。中国人设者，多在前门西一带，趋时者每在此宴会。"[2] 除番菜馆之外，该书还记载了 3 家外洋糕点店、5 类外国酒和 20 种外国菜目。1923 年出版的《增订实

① 徐珂编纂：《增订实用北京指南》，上海：商务印书馆，1923 年。

② 邱钟麟编：《新北京指南》，北京：撷华书局，1914 年。

用北京指南》载录番菜馆 16 家，洋酒馆 4 家，通用西菜菜目 45 种。住宿也是中西并存，1914 年出版的《新北京指南》载录外国旅馆 8 家，分别为六国饭店、北京饭店、长安饭店、德昌饭店、德国顺利饭店、华东饭店，以及 2 家日本旅馆（一声馆、扶桑馆）。这些外国旅馆设备豪华，服务质量较高，价格也较为昂贵。《大中华京师地理志》中提到外国饭店时指出："中国伟人、党魁、豪商、巨骗住此，每日数元。"[1] 民国初年，北京一些旅店效仿外国旅馆，提高卫生设备，一时出现一批新式旅馆。1914 年出版的《新北京指南》介绍中国旅店业时写道："西河沿之中西旅馆，打磨厂之第一宾馆，最为著名，各省官商咸乐投住。"[2]《大中华京师地理志》中列举的中国新式旅馆有 14 家，较为著名的是第一宾馆、中西旅馆、金台旅馆、迎宾旅馆等。这些新式旅馆的设备和服务甚至超过了外国旅馆，有的豪华程度超越了"十里洋场"的上海，反映了当时北京旅店住宿业兴旺发达，且竞争激烈。

北京城市指南"食宿游览"门类中的"游览"一般指休闲娱乐。晚清时期出版的《都门纪略》所记的娱乐场所以戏园为主，娱乐项目十分有限。但到了民国时期，北京城市指南中所记载的娱乐内容丰富多彩，1923 年出版的《增订实用北京指南》提及当时的游览之处有"商场、市场、游艺场、戏园、影戏班、电影园、八角鼓班、词曲、坤书馆、评书、弦子书、书茶社、杂技、围棋社、球房、溜冰场、跑马场、妓馆等"。这些名目繁多的娱乐项目，有的是中国传统曲艺，如京剧、鼓词、词曲、评书、弦子书、杂技等。其中，京剧是北京的传统娱乐项目，早已形成鲜明的地方特色。据 1916 年中华图书馆出版的《北京指南》记载："北京为京剧

---

[1] 林传甲总纂：《大中华京师地理志》，北京：中国地学会，1919 年。

[2] 邱钟麟编：《新北京指南》，北京：撷华书局，1914 年。

之出产地，上自公卿贵族，下逮编户齐民，几于无人不喜唱戏。故北京戏园之多，亦甲于全国。凡诸名角均须于京中得名，方有价值。"① 有的是受西洋文化影响而出现的新娱乐项目，如电影、马戏等。据1914年出版的《新北京指南》记载，"北京马戏均自东西洋来者，并不常有。戏场每在兵部街或天桥地方，大抵支幕为场，场圆形，居中为奏技处，四围环列客座，售票开演，铃动乐作，演技者即连翻而出，或跳舞，或试马（种种奇术最精），或跳绳，或上悬空之梯，或步铁丝之上（空中演艺极佳），又能驯伏狮虎及象等兽，作各种游戏，入览费则不等。"② 又记电影云："电影创始于泰西，近则流行中国。京师各戏园多加演之。其专演电影者，则有东长安街暨大观楼两处，余如后门，东安、西安市场，并不常有。"③

即便是传统戏园，在民国初年也有很多新的变化。《新北京指南》在记述北京梨园的新变化时，指出当时坤角兴起，新型剧场也开始出现，"北京梨园，原系男角。庚子后始有坤角演剧，旋禁。自民国元年坤角又盛行焉。……旧有戏园多在前门一带，近年内城亦有新开者，如东安、西安各市场内，皆男女分座。外城除文明、天乐、广兴、民乐等园外，概不卖堂客（即女座）。今下西柳树井大街创筑第一舞台剧场，构造皆仿欧制楼，建三层座，分三级戏台，且可旋转，每□必布景致，惟妙惟肖，延聘著名艺员，颇可观。"④

民国初年，北京还出现一批新兴商场，它们多是华丽的楼房，往往集饮食、购物、娱乐、游玩于一体，是人们喜欢游览的场所。这些商场在北京城市指南中被当作新鲜事物来详细描述。常被提到的商场有新世界商场、青云阁、宾宴楼、

---

① 中华图书馆编辑部编：《北京指南》，上海：中华图书馆，1916年。
② 邱钟麟编：《新北京指南》，北京：撷华书局，1914年。
③ 邱钟麟编：《新北京指南》，北京：撷华书局，1914年。
④ 邱钟麟编：《新北京指南》，北京：撷华书局，1914年。

首善第一楼、劝业场、集云楼等。下面是《北京便览》描述当时新世界商场情景的一段文字。

> 新世界商场在正阳门外香厂，高楼数重。楼下之左为电影场，右为小有天菜馆，中央为戏场，庭有水法池，池左之廊下，为售花处，夏日游人恒多就之品茗。二层楼之左为茶社，中座售茶，四周杂陈货品，以印章、眼镜、靴鞋、纸烟、糕点、玩物为多，其右皆为茶社。中央有女子文明新剧场，其前罗列各种游戏玩具，如吹风筒、风景画片等，触目皆是。西北隅为京津杂耍馆，有八角鼓、什不闲、对口相声、双簧、快书、各色大鼓等艺。三层楼内之左，亦茶社。商场中央，有赠品摸彩处，四周为饮茶、理发、攒花、镶牙、命相各室，右为球房，正中为露台，其左端有亭，夏时售茶，并演露天电影，前为坤书馆，八埠名妓，唱秦腔、二簧者，率集于此，馆外列哈哈镜六。四层楼上之前半为番菜馆、咖啡馆，后右旁为照相馆。五层楼为屋顶花园，飞桥亭榭，高入青云，远眺近畿，万象森列。午后四时至十时，游人尤盛。[1]

商场之外，还有各种游艺场，在北京城市指南中也多有所记述，如莲花池、城南游艺场、露天游艺场、大世界游艺场等。这些地方一般风景优美，内部配备饮食、娱乐之所，也吸引了大批游客。如1926年出版的《北京游览指南》对城南游艺场的记述："南城游艺场，在先农坛外北部，其处亭阁楼台，嵯峨危耸，红紫芳菲，一片如锦，春光明媚，花木秀丽，绿柳成行，而湖石纵横，倍增幽趣。

---

[1] 姚祝萱编：《北京便览》，上海：文明书局，1923年。

场中游艺，如露天影戏、球房、秋千、跑冰场、文明新剧之类。设置尚觉相宜，葡萄架下，以泉水烹雨前，所谓纳凉品茗，四周香风馥郁，尤足使人赏心。暑天炎伞初消，徘徊其中，清风袅袅，几流连而忘返笑（矣）。夏日每于晚间，则加放东京焰火，一线既燃，华光齐发，如金蛇万道，飞射天空，五花八门，为之目眩神夺，诚奇观也。"[①]一些大型市场，如东安市场、西安市场、天桥市场等，饮食、娱乐、购物无所不备。如东安市场"食品用器，一一具备。其娱乐处所，则有吉祥茶园，以及各种球房技场、茶楼饭馆、沐浴理发之所，无不具备"。此时，天桥市场店铺、茶社、酒肆、舞台林立，游人拥挤，热闹非凡。

妓馆也是国都时期的北京城市指南中普遍设置的条目。民国初年，北京就有不少家妓馆。据 1916 年出版的《北京指南》记载，当时北京由总警厅给照许可经营的妓馆共 373 家，北京妓院之盛由此可见一斑。该书编者还提到，对于妓院的盛行，时人已习以为常，即使是上等之客，也不以入妓院行乐为耻。京师的繁盛，还吸引了大批入京的南方妓女，其人数年甚一年。1926 年出版的《北京游览指南》就有一份"南派名妓班名录"。民国政府认可妓院经营的合法性，仅从法律上加以规范引导，如出台《管理乐户规则》《乐户捐章摘要》《京师济良所章程》等规章条例，这些条例大都收录在各北京城市指南中。北京城市指南对于妓馆乐户内容的记述，毫无避讳之意，编者通常将这部分内容放在"游览"门类，与戏园、球房、坤书馆、影院、游艺场等条目并列记述，视之为普通游览娱乐之事。民国北京妓馆分为清吟小班、茶室、下处、小下处 4 个等级品第，其中，清吟小班为头等妓馆，它们多分布于八大胡同。国都时期的北京城市指南大都对这 4 类妓馆予以分别记述，介绍它们的特点、规则、地址等方面的信息。1914 年出版的《新

[①]　金啸梅编：《北京游览指南》，上海：新华书局，1926 年。

北京指南》还附有名妓的照片（名妓小影），以及名妓的姓名、年龄、籍贯、住址、特点等信息（名花摘艳）。对于这些内容的记述，该书序文声称："乐户一门，虽记叙周详而绝不涉及狎褒，一语其略而不言者，更属不伤雅道，是谓详略各得其当。"[①]

5. 新旧并存、中西交融的风俗习尚

民国肇始，社会经历了剧变，风俗习尚也呈现不同于往昔的新面貌。一方面新事物、新时尚层出不穷，受到人们的追捧。《新北京指南》记载："北京自共和成立，凡有事为，皆有舍旧求新之象。"[②]该书还专门列举了当时出现的一些新名词，如文明、选举、竞争、团体、公益、公德、信用、卫生、路政、专利，等等。单从这些新名词中，我们便可看出，进入民国后，社会大众正在经历新观念、新风尚的洗礼，而作为中华民国的首都，北京自然而然地成为新政体的实践中心，这座城市聚集了一大批思想开放的青年学生和教授学者，他们是北京城里的新知识分子，是新思想、新习尚的践行者。同时，西方的一些风俗习惯，如西式婚礼、西式宴会礼仪等，进入民国后，也在北京流行起来，受到不少北京人的欢迎。尽管如此，国都时期的北京，传统习俗依然具有强大的生命力和生存空间，那些新时尚及西式的风俗习惯，在此时段只是一些新鲜的点缀而已，占主导性的依然是那些传统的习俗。总之，民国初期，北京的风俗习尚呈现出新旧并存、中西交融的景象，各类群体根据自己的实际情况进行选择，各取所需。

---

① 邱钟麟编：《新北京指南》，北京：撷华书局，1914 年。

② 邱钟麟编：《新北京指南》，北京：撷华书局，1914 年。

国都时期的北京城市指南，大都设置风俗或礼俗门类，其内容既极力宣扬民国北京的新时尚，又不惜笔墨介绍西方风俗习惯在北京的传播情况，同时重视对北京传统民俗的记述。兹举例说明如下。

在岁时节日上，民国政府颁行阳历，由此形成了一些阳历节日及纪念日，如阳历元旦、国庆日、南北统一纪念日等。每逢这些阳历节日和纪念日，北京各官署及学校放假，各商肆悬挂国旗，新华门、中华门等重要场所及街市张灯结彩，公园也纷纷免费开放，或只收半价门票。如1914年出版的《新北京指南》对国庆日的描述："北京各公署及铺商于国庆日皆挂五色国旗，通衢大巷间搭松枝，牌坊上缀纸花，并密嵌电灯，皎若星罗，各界均于是日放假休息，或一日二三日不等，届期游人如织，颇极一时之盛。"[1] 又如1920年出版的《实用北京指南》这样描述北京阳历节日及纪念日的情景："阳历新年及国庆日纪念日，亦别有点缀，商家皆高悬国旗，新华门、中华门、天安门、正阳门、东西四牌楼、东西单牌楼，及各大街，及交叉路口，均扎花坊，或松坊，上置电灯。马路两旁，则植高约五尺余之短竿，系以小红灯。官署亦均于门前悬旗结彩，安扎花坊。车站、大商店更有以五色电灯密排于楼房之上，作种种花纹或吉语者。入夜灯明，齐放异彩，举目环顾，处处星光，诚别具一种气象。游览之地，如先农坛、中央公园、农事试验场、劝工陈列所、三殿古物陈列所等处，均一律开放（或免费，或收半价），任人游览。而新世界戏园饭店，娼楼妓馆，电影球房，市场及各娱乐场，亦皆有人满之患也。"[2]

为推行新历，政府煞费苦心。1923年出版的《北京便览》提到，公园、陈

---

① 邱钟麟编：《新北京指南》，北京：撷华书局，1914年。

② 徐珂编纂：《实用北京指南》，上海：商务印书馆，1920年。

列所等场所在阳历节日、国庆日、纪念日向市民开放，并免费或收半价票，目的之一便是"藉以养成社会上沿用阳历之习惯"[①]。这些措施取得了一定的成效，北京城里各阳历新节日和纪念日呈现热闹的景象。不过，传统阴历节日并没有受到阳历节日和纪念日的冲击而呈现衰落之势，北京市民仍习惯沿用旧历。如 1914 年出版的《新北京指南》所言："自阳历颁行，所有旧历情形似不宜再行提及，但京中人民狃于积习，届时多有仍沿旧例者。"[②] 鉴于此种状况，1914年政府对新旧历法及节日进行了调整，"阳历初颁，民间习惯未改，每遇端午、中秋各节，或游玩，或宴会，仍沿其旧。惟阴历年节更属牢不可破，但不贴门神、不燃爆竹耳。民国三年，内务部因顺从社会习惯、人民风俗，呈请以阴历元旦为春节，端午为夏节，中秋为秋节，冬至为冬节，届时国民休息，在公人员给假一日等，因奉大总统批准，现已实行云。"[③] 这可视为政府对新旧历节日的一次调整。由于传统岁时节日仍占主导地位，因此国都时期的北京城市指南大多不惜笔墨，按照阴历时序，从正月初一始，详细记述一年之中的北京传统节日民俗。如 1926 年出版的《北京游览指南》记述北京传统中秋节俗："中秋佳节，京师商家循例必设宴，以酬伙友之劳，亦所以庆中秋也。是夕，家家设香案，案上置果盘，并有大月饼一枚。玉兔既升，则焚香烛，由妇女叩拜之，以京俗男不拜月也。迨祀月已，家人剖大月饼啖之，名曰'吃团圆'。而是日街上小贩，有叫卖泥兔者，生涯颇盛，即俗呼为兔儿爷者是也。亦有以桂枝搭作树形，上立一人，执大斧而伐之，有小兔踞树下，称为'桂殿'，亦曰'蟾宫'。

---

① 姚祝萱编：《北京便览》，上海：文明书局，1923 年。

② 邱钟麟编：《新北京指南》，北京：撷华书局，1914 年。

③ 邱钟麟编：《新北京指南》，北京：撷华书局，1914 年。

其制作之精巧，布置之美备，确不多觏，故售价极昂，洵中秋之将点缀品也，京人多购以馈友云。"①

与传统岁时节日密切相关的庙会活动也依然盛行。1920 年出版的《实用北京指南》记载："北方岁时，悉有庙会，京师尤多，其日期皆阴历也。"②1923 年出版的《北京便览》也提到，"北京向无公共娱乐所，庙会者，半含借佛游春之意，且有古来市集遗风，其开庙有一定日期（皆阴历），与南方寺观微异。"③国都时期的北京城市指南基本都记述了北京一年中的庙会。如 1920 年出版的《实用北京指南》对正月间大钟寺庙会的记述："德胜门外大钟寺（即觉生寺）开庙十五日，寺有悬大钟之高楼，即华严钟也。钟纽下有眼，悬小锣，以钱投之，中者声铿然，曰'打金钱眼'。游人争登楼，掷钱击之。寺外多驰车赛马之少年。"④对白云观庙会的记述："（正月）西便门外白云观，开庙十九日，至第十八日，往游之人尤盛，谓之'会神仙'，亦曰'燕九会'。"⑤

值得注意的是，虽然记述的是北京的传统节日和庙会，但从中也能看到反映民国时期相关内容，如春节不燃放鞭炮。甚至能看到西方的文化元素，如关帝庙会的娱乐项目，"自（五月）十一日起，永定门外关帝庙在十里河开庙三日，跑马、赛车、梨园献戏，岁以为常"。⑥可见，民国初年，北京传统节日和庙会与西方文化元素交相融合，并行不悖，展现出它强大的韧性和生命力。

---

① 金啸梅编：《北京游览指南》，上海：新华书局，1926 年。

② 徐珂编纂：《实用北京指南》，上海：商务印书馆，1920 年。

③ 姚祝萱编：《北京便览》，上海：文明书局，1923 年。

④ 徐珂编纂：《实用北京指南》，上海：商务印书馆，1920 年。

⑤ 徐珂编纂：《实用北京指南》，上海：商务印书馆，1920 年。

⑥ 邱钟麟编：《新北京指南》，北京：撷华书局，1914 年。

在礼俗上，民国初年新旧婚丧之礼并行，各版北京城市指南对此均有记述。1914 年出版的《新北京指南》记载了旧式婚俗、丧俗，在时尚门类，又详细记录了"文明结婚"的礼仪，包括行结婚礼（附文明结婚礼式图）、行见亲族礼、行受贺礼、文明结婚证书样式。1920 年出版的《实用北京指南》在记述新式婚礼时，与旧式婚礼作了比较："新式婚礼较旧为简，结婚之前男女交换戒指，即为订婚证物。（亦有于结婚日交换者）娶时多在公园、会馆、饭庄等处，门首悬旗结彩，富者更有花坊，庭设礼案。新郎、新妇与主婚、证婚、介绍各人及音乐部来宾，均有一定席次。迎娶不用喜轿仪仗，而改以花车（马车结彩），间有辅以军乐者。其仪式则有读颂词、婚证、用印、夫妇交拜，致谢主婚、证婚、介绍人、来宾及谒见亲族。所行之礼，惟于尊长叩首，或三鞠躬，余均一鞠躬。间亦有用拜跪礼者，更有以旧式改良者，乃将旧礼之过繁及无甚关系者悉删之，如迎娶仅用喜轿一乘，鼓手若干名，不用一切仪仗是也。"[1] 新式丧礼去除了旧式丧礼中的繁琐礼节，1926 年出版的《北京游览指南》记载新式丧礼云："最近京人亦多用新式丧葬之仪，取其廉也。所谓新式丧仪者，人死之后，其一切举行，虽有略同，惟屏却僧道之建醮。与出殡时之仪式，灵柩则以鲜花满缀之马车或摩托（汽车）载之。而亲朋馈礼，无锭箔之类，大都用花圈代之。至往送之亲族，概不带孝。仅于胸前缀以白色彩花，有用黄色者。出殡之夕，柩前改鼓乐为西乐，安葬既已，则举亲朋所馈之挽幛及挽联焚之，并向墓行鞠躬礼而归。"[2]

在宴会交际礼仪上，北京城市指南也大都将华宴与西宴的礼仪规则分开来介绍。1914 年出版的《新北京指南》记载了华宴通则、西宴通则、华人与西人交接

---

① 徐珂编纂：《实用北京指南》，上海：商务印书馆，1920 年。

② 金啸梅编：《北京游览指南》，上海：新华书局，1926 年。

通则。其中，西宴通则记述如下。

西宴主人、主妇分坐大菜台之两端，客坐两旁，上客之妇人坐主人右，上客之男子坐主妇左。次客之妇人坐主人左，次客之男子坐主妇右，男女交互坐。

食品干湿易配置调和之。

左按手盆（左手按盆），右手取匙，如执笔法饮之，饮毕，匙仰向于皿之右面。

面包割后而食，或用刀刮梅酱及牛油涂上食之。

吃鱼肉右手用刀切之，左手用叉，叉而食之，刀勿入口。

盐及辛辣亦配置合宜为度。

一餐食毕，刀在右向内放，叉在左俯向皿右。

酒及茶从左侧送入。

主客酬应及演说谈话须于停食之时。

宴饮之终可食水果及咖啡，并可用手巾先揩手指，后及唇面，揩毕折好放原处。[1]

民国初年，西方饮食文化在北京流行开来，北京的西餐馆逐渐增多，政府官员、大学教授等社会名流的宴请活动也时常在西餐馆举行，北京城市指南对西餐馆多有记载。1926 年出版的《北京游览指南》提到，北京城中除了华人宴会之外，"尚

---

[1] 邱钟麟编：《新北京指南》，北京：撷华书局，1914 年。

有西式之请客，其地址大半为西餐馆，或西国饭店，客所啖之肴菜，皆为西餐"。①
由于西宴社交时尚的流行，国都时期的北京城市指南大都在介绍华宴礼仪的同时，
也详述西宴的礼仪规范。

---

① 金啸梅编：《北京游览指南》，上海：新华书局，1926 年。

第五章

故都时期的北京城市指南

1928 年，国民政府迁都至南京，北京随之失去首都地位，降为特别市，改称北平。自此至中华人民共和国成立前夕，北京作为"故都"或"旧都"存在，本书称这一时期的北京为故都时期的北京。

故都时期的北京，特别是 1937 年抗日战争全面爆发之前，城市指南的编纂与出版仍旧活跃。受内外环境和时局的影响，故都时期的北京城市指南呈现出有别于国都时期城市指南的特征和表现。此时期的北京城市指南主要有：1929 年北平民社发行的《北平指南》，1932 年中华印书局发行的《简明北平游览指南》，1934 年北宁铁路管理局编印的《北平旅游便览》，1935 年自强书局发行的《最新北平指南》及经济新闻社发行的《北平旅行指南》，1936 年北平市政府组织编撰的《北平导游概况》，1948 年北京马德增书店发行的《北平名胜游览指南》，等等。

第一节　故都时期北京城市指南的出版情况

1. 北平民社《北平指南》

1929 年北平民社发行的《北平指南》，是故都时期最早出现的一部北京城市指南。该书共分为 10 编，依次为地理、街巷地名典、法规、名胜古迹、政治机关及社会团体、交通、风俗习尚、食宿游览、题名录、附录。卷首有数十张政要名流的照片、插图、题词。其内容细目见表 5.1。[1]

---

[1]　北平民社编辑：《北平指南》，北平：北平民社，1929 年。

表5.1　1929年《北平指南》内容细目

类目	内容细目
插像插图	蒋主席张长官阎总司令合影、商主席、孙民政厅长、张市长、太和殿、天坛、五塔寺、正阳门、崇文门、城南公园前门、中山公园格言亭、市民公园之世界园、商品陈列所、梅兰芳、白云观、颐和园之铜狮等80张照片 北平市简明图、中山公园图、中南海公园图、先农公园图、市民公园图、东交民巷使馆界图、农事试验场图、世界各国国旗图、北平居民职业男女比较图、北平各校男女学生比较图、北平居民职业统计表、北平学生总表等22幅插图
地理	北平之位置、北平之境界、北平之形胜、北平之沿革、内城之沿革、外城之沿革、皇城之沿革、紫禁城之沿革、北平之气候、北平之山脉、北平之河流、北平之湖海、北平之教育、北平之物产、北平之商业、北平之房价等23条
街巷地名典	地名简称表、街巷地名
法规	特别市组织法、财政局组织暂行条例、社会局组织暂行条例、违警罚法、整理步道规则、汽车管理规则、故宫博物院组织法等52条
名胜古迹	八庙、九坛、三海公园、三贝子花园、中央公园、文庙、白塔山、先蚕坛、明陵、金鱼池、社稷坛、昆明湖、故宫博物院、城南公园、海王村公园、陶然亭、商品陈列所、黄寺、农事试验场等
政治机关及社会团体	机关、军事机关、党部、各国公使馆、公安机关、警钟台、交通机关、税务机关、大学专门、中学、小学及其他学校、图书博物馆、社会团体、报社、通信社、教会、医院、会馆、义地、自来水电灯
交通	水陆之交通、陆路之交通（北宁铁路、北宁铁路支路、平汉铁路、平汉铁路支路、平绥铁路、平绥铁路支路、各火车开行时刻简表、四郊汽车路、汽车马车人力车）、电气之交通（电报、电话、无线电、广播无限电台、电车）、天空之交通、邮政之交通等
风俗习尚	相见礼、访客、宴会、中餐宴会、西餐宴会、旧式婚礼、旧式婚礼仪仗、新式婚礼、旧式丧礼、旧式丧礼之仪仗、新式丧礼、岁时俗尚、中华民国各纪念日表、庙会、晓市、日市、夜市、北平之纤手、北平之阴阳生、雇工介绍、北平之产婆
食宿游览	北平之餐馆茶社、北平之旅店、北平之乐户、北平之公园与市场、公园地址及门票、市场地址、临时市场地址、戏园电影院、戏园、电影院、北平之评书与词曲、北平之坤书、棋社、球房
题名录	著名律师题名、著名医士题名、药品（中药房、西药房）、服饰、古玩、金融、书画、饮食、文具纸张、燃料、车业电料机器、什物、土木工程材料、五金行、栉浴、工艺、洋行拍卖、公寓运输、杂项
附录	货币、货声、醵金会、善会、走会、带子会、灯笼会、五丐、五老、神词存废标准、补遗、和平公园与研究院、自然博物院、中山路、河北教育厅

从表 5.1 的细目看，《北平指南》的内容丰富，门类与国都时期的北京城市指南相近。时任河北省民政厅厅长的孙奂仑在为该书撰写序文时，称它"采择周详，记载明晰，附以精美照片，引人兴趣。嗣后游北平者，手此一书，按图索骥，不特为先路之导，抑与考古者之权舆也"。[1] 这段话直接点出这部书的城市指南属性。

这部书的出版似乎顺应了时局的需要，得到了当时政府的认可和支持。从设置的门类看，这部书与国都时期的北京城市指南并无太大区别，但各门类的次序和详略程度有所不同。书中涉及的街巷地名典、法规和名胜古迹 3 个门类的内容占了相当大的篇幅，且编排在前面，而国都时期北京城市指南一向重视的实业（或商业）内容则记述相对简略，并排于最后，显示前后出版的城市指南书侧重是不同的。

与国都时期的北京城市指南相同，《北平指南》穿插了不少商业广告，书尾处还附有一则在该书上刊登广告的启事，编者将《北平指南》与另一部指南图书《北方快览》放在一起宣传，声称在这两种刊物上刊登广告，"费用最省，效力最大，印制最精，期限最长，印刷最多，销路最广，应用最普，定价最廉"。[2] 且具体分析了两种刊物的需求和销量："北平四通八达，平汉、平绥、北宁三大干路，运来之客每日平均在一万五千以上，每百人购用《北平指南》一册，日销一百五，年可五万册。再加其他各路来客及公私团体、商号住户之处处需求，最少年销十万册。在本指南上登广告，当为有目者所共赏。"[3] 由此可见，《北平指南》

① 北平民社编辑：《北平指南》，北平：北平民社，1929 年。

② 北平民社编辑：《北平指南》，北平：北平民社，1929 年。

③ 北平民社编辑：《北平指南》，北平：北平民社，1929 年。

在市场上比较受欢迎，它的销量是非常可观的。

北平民社是当时北京的一家出版机构，位于东华门外马圈胡同。除《北平指南》外，该社还出版过《北平地名典》《北方快览》《中华民国省县地名三汇》《内府地图》等书刊地图。其中，1933年出版的《北平地名典》是在《北平指南》第二编"街巷地名典"的基础上，经过再次调查，订补而成。该书的序文提到《北平指南》时称："本社于民国十八年，聘请专员十人，调查八阅月，《北平指南》始告厥成。"[①] 可见，北平民社在编纂《北平指南》上下了较大的气力。现在能查到的北平民社出版的书仅有10余种，《北平指南》算是比较有代表性的一部。

2. 中华印书局《简明北平游览指南》

1932年，中华印书局发行《简明北平游览指南》[②]。如书名所言，这是一部简明的北京城市指南，全书仅70余页，分为17项。具体内容细目如下：

> 1. 北平之沿革；2. 北平之气候；3. 北平外城之沿革；4. 北平内城之沿革；5. 旧皇城之沿革；6. 北平公署一览；7. 北平交通局所；8. 著名律师题名录；9. 著名医士题名录；10. 北平各行商号一览；11. 北平著名药品；12. 北平名胜古迹；13. 故宫博物院；14. 明陵核实记；15. 北平之游览及娱乐场所；16. 冶游；17. 北平之交通

这部书的记述十分简括，内容大都以条目列出，仅载名称、地址等必要信

---

① 李炳卫，童卓然编：《北平地名典》，北平：北平民社，1933年。

② 金文华编辑：《简明北平游览指南》，北平：中华印书局，1932年。

息。卷首有一幅《最新北平详细地图》，制作精细，并附会馆信息，较为实用。除地图之外，卷首还附有故宫、前门、天坛、北海及京剧艺人的少量照片。版权页显示的版权信息为再版本，不知初版刊于哪一年。其他已知版本还有1933年、1935年第六版。该书因其简要实用，在市场上颇受欢迎，因而数次再版发行。

《简明北平游览指南》版权页署名编辑者为大兴金文华，发行者为河间齐家本，印刷者为中华印书局。编辑者金文华为北京大兴人，其他信息不详，有关他的记载很少。发行者齐家本是民国北京的一位出版商，他本为河北河间人，民国初年来到北京，在琉璃厂宣元阁印刷局做帮工，后来掌握了图书印刷发行的全部流程，于1918年与他人合伙开办了中华印书局，厂址设在前门外杨梅竹斜街。中华印书局成立后，出版过不少切合市场需求的书，颇受读者欢迎。它出版的25册《文明大鼓书词》发行量巨大，为中国曲艺尤其是鼓词的传播做出了积极的贡献。直到中华人民共和国成立初期，中华印书局仍很活跃。关于城市或名胜游览指南方面的书籍，中华印书局出版过很多种，除了《简明北平游览指南》，中华印书局还发行过《燕京访古录》（1934年）、《西山名胜记》（1935年）、《天桥一览》（1936年）、《天津游览志》（1936年）、《简明天津指南》（民国时期，具体发行时间不详）、《简明曲阜游览志》（1937年）、《北京游览指南》（1949年）、《最新简明北京游览指南（附故宫导游图）》（1950年）、《故宫游览指南》（1951年）。其中，《简明曲阜游览志》《北京游览指南》《最新简明北京游览指南（附故宫导游图）》《故宫游览指南》署名编者均为齐家本。可见，齐家本及其投资经营的中华印书局比较重视编纂出版城市及名胜游览指南图书，特别是京津一带的城市及名胜游览指南。

3. 北宁铁路管理局《北平旅游便览》

1934 年，北宁铁路管理局发行《北平旅游便览》[①]，这部书也是一部简明的北京城市指南，全书共 130 页，分 21 项，内容除了介绍北宁铁路的乘车须知之外，重点向旅客介绍了北平的大要概况。具体内容细目如下：

> 1. 北平全市略图；2. 旅行本市须知；3. 概说；4. 区域；5. 名胜；6. 旅馆；7. 饭庄；8. 交通；9. 前门车站纪要；10. 商肆；11. 剧社与游戏场；12. 浴堂；13. 医院；14. 机关；15. 名产；16. 北宁铁路及联络线路图；17. 北宁铁路旅客须知；18. 北宁铁路行车时刻表；19. 北宁铁路客票价目表；20. 饭车食品烟酒价目表

这部书是北宁铁路管理局发行的"北宁铁路旅行指南丛刊"中的一种，它实质上是一部铁路旅行指南。如该书中的一篇序文所言："欧美诸国，对于名都大埠，恒有（Travelling Guide Pamphlet）之编制……近年各路于全路指南以外，间有专纪一地之作，渐涉精要，跂从欧美。兹者本路亦有《北平旅游便览》之辑，意者今后中外人士之游北平也，当不复有彷徨之叹。"[②]

北宁铁路的前身是京奉铁路，区间由北京到奉天。1928 年，北京改称北平，奉天改称辽宁，京奉铁路乃更名为北宁铁路。京奉铁路局在清宣统二年（1910 年）曾发行过《京奉铁路旅行指南》。这是中国较早发行的铁路旅行指南。此指南内含的《北京大观》是铁路旅行指南中对北京最早的记述。

[①] 北宁铁路管理局总务处文书课编：《北平旅游便览》，"北宁铁路旅行指南丛刊"之一，北平：北宁铁路管理局，1934 年。

[②] 北宁铁路管理局总务处文书课编：《北平旅游便览》，"北宁铁路旅行指南丛刊"之一，北平：北宁铁路管理局，1934 年。

《北平旅游便览》，如其书名所示，专为游览而设，在记述上力求简明，讲究实用，"凡有关于游览所需要，无不目张纲举，博设详收""不敢繁博取纷，一以简明为主""本篇体制注重简明，凡不甚重要者，皆不在记述之列。"[1]卷首附有北海、天宁寺、千佛像塔、明陵华表、颐和园、玉泉山白塔、天坛等北京名胜及北宁铁路前门车站、列车的精美照片，共51张。正文所记述的项目，大都在所列细目前，有一段言简意赅的总括性文字，概述本项目的内容要点与特征。

如"旅馆"一项，前面的总括性文字为："北平之旅馆，多聚集于前门一带。本路前门车站外，西行即至前门大街，西为西河沿，东为打磨厂，旅馆甚多，可以投止。惟北平旅馆等级甚繁，其最伟丽者，首推北京饭店，在东长安街，六国饭店在御河桥，中西贵宾，多下榻于此。旅客乘本路客车甫抵站台，即可见此等旅馆所派着有制服之接客入迎于车外。其他如西珠市口之中国饭店，东长安街之中央饭店、长安饭店、东安饭店，打磨厂之第一宾馆，西柳树井之汇通饭店，西长安街之华北饭店，均派有人在车站接客，其建筑及设备均系近代式，起居便适，房价每日二元以上有差，旅客可择其适于自己之地址者投止。至于以'店''栈'名者，多属中国旧式，取价较廉。又有一种小公寓，最为简陋，租费、伙食均以月计，不过十数元，凡收入较俭之员司、学子常住为宜。此项公寓，散在各处，旅客初到北平，宜先在客栈小住一二日，就本身便利之地点访求之，甚属易易。除上所述，再举于后……"[2]

又如，对"高校"的记述为："城内大学直辖于教育部者，共有三校。（一）

---

[1] 北宁铁路管理局总务处文书课编：《北平旅游便览》，"北宁铁路旅行指南丛刊"之一，北平：北宁铁路管理局，1934年。

[2] 北宁铁路管理局总务处文书课编：《北平旅游便览》，"北宁铁路旅行指南丛刊"之一，北平：北宁铁路管理局，1934年。

为国立北京大学，共分三院。第一院在汉花园，文学、哲学、史学等系设于此。第二院在马神庙四公主府，物理、化学、数学、地质、心理等系设于此。第三院在北河沿旧译学馆，法律、经济、政治等系设于此。（二）为国立北平大学，系合并前国立各专科大学七校而成，办公处在中海怀仁堂，分辖七院。一医学院，在后孙公园，有分院在□（字迹不清）子胡同。二农学院，在阜成门外罗道庄。三女子学院，在朝阳门内北小街。四工学院，在端王府夹道。五法学院，共分三院。第一院及第二院在国会街，即前参众两院旧址。第三院在李阁老胡同。六艺术学院，在京畿道。七俄文法学院，在东总布胡同。（三）为国立北平师范大学，系合并前师范大学及女子师范大学而成，共分三学院。一文学院，在石驸马大街，即前女师大旧址。二理学院。三教育学院，在南新华街，即前男师大旧址。至不直辖于教（育）部者，有铁道部之交通大学北平铁道管理学院在李阁老胡同。中法大学服尔德等学院在东皇城根。其私立者，有中国学院，即前中国大学，在西城郑王府。协和医校在东城豫王府。最近东北大学因东北事变，移平授课，地址在彰仪门大街。

"至大学之在城外者，有清华园之清华大学，与海甸之燕京大学。此两校以地远尘嚣，邻于山水，玉泉翠微诸峰，若在几席，而颐和园与圆明园之残址，举步可游，盖为天然讲学之胜地。复以分科美备，建筑崇闳，既无风潮之惊，斯多弦诵之乐。"[1]

如上，《北平旅游便览》的这种总括性叙述，要言不繁，清晰明了，用一两段话，便能将一项内容的大概描述清楚。在简明性的北京城市指南中，实属上乘之作。

---

[1]　北宁铁路管理局总务处文书课编：《北平旅游便览》，"北宁铁路旅行指南丛刊"之一，北平：北宁铁路管理局，1934年。

4. 自强书局《最新北平指南》

1935 年，自强书局出版发行由田蕴瑾编撰的《最新北平指南》。该书在篇幅上与北平民社编辑的《北平指南》相当，内容十分丰富，共分 15 编，依次为北平剪影、胜迹摘要、平市地名一览、风俗、游览须知、娱乐、出版事业、机关团体学校、艺术介绍、街头素描、商业汇集、违警罚法、社会公益组织之纪实、卫生、拾遗。[①] 具体内容细目见表 5.2。

表5.2 1935年《最新北平指南》内容细目

类目	内容细目
题词照片	南京检察院于院长题词、河北省政府商主席题词、北平市秦市长题词、自强书局门市外部近影等26条
北平剪影	古今考（沿革、城垣及皇城、气候、户籍人口、河流饮泉、马路）、南城（天桥、劝业场）、北城（平民商场、什刹海、德胜门晓市）、东城（东安市场、隆福寺、朝阳市场）、西城（西单市场、白塔寺、护国寺）、平市胜迹照片
胜迹摘要	故宫、太庙、历史博物馆、古物陈列室、景山、三海公园、天坛、先农坛、日坛、月坛、孔庙、鼓楼钟楼、隆福寺、土地庙、花市、倒影庙等161处名胜古迹，附平市游览价目一览表、附平市及四郊地图1幅
平市地名一览	城阙（内城、外城、平市城阙简称表）、街巷地名
风俗	礼节称呼及嗜好、平市之小贩、节令、特有之见闻、婚礼、丧仪
游览须知	谨防扒手、骗术种种、交通（洋车汽车及脚驴价格、乘火车须知、乘机须知、电车及公共汽车各路线分段价目表、国内电报价目表、香港电报价目表、澳门电报价目表）
娱乐	戏院、电影院、球社、坤书社、冶游须知
出版事业	报社、通讯社、广告社、刊物、书店及书铺、印刷所、出版法
机关团体学校	行政机关、军政机关、司法机关、财税机关、交通机关、外交机关、实业机关、文化机关、卫生及其他机关、慈善团体、宗教团体、公商会、公益团体、其他团体、各会馆、各大学校、各中学校、女子中学校、各小学校、专门学校、师范学校、其他学校、学术团体

---

① 田蕴瑾编：《最新北平指南》，自强书局，1935 年。

续表

类目	内容细目
艺术介绍	艺术界之名宿
街头素描	百业萧条之情况、洋车夫之一般、乞丐之一般、平民生活之写真
商业汇集	金融事业、服装、食品、住宿、车辆、药行、栉浴及照像、工业
违警罚法	总纲、妨害安宁之违警罚、妨害秩序之违警罚、妨害公务之违警罚、妨害风俗之违警罚、妨害卫生之违警罚等9条
社会公益组织之纪实	五台山普济佛教总会、北平育婴堂、北平聋哑学校
卫生	公共方面（医院、医生）、个人方面
拾遗	介绍北平青年会西山卧佛寺宿舍、介绍青年会宿舍、介绍青年会学生信托部

与北平民社发行的《北平指南》类似，田蕴瑾编撰的《最新北平指南》也邀请政学界名流为之题词、撰序，极力宣扬。

本书开篇为"北平剪影"，概述北平的历史沿革、宫殿建筑、气候、人口、河流、路况，以及东城、西城、南城、北城各城的商场、游览场所，并附大量古迹名胜照片。编者希望通过本编，使"阅者明了北平之由来，及现代社会之认识"，即对北平的历史和现状有个概况性的整体认知。这样的编排，较有新意，为以往北京城市指南所鲜见。

该书能满足不同读者的需求，如其中的一篇序文所言："……《最新北平指南》，把整个的北平，凡属地志、胜迹、交通、文化、社会情况等，莫不搜罗无遗，详载于一书中。久居故都的，有知而不得其详；甫来北平的，欲想一知全市的风光；欲来北平的，未悉北平的风情；未到过北平的，想洞悉北平的形胜，及其所有；总可以一读此书，即如得一指南之针。"[1] 尽管本书没有声称专为"游览"而编，也没有命名为"游览指南"，但书中不乏利于游览的内容，

---

[1]　田蕴瑾编：《最新北平指南》，自强书局，1935年。

如各种指导游览的实用表格：《平市游览价目一览表》《各铁路行车时刻表》《航空飞行时刻价目表》《电车及公共汽车各路线分段价目表》等。与游览相关的篇章，如"北平剪影""胜迹摘要""游览须知"等，也被置于书中突出位置，予以重点记述。

该书较为有特色的内容，是对北平风俗和平民生活及社会状况的描述。第四编专记北平风俗，包括礼节、称呼、叫卖声、平市之小贩、节令、特有之见闻、婚礼、丧仪等民俗事项。以往北京城市指南，也有不少记述风俗的，但大都不及此书详备。如对"豆汁"的记述："豆汁为食品之一，其味酸，分生、熟两种。生者较廉于熟者，生者民家买来后，混以小米而煮之，谓之'豆汁粥'。熟者则沿街叫卖，或设摊于街市，每碗一二枚不等。咸菜则不另取费矣！"①又如对"太阳节"的记述："废历二月初一日为太阳节，民家俱祭太阳，各蒸锅铺均备有太阳糕，非绝早起床，则难买到也。"②

第十编"街头素描"还细致地描述了北平平民生活状况及社会情形。首先提到了国都南迁后，各商业无不一落千丈，许多商家仅能勉强维持营业，甚至依赖学生维持生存与繁荣。"平市向称文化中枢，繁华之集中点，盖因商贾云集，学校林立。近年来虽则市面上呈现萧条，金融感觉窘迫，然平市所能维持繁荣之因，皆赖莘莘之学子，以及各机关团体之人员。"③面对社会不景气，百业萧条不振的状况，各商家绞尽脑汁，尝试各种吸引顾客的方法，以期增加营收。"由百业不振，便引起商战（尤以绸缎庄为甚！），由于商战，绸缎业倒闭者正不知凡几。

---

① 田蕴瑾编：《最新北平指南》，自强书局，1935 年。

② 田蕴瑾编：《最新北平指南》，自强书局，1935 年。

③ 田蕴瑾编：《最新北平指南》，自强书局，1935 年。

近年来各商业委实苦于营业不发达之痛心。首先于东城最负盛名之一家大公司，为提倡营业计，租赁一辆载重大汽车，车之周围大书许多标语：'□□公司□□周年纪念''大减价三十天''大减价只有□天了'等是。另外招雇数人，坐于车心，头戴大秃和尚逗柳翠之面具，锣鼓齐敲，优游全市，此亦为提倡营业为广招徕也。此后许多商号亦相继效仿……"①

对于平民生活状况的描述，本书着墨不少。如对洋车夫生活的描述，"平市洋车夫之多，在世界可称首屈一指，此为人所共知。因为近年来市面萧条，民生凋敝，一般以身为业之劳动者，只可拉洋车。同时平市近郊以及河北各县，感觉天灾兵燹之苦，农村已宣告破产，那些农夫们求生无方，亦就跑到这个都市里来充当胶皮团员。"②又如，谈到水夫时，指出当时北京虽早已出现自来水，但其应用范围有限，"北平之沿街卖水者，皆为山东籍之同胞也。自来水倡兴后，只能供一般中上阶级之饮料，普通民家则弗敢问津，安装费特昂则为其最大之主因也。"③

可见，编者应对北平的风土人情、平民生活及社会状况有着细腻的观察和感触，才能将此部分内容绘声绘色地描述出来，构成了本书的一大特色。王梅丽在为此书撰写的序文中指出："年来此种书籍（指北京指南），市间虽已发现不鲜，惟若求其完备者，则难矣哉！因是，一般人感以不能深明故都之风土人情、社会状况为绝大之遗憾！幸有田韵锦君，以渊深之学识，宏富之经验，著成此书，堪为不悉故都风情者之导师。"④而田光远在序文中指出："……《最新北平指南》

---

① 田蕴瑾编：《最新北平指南》，自强书局，1935年。

② 田蕴瑾编：《最新北平指南》，自强书局，1935年。

③ 田蕴瑾编：《最新北平指南》，自强书局，1935年。

④ 田蕴瑾编：《最新北平指南》，自强书局，1935年。

亦社会学也，其倡导学识，以资借镜处，为社会教育之助，实希世之南针，非仅对于衣食住行之叙述已也。"①

本书编辑者田蕴瑾，不知何许人，据本书序文了解，他是一位青年作家。本书印刷者署名上海自强书局，但总发行所署名为"北平（前门外琉璃厂）自强书局"，并指明此书在平津保各大书店、饭店、旅馆代售。盖自强书局虽与上海有关联，但就本书的发行，应该为北平琉璃厂中的自强书局所负责。《最新北平指南》发行后，颇受欢迎，一再重版。1938年，已发行到第八版。1942年田蕴瑾还对本书进行改编，推出了《袖珍北京城市指南》。

5. 经济新闻社《北平旅行指南》

1935年出版的北京城市指南，还有一部为《北平旅行指南》，该书由马芷庠编纂，经济新闻社出版②。全书分为8部，依次为：古迹名胜之部、食住游览之部、旅行交通之部、工商物产之部、文化艺术之部、政军机关之部、公共团体之部和社会公益之部。具体内容细目见表5.3。

本书卷首也有政学界名流的题词、撰序，而本书的编者马芷庠本人为新闻界名流，在北京工作数十年，他在本书的自序中说："余客旧都甚久，不啻第二故乡，滥竽新闻事业，亦二十载。"③管翼贤在为此书撰写的序文中说："老友马芷庠先生江苏硕望，遨游燕市，饱经沧桑，醰饫掌故。先生夙热心国事，嗜学成癖，在新闻界声誉翔著。近本三十年之经历辑成《北京旅行指南》一书，朝夕从事铅椠，

---

① 田蕴瑾编：《最新北平指南》，自强书局，1935年。

② 马芷庠编：《北平旅行指南》，北平：经济新闻社，1935年。

③ 马芷庠编：《北平旅行指南》，经济新闻社，1935年。

表5.3　1935年《北平旅行指南》内容细目

类目	内容细目
题辞、序文、插图、照片	天坛祈年殿封面七彩图、吴子玉上将军等人题签题辞、本刊工作人员合影、管翼贤先生序、张恨水先生序、马芷庠自序、北平名胜游览全图、铜版照片（城垣）
古迹名胜之部	北平概略（名称沿革、城垣建置、皇城建设、河流水源、户籍人口、井泉饮料、气候习俗、商业兴衰、市政改进）；按照北平中城、北平南城、北平东城、北平北城、北平西城、北平西郊、北平南郊、北平东郊、北平北郊的顺序依次介绍各区古迹名胜，并附有大量古迹名胜铜版照片
食住游览之部	著名中西饭馆、咖啡馆、茶点社、平民食品、旅馆公寓、浴堂、理发所、天桥娱乐场所（附游泳池）、妓院
旅行交通之部	个人经济旅行、团体游览日程、铁路特别快车开行时间及价目、航空价目表、各项车辆价目、西山轿驴价目、各处游览票价、邮电时间价目
工商物产之部	农矿工艺、工厂公司、百货商店、银行银号、商场
文化艺术之部	书画雕刻、中西医院、大学校、专门学校、中学校、小学校、图书馆、学术会社、报馆、通信社、广告社
政军机关之部	政军司法、市政宪警、外交使馆、财税实业、邮电路航
公共团体之部	商会同业公会、工厂联合会、律师公会、工会、新闻记者公会、妇女会、各省旅平同乡会
社会公益之部	慈善团体、育婴堂、省郡县馆

费时几度寒暑，既脱稿，视余丐弁语。"[1]马芷庠还邀请了作家张恨水作为本书的审订者，为本书增色不少。

与书名相吻合，这部书突出了作为旅行指南的属性，前三部"古迹名胜之部"、"食住游览之部"和"旅行交通之部"，都与旅行密切相关，占据了整本书相当大的篇幅，所述事项也大都切合实用，能真正起到指南之功用。如在"旅行交通之部"中，马芷庠总结了一套个人和团体北平7日旅游的方案，包括乘车路线、乘车注意事项、旅馆住宿、每一日的参观景点及乘车方式、总的支出等。

---

[1]　马芷庠编：《北平旅行指南》，北平：经济新闻社，1935年。

例如，个人 7 日经济旅行方案中的第一日是这样安排的：

上午至天坛、先农坛，人力车三十余枚。若由正阳门桥乘电车，需十二枚。下车往南，至天坛外坛，门票二十枚，除树木荫翳，无甚可观。内坛票价三角，内有圆丘坛、祈年殿、斋宫长廊等项，均为世界罕见之古迹。游毕出门向西里许，至先农坛，门票二十枚，内有太岁殿、观耕台、庆成宫、雩坛等古迹，与天坛有同等价位。游毕回旅馆午饭休息。再赴历史博物馆，人力车三十枚，至午门，门票二角。该馆陈列各物，不惟与历史有关，且可知文化进行之程式。游毕可购古物陈列所全部票，票价二元三角。入午门向西，至武英殿，最近英国退还之《清代开国方略》，砍（加）拿大送还之王莽货币均陈列该殿。游毕往西至浴德堂，浴室系乾隆为香妃仿土耳其建筑，堂内悬香妃戎装便服二像，为郎世宁手笔，奕奕如生。观毕出门往东入太和门，参观太和、保和、中和三大殿，南朝房洪宪，陈列袁氏称帝仪仗及古代兵器。游毕出门向东至文华殿，参观福开森氏古物后，至传心殿，观毕出西华门，乘人力车二十枚可赴东安市场德昌等茶楼，稍事休息，再参观全场一周，至东亚楼或五芳斋，独酌毕返旅馆。①

日程安排之周到细致，由此可见一斑。也反映出这部书作为旅行指南的性质十分明显。

难能可贵的是，本书附大量精美照片。"而每类前各附有极精致之铜图，益

---

① 马芷庠编：《北平旅行指南》，北平：经济新闻社，1935 年。

显美观。"[1] 马芷庠在自序中说，本书征集和拍摄的照片有700余幅，因篇幅所限，删繁就简，最终选入书中的照片为265幅。[2] 从这些数量众多的照片及其精心的编排中，也能看出编者对于旅行游览的考虑。

为编成此书，马芷庠不辞劳苦，投入大量精力。他曾发放逾万份调查表，并虚心向好友请教。"旧友许凤轩、白陈群、邢景屏，均久居旧都，于平市风土人情、名胜古迹，知之尤详，每引余为同好，闲尝述说此地掌故，详明透辟，多为外间所罕闻者。"[3] 张恨水在为本书撰写的序文中说："而马君（马芷庠）虚怀若谷，不自以为足，每一章成，必挟稿以相商。南北城相隔十余里，烈日如炉，马君挥汗奔走无难色。由其初以及书之脱稿，始终无间。"[4] 因这份努力，加上马芷庠与审订者张恨水的学识，保障了该书的质量，使之成为当时最有代表性和影响力的北京城市指南。

《北平旅行指南》很受欢迎，初版还未印好，便预售出千余份。"余受同业之善意，不能不兼程并进，以期如期出版。而外间附费定购之函，亦纷至沓来。远如粤闽桂湘，近如鄂皖苏鲁晋绥察冀等省，至上月月中已有一千零一十六件，共得邮票七百八十一元零五分。自是购书人，电函催询，几于无时无之。"[5]《北平旅行指南》出版后，屡次增补修订，至1941年已重修至第六版，其间增加了不少内容。如1937年4月发行的第四版的凡例指出："本书于中华民国二十四年八月初版，全书仅有四百六十余页，旋经屡次增订，均派专员重加调查，四版

---

[1] 马芷庠编：《北平旅行指南》，北平：经济新闻社，1935年。

[2] 马芷庠编：《北平旅行指南》，北平：经济新闻社，1935年。

[3] 马芷庠编：《北平旅行指南》，北平：经济新闻社，1935年。

[4] 马芷庠编：《北平旅行指南》，北平：经济新闻社，1935年。

[5] 马芷庠编：《北平旅行指南》，北平：经济新闻社，1935年。

亦已增至六百余页，子目增多较前更为完善。"①

6. 北平市政府《北平导游概况》

1936 年，北平市政府组织编纂了一部《北平导游概况》②，该书仅介绍了北平值得参观的名胜古迹，包括 8 个部分及附录（市政府文物整理计划）。具体内容细目见表 5.4。

表5.4　北平市政府组织编纂的《北平导游概况》细目

类目	内容细目
城垣	内城、外城
故宫	禁城、宫殿、景山
坛庙	天坛、先农坛、孔庙、清太庙、大高元殿、堂子、雍和宫、黄寺
公园	中山公园、中南海公园、北海公园、颐和园
城郊名迹	国子监、观象台、钟鼓楼、十刹海、积水潭、崇效寺、东岳庙、白云观、利玛窦坟、慈寿寺塔、天宁寺、农事试验场、五塔寺、大钟寺、玉泉山、香山、卧佛寺、碧云寺、实胜寺演武厅、八大处、黑龙潭、温泉、大觉寺
汤山	行宫浴池、后湖
十三陵	长陵、其他诸陵
长城	居庸关、青龙桥
附录（市府文物整理计划）	修缮工程、道路工程

本书不足百页，仅介绍北平的名胜古迹，虽然以"北平导游"命名，但就其内容而言，作为导游的价值远不及北宁铁路管理局发行的《北平旅游便览》、马芷庠编纂的《北平旅行指南》等书。尽管如此，本书还是比较特别的，它是第一

---

① 马芷庠编：《北平旅行指南》（第四版），北平：经济新闻社，1937 年。

② 北平市政府编：《北平导游概况》，1936 年。

本由北平市政府组织编纂的北京城市指南。

7. 倪锡英《北平》

1936 年 8 月，倪锡英编著的《北平》由中华书局出版，此书为"都市地理小丛书"之一。作者在"编辑例言"中说："本丛书专供中等学校学生学习地理时参考自习之用，可采作中学生之地理补充读物，兼可为一般人导游之指南。"[1]可见，此书兼有中学生北京地方文史教育与北京导游之性质。其内容包括故都北平、北平形势概述、故宫一周、三海、北平城郊胜迹志、颐和园（上）、颐和园（下）、长城访古、西山揽胜、北平生活印象 10 个部分。作为北京导游指南，与前面的北京指南相比，《北平》是比较独特的一部。在城市资讯的记述上，它略显逊色，没有那么详细地列举饭店、旅馆、交通、娱乐等实用指导信息。但在城市感知的细描上，本书的写法值得称道，因为它的主要阅读群体预设的是中学生，所以倪锡英对北平的描述具体生动，"地理为一极繁杂之学科，学者每感枯燥无味，本丛书之编写，以兴趣为主题，写述力求生动，记载务使具体，俾读者翻阅本书，宛如阅读游记小说，而能得一深刻之印象。"[2]

例如，在"西山揽胜"部分，倪锡英这样描述西山景观及其旅游的状况："'到西山去！'这是已成为北平当地人民和外来的旅客们一句很熟习的口语。出了北平西直门外，便可以看见在那西郊的一片林原尽处，挡着重重的山峦，近山苍黛，远峰青淡，高矮重叠，和云天连成一片，这便是西山的胜景了。从北平城区到西山去，有汽车道接连着，每天，来往开驶着好几班公共汽车。此

---

① 倪锡英编著：《北平》，上海：中华书局，1936 年。

② 倪锡英编著：《北平》，上海：中华书局，1936 年。

外，汽车、马车、人力车都可以直达，交通非常便利，游人们到西山各处去游览，可以当天来回，也可以留山住宿。如果要把西山所有的胜景都玩遍，那么，至少需要一星期的时间。"①

又如，对于国都南迁后，北平人民的生活状况，倪锡英认为较未迁都前是闲散舒适的；对于北平城市生活给予较高的评价。"北平的生活，可说完全是代表着东方色彩的平和生活。那里，生活的环境，是十分的伟大而又舒缓，不若上海以及其他大都市的生活那样的急促，压迫着人们一步不能放松地只能向前，再也喘不过气来。又不若内地各埠那么的鄙塞简陋，使人感受着各种的不满足。那里有着各式最新最摩登的物质设备，可以用最低廉的代价去享受。而日常的生活，是那末宽弛的，好像一张松了的弓，会觉不到悠悠的岁月在奔逝着。……北平生活的闲散舒适，还是近十余年内的事，当政府没有迁都南京以前，北平的生活是正和现在南京的生活那样，含着浓厚的政治意味，而兼以人口的拥挤，住所也不舒服了。各种物品供不应求，百物就昂贵了，虽然物质上的设备是要比现在的南京来得完备，可是因为生活程度很高，非一般普通人所能享受。所以在那时候，达官贵人的生活是比较舒适的，但是因为政事的烦扰，称不上安闲。而一般的市民，终天便在高昂的生活线上挣扎着，一刻也不容闲息。……北平因为政治的变革，生活程度便立刻低落下来了，往日各种物质设备是依然存在，可是因为市面上骤然失去了政治和经济的重心，一切的代价便全都低廉，于是一般人的生活，也随着由紧张而松缓了，不再像以前那样的挣扎着。"②正如此段文字描述，倪锡英在《北平》中经常对比北京在迁都前后的景况变化，以及将国都南迁后的北平与

---

① 倪锡英编著：《北平》，上海：中华书局，1936年。

② 倪锡英编著：《北平》，上海：中华书局，1936年。

取得首都地位的南京进行比较，又在叙述中流露出对故都北平的喜爱与留恋。

8. 全民族抗日战争时期及解放战争期间的北京城市指南

1937 年 7 月，北平沦陷，很多事业停滞下来，至 1945 年抗战胜利结束，其间鲜有新的北京城市指南出现。1938 年，马芷庠受经济新闻社之邀对《北平旅行指南》进行了重编，发行第五版。因日伪政府将北平市名重又改回北京，重编后的《北平旅行指南》名称改为"北京旅行指南"。重编本改变比较大的部分是卷六"军政机关之部"，根据当时的情况进行了修正。卷八"社会公益之部"也稍有修改。其余各卷内容，没有变化。[①]同年，田蕴瑾的《最新北平指南》发行第八版，书名改为"最新北京指南"，标注"新增八版"。除此之外，内容上并没有变化，这次再版只能算是重印。

解放战争前期，未发现新的北京城市指南出版，但在 1948 年，出现了 3 部北京城市指南，它们分别是《北平名胜游览指南》《北平导游》《北平名胜游览地图（附北平名胜游览指南）》。

1948 年 3 月，马勇信编著的《北平名胜游览指南》，由北京马德增书店出版发行。这部书分为 8 章，附插图 20 幅，北平市街地图 1 幅。具体内容细目见表5.5。

表5.5　1948年马勇信编著的《北平名胜游览指南》内容细目

章　节	内容细目
北平史迹	城的历史、城垣建筑、皇城和紫禁城、午门及三大殿、故宫、景山、太庙、中山公园、北海及中南海
内外文物	天坛、地坛、先农坛、孔庙、雍和宫、钟鼓楼、天桥、陶然亭、崇孝寺及白纸坊、四庙会、什刹海、厂甸、城隍庙、图书馆、观象台、清真寺

[①]　邱仲麟：《从会馆、庙寓到饭店、公寓——北京指南书旅宿信息的近代化历程》，载北京市社会科学院历史研究所编《北京史学（2018 年春季刊总第 7 辑）》，北京：社会科学文献出版社，2018 年 7 月，第 59 页。

续表

章　节	内容细目
四郊风景	颐和园、玉泉山、香山、八大处、卧佛寺、碧云寺、潭柘寺、戒台寺、大钟寺、农业试验场、妙峰山、汤山、黄寺、居庸关、十三陵、石景山、白云观、东岳庙、燕京八景
商业状况	主要商业街市、各项商业、东安市场与西单市场、著名商店及公司、金融机关
文化及体育	学校、图书馆、报社及其他、体育场、游泳池、滑冰场
娱乐场所	戏院、影院、游艺社、球社、妓院
食与住	著名旅馆、著名饭馆、茶点社及著名小吃、浴堂及理发店
交通	航空、火车、电车、公共汽车、汽车及其他、邮电

在本书的后记部分，马勇信说明了他编撰此书的一些想法，指出这部书"是一个最简单最起码的向导"，它的姊妹篇《北平揽胜》收录百余幅北京民俗景物照片，当时正在编印中，即将出版。值得一提的是，在马勇信的认知中，包含两个不同的北平：一个是有形的北平，另一个是无形的北平。他认为《北平名胜游览指南》没有很好地将北平的无形部分表达出来，"最遗憾的，是这本书仅介绍了'有形'的北平，而没能够把'无形'的部分叙述出来，所以像风俗、人情、金石、文玩、字画、民俗等都未列在里面。这，我们想陆续增补，在下一部出版时，当能更详尽一点。"国都南迁后，不少人对北平寄予建设一个游览城市的希望，此书也为指导游览而编，但马勇信对北平城市的功能提出了更高的期望，"我们不希望北平只是一座游览的都市，而因此还而且反映历代的兴衰，人民的归趋，这也就是这本小书的'弦外之音'，待读者从实际观察中去领会了"。[①] 这实际上是马勇信依然将北平定格在"首善之区"的标准上，尽管北平失去了首都地位，但它也不应该仅仅作为一座游览城市存在。

---

① 马勇信编著：《北平名胜游览指南》，北平：马德增书店，1948 年。

马勇信的这部《北平名胜游览指南》篇幅不大，仅 70 余页，但在记述上颇有特点，既言简意赅，又能做到今昔对比，将北京城市的变化描述得很清楚。例如，提到前门大栅栏商业发展情况时说："大栅栏最盛于民国初年，当时外埠来京人士，于下火车后即分赴该处购物。但今日外埠客商已趋向前门外东部布巷子、蒋家胡同一带，因大多数批发商，如布商、糖商、烟草、干果，每晨均于此设市，市价较为便宜。"[1]

又如，记述天桥时称："天桥在正阳门西南，永定门内，在先农坛与天坛北墙外一带，东至金鱼池，西至香厂路，为商贩集中之所。天桥旧有水心亭，内有茶肆鼓场，种植荷花，西北为先农市场。所谓天桥，原有石桥一座，今已拆平。今为江湖术士、三教九流、四方杂处之地。凡商贩、星卜医药、大鼓、评戏、相声等，较著者有天桥八怪，今已零散。当时多负绝技，如大金牙（拉大片）、云里飞（滑稽戏）、大兵黄（卖药糖）、焦德海（相声），此均名盛一时。此外尚有武术家沈三、宝善林等。天桥为北平最大平民市场，娱乐场所以古书为最多，其它平戏亦不少，有许多自此歌唱成名者。附近尚有城南游艺园，今已荒废，改为屠宰场矣。"[2]

这段文字提到的城南游艺园，在国都时期，也就是 20 世纪 20 年代，有几部北京城市指南对其都有所记述，当时还是一派热闹的景象。如 1926 年的《北京游览指南》描述城南游艺园的情景，而《北平名胜游览指南》记载，昔日热闹的城南游艺园已经荒废，成为屠宰场，从中可以看出城南游艺园的兴衰变化。

① 马勇信编著：《北平名胜游览指南》，北平：马德增书店，1948 年。

② 马勇信编著：《北平名胜游览指南》，北平：马德增书店，1948 年。

1948年5月，中国旅行社编辑再版发行《北平导游》[①]，它的篇幅很短，仅30页，分为北平的位置及市区、沿革、气候、名胜古迹、游程、土产、庙会及市集、交通、主要机关所在地、主要旅馆、主要餐馆、交通机构、商业中心、娱乐场所、学校及文化机关、医院、报馆、北平市电车路线、北平市内公共汽车路线19个部分，内容涉猎面虽较为广泛，但简明扼要，仅记述与旅行者相关的主要事宜。例如，在游程中，编者为游客推荐了3日游程、5日游程和7日游程的路线和参观景点，游客可根据在京时间长短安排自己的游程。其规划的7日游程安排如下：

第一日　中山公园、太庙、历史博物馆、故宫博物院

第二日　天坛、法源寺、先农坛、北海公园、团城

第三日　景山、国立图书馆、大高殿、北堂、故宫博物院东路或中西路

第四日　故宫博物院中西路或东路、观象台、东岳庙、东安市场

第五日　卢沟桥、一文字山、雍和宫、孔庙、国子监

第六日　颐和园、玉泉山、卧佛寺、碧云寺、香山

第七日　居庸关、明陵、长城

1948年6月，邵越崇编撰了一部北平游览地图册《北平名胜游览地图（附北平名胜游览指南）》，由复兴舆地学社出版。此地图册专为游览而撰，包括北平内外城游览图、故宫博物院及古物陈列所及历史博物馆图、北海公园团城图、中南海公园图（怀仁堂、游泳池）、万寿山详图、北平四郊名胜图（颐和园全图、

---

① 中国旅行社编：《北平导游》，上海：中国旅行社，1948年。

市外名胜古迹图）6 种。在例言中，邵越崇说明编撰该地图册的目的，"本图专供新来、久居人士旅行游览之用，举凡北平名胜以及郊外古迹包罗无遗，实游览人士之良好向导……游览者可按本图前后顺次观光。"[1] 之所以将此地图册纳入北京指南讨论，是因为它除了图之外，还附有"北平名胜游览指南"的文字说明，其内容结合名胜游览地图而设，包括北平城池沿革、北平各城门、故宫博物院、历史博物馆、景山、北海公园、中海公园、中山公园、孔庙、天文陈列馆、白塔寺、钟鼓楼、日坛、大钟寺、居庸关、八达岭、颐和园、月坛、黑龙潭、碧云寺、潭柘寺、国立北平图书馆、东安市场等 56 项内容，以及公共汽车路一览表、城内电车路表、戏院及电影院一览表、饭店旅馆一览表等简明实用表。其介绍文字如中国旅行社所编《北平导游》，十分简单。

第二节　外文北京城市指南的出版情况

故都时期，英文北京城市指南出版了不少，较有代表性的是 1930 年由"The Leader"出版的《北京指南》（Guide to Peking）[2]，与之前的英文北京城市指南相比，编者在序文中明确提出，此书不仅可以作为外国人到北京旅游的向导，而且可以为那些打算在北京定居的外国人提供理解北京及北京人的基本参考。因此，该书的撰写既考虑到外国游客的游览需求，又照顾了外国定居者的生活需要，因而内容较之前的英文北京城市指南更为丰富，如对北京节日、戏曲、饮食、购物等描述比较详细。本书分为 13 个部分，分别为北京历史概况、游客感兴趣的地方、

---

[1] 邵越崇编：《北平名胜游览地图》（附北平名胜游览指南），上海：复兴舆地学社，1948 年。

[2] Guide to Peking. The Leader, 1930.

作为艺术中心的北京、中国戏曲、北京戏园、商店、中国饮食、工业、北京教堂、俱乐部、妇女俱乐部、中国的节日、节日表。编者在不少地方，表达了对北京的独特看法。国都南迁后，北京改名为北平，但国外游客仍习惯使用北京这个称呼，这本书开头部分便指出，大多数外国游客喜欢北京的过去，而不是今天的北京。编者认为北京是一座艺术之都，这座城市有很多古物、精良的手工艺品以及雄伟壮丽的建筑遗存，到处洋溢着艺术精神。在提到北京的戏剧时，编者看到了戏剧在中国人生活中的重要地位，他认为，理解了中国戏剧，有助于理解中国人，进而更好地了解北京。对于中国的商店，编者指出，尽管北京失去了原来的政治中心地位，但它仍然是世界上最具吸引力的城市之一，也是世界上最大的购物中心。北京不是，而且从来都不是工业中心，这座城市的发展并不依靠工业，那些悠久的历史传统和遗存远比工业重要。

1933 年，北平纪事报社（The PeiPing Chronicle）出版发行《北京指南》（*Guide to Peking*）[1]，该书其实是在 The Leader 出版的《北京指南》（*Guide to Peking*）的增补本，所增部分主要为交通和教育。其中列举北京的各种交通方式及著名大学，指出北京作为交通中心和教育中心的地位。1938 年，该报社（更名为 "The Peking Chronicle"）再次增补《北京指南》（*Guide to Peking*）[2]，此次增补针对抗日战争全面爆发后北京局势的变化，增加的内容主要为教育及文化机构、宗教组织、报纸、旅馆、医院、银行等，将作为艺术中心的北京，改称为 "中国的艺术之乡"。

故都时期，日文北京城市指南也出版多部，如 1934 年，村上知行编纂的《北京：

---

① *Guide to Peking*. The PeiPing Chronicle, 1933.

② *Guide to Peking*. The Peking Chronicle, 1938.

名胜与风俗》，1941 年，石桥丑雄编纂的《北京观光指南》及安藤更生编纂的《北京指南》（《北京案内記》）①。日文北京城市指南的记述较为详备，内容广泛，除了涵盖最基本的城市生活资讯之外，还往往包括对北京风土人情的细致描述。如 1941 年安藤更生编纂的《北京指南》，该书包括观光篇、案内篇和生活篇三大部分，且附有"各种便览"实用指南，便于查询。其中，"观光篇"首先介绍了北京的地理概况，包括位置、地势、气候、市内地理、人口、交通、铁道、航空、市内交通、电车等。接下来是"名胜旧迹"，按内城、外城、东郊、西郊、南郊、北郊、远郊几个方位依次介绍北京城内主要的名胜古迹。最后，列出了观光的日程及费用、北京游览地一览表、旅馆、土特产品、购物等。"案内篇"的内容包括北京年中行事、民众娱乐、北京学艺界、琉璃场、北京风俗、北京饭馆子、街头叫卖、小吃点心果子、东安市场与西单市场、天桥、八大胡同等。"生活篇"包括北京的料理做法、日常购物、中国人的交际、北京人的保健知识等。附录部分的内容包括博物馆·图书馆、学术团体、新闻·通讯社、杂志社、出版社、中国的宗教机构、卫生设施、百货店·市场及菜市、北京的娱乐设施、日本料理店、北京常识等。从整体上看，与英文北京城市指南相比，日文北京城市指南对北京城的记述更加细致，涉及面也更广泛。

第三节　重塑"新北京"——传统的返归与本土文化遗产的彰显

1. 地方意识

与国都时期的北京城市指南相比，故都时期的北京城市指南编纂出版的地方

---

① ［日］安藤更生编著：《北京案内記》，北平：新民印书馆，1941 年。

意识增强，它们更加关切北京城市自身的发展。

首先，从编纂者和发行者的身份来看，故都时期的北京城市指南大都出自北京地方文人之手，且由北京本地的出版机构发行，这明显区别于国都时期的情况。国都时期的北京城市指南大都由上海的出版机构发行，编纂者不少是上海文人。例如，故都时期参与编纂北京城市指南的文人有马芷庠、张恨水、齐家本等，他们虽然也是从外地迁入北京，但在北京已居住和工作多年，在这些人眼中，北京是他们的第二故乡。而这一时期北京城市指南的发行机构也大都在北京，如北平民社、中华印书局、北宁铁路管理局、经济新闻社等，都是北京的出版发行机构。相比之下，国都时期的北京城市指南，除了 1914 年北京撷华书局出版的《新北京》《新北京指南》之外，其余几部均出自上海的出版机构。如 1916 年《北京指南》的编撰及出版者为上海中华图书馆；1920 年的《实用北京指南》的发行者为上海商务印书馆；1923 年的《北京便览》和 1924 年的《袖珍北京备览》的发行者均为上海文明书局；1926 年的《北京游览指南》的发行者为上海新华书局。《实用北京指南》的编撰者徐珂和《北京便览》《袖珍北京备览》的编撰者姚祝萱都是杭州人，他们曾长期生活工作在上海，编撰的书多由上海的出版机构发行。《北京游览指南》的编纂者金啸梅也长期在上海工作。也就是说，国都时期，北京城市指南基本上不是北京当地的产物，它们多与上海的出版人和出版机构相关，而北京的文人和文化机构并没有积极参与此类书籍的编辑出版工作。出现这种情况的原因大致有两种：一是当时北京的图书出版业没有上海那样活跃。1920 年的《实用北京指南》记载北京的出版单位有 42 家，1925 年的《增订上海指南》记载上海的出版单位有 132 家，两地图书出版业的活跃程度由此可见一斑。自明代以来，江南的书坊及印刷刻书业要盛于北方，北京虽是文化中心，但直到民国时期，北京出版业的发展都是有限的。北京琉璃厂聚集了各种各样的书籍，但很多并不是北京的出版行业刊印的。北京图书需求量很大，能够称得上是图书消费的中心，但在民国初期，北京的出版行业大概不及上海发达，当时出版人是上海的一个重要群体。但这并不是造成北京指南多出自上海出版机构的最主要的原因。二是国都时期，建设北京文人仕宦多关注于维新事物及国家、民族的发展状况，对于北京城市建设的地方意识不够强烈。由于这一时期，北京仍保持首都的政治中心地位，人们对于北京城市的发展尚未形成危机意识。这种情况，到了国都南迁之后，出现了明显的转变。当国都南迁之后，人们开始关注北京城市的自身发展，北京指南也开始主要由北京的文人仕宦组织撰写，并主要由北京的出版机构刊行。因此，通过比较可以看出，故都时期，北京地方文人编纂北京城市指南的自觉意识增强了，他们开始关注北京城市的自身建设与发展。

其次，故都时期的北京城市指南，得到了众多北京地方官员和社会名流的支持，从这一时期北京城市指南卷首的题词和序文中可以看出。如北平民社编撰的《北平指南》、田蕴瑾编撰的《最新北平指南》，以及马芷庠编撰的《北平旅行指南》，都有大量北平政府官员和社会名流的题词，甚至北平市政府也组织编纂了一部北京城市指南——《北平导游概况》。而在国都时期，北京城市指南卷首几乎见不到北京地方官员和社会名流的题词。另外，从所附的人物照片中，也能看出这两个时期的差异。故都时期的北京城市指南，卷首附有不少北京地方官员和社会名流的近照，而国都时期的北京城市指南大都没有这样的照片，看不到北京地方官员和名人参与的身影。从卷首的题词、照片及序文的撰写者这些细节差异中可以看出，故都时期的北京城市指南，地方意识更加浓重。

最后，故都时期的北京城市指南，流露出编者对北京城市自身发展的人文关切。国都时期的北京城市指南，编者多关注于维新事物及国家、民族的发展状况，对于北京城市发展的地方意识不够强烈。

　　故都时期，国都南迁，北京作为政治中心的地位丧失，城市发展一度呈现百业衰退的景象，这一时期的北京城市指南对此多有描述。1935 年的《最新北平指南》提到，"平市最繁华之地方，除娱乐场以外，一切商业林立之售品处，却冷落之极。"昔日繁华的劝业场，现已久无生气，"前外劝业场中，已久无生气，人迹疏稀"。王府井大街虽为北京的繁华地段，但"当傍晚之际，亦颇呈沉闷之气象焉"。①1935 年的《北平旅行指南》也指出北京商业日益萧条的景况，"民国十七年，国都南迁，平市日渐凋敝，更以九一八后，外患日逼，人心不安，市况益趋不振。尤以八埠营业，冷落异常，较民国初年，诚有不胜今昔之感。现时人口虽然增加，而商号营业，除开门七大件（煤米油盐酱醋茶）外，均一落千丈。"②

　　不景气的城市景况，激发了北京地方文人仕宦的危机意识，促使其关注北京城市自身的发展。面对城市发展的危机与困境，北平各界重新审视北京城市的建设，寻找复兴之路。尽管失去了首都的政治优势，没有了国都时期的繁华热闹，但不少人对北京的发展前景依然充满信心，他们重新思考北京城市发展的独特资源和条件，探寻北京城市发展的全新路径，对北京城市自身特征的认识有所提升，这在此时期的北京城市指南中也有不少反映。

　　1929 年的《北平指南》在提到商业萧条时，认为北京商业的底子还在，若加以指导变通，依靠科学，利用机器，则北京商业会重新走向繁荣。"北平为世界一大消费场，商业发达无与伦比，不论国产、洋产，无产不备；粗货、细货，无货不销。今虽国都南迁，而历朝相传之国器、异器、贡品、御品、欧美珍奇玩好，与夫王公世家搜藏希世之宝，名贵之物，仍蕴藏于北平市，千年聚之不全，百年

---

① 田蕴瑾编：《最新北平指南》，自强书局，1935 年。
② 马芷庠编：《北平旅行指南》，北平：经济新闻社，1935 年。

散之不尽。偶现于市，足为全市生色者，比比皆是，所谓萃天地之精，聚世界之
华，北平诚足以当之，岂一朝一夕新兴之市埠所能比拟哉。……故北平商业目下
虽云萧条，苟能于工业上加以提倡指导，应用科学，利用机器，改良出品，增加
产量，由津沽以输出欧美，由张绥以贯通蒙古，俾各种大小工业制造场所，日臻
发达，农产有所用，则商有所通，北平市之繁荣，讵可以近年之状况为止境哉。"[1]
但也有很多人看到，北京工业自国都时期就不甚发达，工业不是北京的优势所在，
其往昔商业的繁荣，并不依靠本地生产的物品，"北平为世界之大消费场，货目
虽伙，然悉为舶来品，其为本市所出产，殊不多睹。"[2]

　　于是，更多的人从北京城市的独特性上寻找答案。在田蕴瑾编撰的《最新北
平指南》中，几篇序文的撰写者对于北京城市的独特性给予了充分肯定。徐剑胆
认为，北平虽然不再是首都，但其作为古都的历史积淀还在，所以它仍是中国旅
游的首选城市，"北平本五百余年之帝都，溯历元明清三朝之已往，典章文物、
宫殿街衢以及种种古迹，斐然成为大观，堪称全世界最雄伟壮丽第一大区域也。
故各国人士，凡欲来游中华民国者，必先到华北旧帝都一观其形胜。"[3]1936 年
北平市政府组织编撰的《北平导游概况》表达了类似的观点，认为北京是东方美
术文化的代表城市，"自来欧美人士来游中华者，莫不首至北平，以饱览东方美
术文化之优异。"[4]张修孔在《最新北平指南》中提到了这方面的一个例子，"英
国经济学家李滋罗斯，他航大西洋、太平洋，经过日本，先到上海、南京，近日
才到的北平。我们相信他，于英都伦敦，日都东京，以及各国的大都市，连我国

---

[1]　北平民社编辑：《北平指南》，北平：北平民社，1929 年。

[2]　北平民社编辑：《北平指南》，北平：北平民社，1929 年。

[3]　田蕴瑾编：《最新北平指南》，自强书局，1935 年。

[4]　北平市政府编：《北平导游概况》，1936 年。

的京沪，都游历到了，眼界总算开过不少。然而这次游览故都名胜，兴趣甚豪，他竟认为北平之美，举世所无。由此看来，不是我们久居北平的人自夸，要说北平是名胜之区，在历史上，在世界中，要算一个最有价值的都市。"[①] 1934 年，北宁铁路管理局发行的《北平旅游便览》对北京城市也给予了很高的评价："北平旧都，历经辽金元明清各代，相承七百余年，典章文物之盛，宫室苑囿之美，各臻其极，允称世界名城之一。虽国都南迁，旧观未改，与三都两京周秦汉唐之遗迹，湮没不可考者，迥乎不同。其附郭诸胜景，如玉泉之清，翠微之秀，潭柘之幽，汤山之润，皆足以留连觞咏，雅集簪裾。故全球人士之觇国观光者，络绎于涂。慕文教，品物庶，考风俗，尽游观之乐，赞不绝口。"[②] 从这些记述中，可以感受到人们对故都的赞誉，即便失去了首都位置，北京依然是举世瞩目的世界名城，这是由于它作为中国古都的历史遗存尚在，如宫殿苑囿、坛庙寺观、街衢胡同等，这是其他城市难以具备的。

从上面的论述中可以看出，故都时期的北京城市指南，包含了人们对北京城市自身发展的关怀与热情。而在国都时期，北京一直保持首都的政治优势，不太可能使人们形成对北京城市发展的危机感，加之民国伊始，人们的注意力集中于层出不穷的新鲜事物上，以及对国家民族命运的关切上，而对于北京城市发展的地方意识还没有那么强烈。如 1914 年的《新北京》，强调的是革故鼎新事业的传布："自共和肇造以来，百度维新……国基已定岁将三稔，苟不详为记载，则革故鼎新之事业何以流传于四表，并昭示于来兹。"[③] 而 1923 年的《北京便览》

---

① 田蕴瑾编：《最新北平指南》，自强书局，1935 年。

② 北宁铁路管理局总务处文书课编：《北平旅游便览》，"北宁铁路旅行指南丛刊"之一，北平：北宁铁路管理局，1934 年。

③ 邱钟麟编：《新北京》，北京：撷华书局，1914 年。

则寄托了编者对国家民族层面的多种期许：“《北京便览》一书，为指导旅行者作也。虽然，作者之意，犹不止此。首都奥区，形便势利，美哉山河，端资群力，促成统一动机者，此其一；川泽纵横，矿苗绵亘，轮轨四达，大好商场，导成实业计划者，此其一；离宫衰草，别殿斜阳，累代雄图，都成陈迹，破除帝王迷梦者，此其一；斑驳古物，山水名区，涤俗清尘，胸襟为畅，引起高尚优美观念者，此其一。”①

2. 城市旅行指南

故都时期的北京城市指南，在名称上起了变化，这一时期越来越多地使用“游览”“旅游”“导游”“旅行”等名称命名，如《简明北平游览指南》《北平旅游便览》《北平导游概况》《北平旅行指南》等。而国都时期的北京城市指南，大都以“北京指南”命名，仅 1926 年发行的《北京游览指南》用了“游览”这一称呼。

这种名称上的变化，反映了故都时期的北京城市指南强化了其作为旅行向导的意义。较早使用“旅行指南”的是铁路部门。如清宣统二年（1910 年）《京奉铁路旅行指南》中提道：“东西各国铁路均有纪述之书，为行旅之指南，本编刊行，即略仿斯意。凡往来于京奉路者，手执一编，当无异得一向导。”②铁路促进了旅行升温，但在国都时期，人们的旅游观念还很淡薄，以观光旅游为主要目的的旅行在此时期尚未形成风气，发展旅游业的环境、条件也不具备。虽然进入民国后，随着交通的便利，流入北京的人数剧增，1916 年中华图书馆发行的《北

---

① 姚祝萱编：《北京便览》，上海：文明书局，1923 年。

② 张展云编辑：《京奉铁路旅行指南》，京奉铁路局，清宣统二年（1910 年）。

京指南》中所言："北京为吾国首都所在，占政、学、商界之中心，每岁政客、学士、商人、游子之往来燕蓟者，奚止亿万计。"[①] 但在如此庞大的旅京人群中，纯粹来观光旅游的人数还十分有限，这其中的多数人来到北京属于事务性旅行，他们中有不少人需要在北京住上数月，乃至数年，例如，来北京求学的学生群体，他们需要在北京居住较长一段时间。因此，国都时期的北京城市指南，大都没有将观光旅游的内容摆在突出位置，在名称上多数不以"旅行指南""游览指南""旅游指南"来命名。这一时期的北京城市指南，主要向政、商、学、军、警及普通城市居民、旅行者提供他们所需的基本城市生活资讯，如机关、学校、旅馆、饭店、交通、商品、法规等方面的信息。到了 20 世纪 20 年代，情况有了些许变化。1923 年，上海商业储蓄银行（简称上海银行）成立"旅行部"，这是第一家由中国人创办的旅行社。之后，1927 年，这家"旅行部"又改名为"中国旅行社"。这种专门的旅行服务机构的出现，反映此时期观光旅游的社会风气正在形成，与之相关的城市环境、条件有了明显的改善。这就不难理解，1926 年的北京城市指南，以《北京游览指南》来命名。从 1914 年的《新北京指南》到 1926 年的《北京游览指南》，这一变化反映了近代中国旅游环境的变化与发展。

故都时期，特别是在抗日战争全面爆发前的几年里，近代旅游的概念已渐入人心，北京的旅游业在这一时期也有了较大的发展。这其中的促进因素，除了旅游大环境的改善以外，与北平市政府的推动密不可分。国都南迁后，北京迅速呈现萧条凋敝的城市景况。为了繁荣北平，使之重新充满活力，北平市政府逐渐明确借助文化资源优势，将北平建设成"游览区"的发展计划。1933 年，在袁良出任北平市市长后，很快制订了《北平游览区建设计划》《北平市沟渠建设计划》

---

① 中华图书馆编辑部编：《北京指南》，上海：中华图书馆，1916 年。

《北平市河道整理计划》，后来，这三项计划合称为"旧都文物整理计划"。为了将北平建设成"东方最大之文化都市"，吸引更多的旅游观光者，北平市政府一方面进行文物古建的整理与修缮，并改善交通、街道、河渠、居住、商业和娱乐设施等市政建设，即加强"游览区"的硬件建设；另一方面，筹创"游览社"，扩大宣传。《北平游览区建设计划》提道："北平游览区内之古迹名胜已修葺矣，道路已修治矣，游人之居处、娱乐场所已建设矣，如无有计划之国际宣传，外人何由而知我游览区建设之完美伟大？即外人知我游览区之完美伟大矣，如无周至之招待，导游名胜，伺应舟车，则旅客仍将感旅行之苦与游览之不便也。故游览社之组织，实为北平游览区建设计划成功之总枢纽。"① 这里提到了宣传之于游览区建设的重要性，而北京城市指南不失为宣传北平游览区的一种不错的媒介，而北平市政府也看到了城市指南的宣传价值。早在 1929 年，北平市政府便支持编纂《北平指南》。同年 4 月 6 日的《北平日报》有一篇关于"公用局编订《北平指南》，阐扬旧都文化，繁荣北平市政"的报道，该报道指出："公用局局长李光汉，因北平为我国旧都，历史文化，俱极深远，所有名胜古迹，以及宫殿园囿，实为中外人士注意之处。兹为便利游人，阐扬旧都文化起见，已饬属编订《北平指南》，对于名胜古迹之所在，以及沿革详情，靡不备载，其他关于本市社会近况，旅行人士须知之事，亦一一详述，诚为游人之导师。"此外，1935 年北平市政府在整理故都文物的工作中，还应中国旅行社的请求，组织编印了具有旅游指南性质的《旧都文物略》，该书由北平市政府秘书汤用彬组织编写，分为城垣略、宫殿略、坛庙略、园囿略、坊巷略、陵墓略、名迹略、河渠关隘略、金石略、技艺略、杂事略几部分，比较详细地介绍了北京的文物古迹、百工技艺和民俗风

---

① 北平市政府编：《北平游览区建设计划》，1934 年。

尚。书中附有大量精美照片，"本书所列图片将近四百幅，关于风景者十之三，关于历史文化者十之五，关于艺术风俗者十之二，皆一一实地摄取，力求精美。"编纂本书的旨趣在于"阐扬文化，发皇吾国固有深厚伟大精神"，以及"刻画景物于天然"。[①]1936年，北平市政府再次组织编写导游性质的图书，发行《北平导游概况》。

北平的地方文人和出版机构积极响应市政府建设游览区的倡导，对编印城市指南持有极大的热情。马芷庠在《北平旅行指南》的自序中说，"嗣因市政当局极力繁荣旧都，扩大整理游览区域，余深韪其议，而编是书之意遂决。"[②]由于符合政府建设游览区的构想，出版机构竞相邀请市府官员及地方文人为其编印的城市指南题词，以扩大宣传。于是，故都时期的几本北京城市指南，如《北平指南》（1929年）、《最新北平指南》（1935年）、《北平旅行指南》（1935年），卷首都附有大量政要名流题词。在这种政治氛围的影响下，北京城市指南的编者、发行者对"游览""旅行""旅游"等概念已内化于心，在命名城市指南时，也容易考虑采用这些词语。因此，故都时期的北京城市指南，在名称上多带有"游览""旅游""旅行""导游"这样的词语。

在内容的编排上，故都时期的北京城市指南也突出了旅游方面的内容。这主要体现在以下几个方面：

一是故都时期的北京城市指南将名胜、食宿、交通等与旅游密切相关的内容前置，放在书的重要位置。如1935年的《北平旅行指南》包括8部，前三部依次为"古迹名胜之部""食住游览之部""旅行交通之部"，这3部分是与游览

---

① 汤用彬等编著：《旧都文物略》，北京：北京古籍出版社，1999年。

② 马芷庠编：《北平旅行指南》，北平：经济新闻社，1935年。

最为相关的内容。又 1935 年的《最新北平指南》共 15 编，第一编"北平剪影"，第二编"胜迹摘要"，第五编"游览须知"，这些与旅游密切相关的内容也是编排在书的前面。1934 年的《北平旅游便览》也是将名胜、旅馆、饭庄、交通这些与旅游关系密切的内容置于中心位置。北平市政府编纂的城市指南最为重视的内容是与旅游密切相关的古迹名胜的记述。而国都时期的北京城市指南，虽然也都有对古迹名胜、食宿、交通等方面的记述，但这些方面的内容往往没有排在书的前面，没有将其置于突出位置。如 1914 年的《新北京指南》关于古迹名胜方面的内容排在比较靠后的第十四类。1920 年的《实用北京指南》共 10 编，而"食宿游览"排在第七编，"古迹名胜"排在第八编，排得都比较靠后。国都时期的北京指南往往将法规、实业（商业）、官署、公共事业等内容放在中心的位置。

二是故都时期的北京城市指南，与旅游密切相关的内容占的比重较高。如 1935 年的《北平旅行指南》中，与旅游密切相关的前三部"古迹名胜之部""食住游览之部""旅行交通之部"的内容近 400 页，而全书一共才 500 余页。1935 年的《新北平指南》中仅第二编"胜迹摘要"的内容就将近 200 页，占了整部书的 1/3。1934 年的《北京旅游便览》、1936 年的《北平导游概况》更是以古迹名胜和食宿交通为主要内容。

三是故都时期的北京城市指南多附有大量精美照片，这也是便利旅游的举措。如 1935 年的《北平旅行指南》在每一类的前面都附有相关的精美照片，达 265 幅之多。1935 年的《旧都文物略》中附有近 400 幅照片。国都时期的北京城市指南虽也附有一些照片，但大都只附在卷首，数量上也不及故都时期的北京城市指南。除了照片之外，故都时期的北京城市指南大都附有详细的北平游览地图，这不仅包括北平市区的总图，还包括重要景点的游览图，如 1929 年的《北平指南》中，除了含有北平市地图以外，还包括《北海公园图》《故宫博物院、古物陈列所、历史博物馆合图》等一些名胜景点的游览图。

四是注重绘制指导旅游的实用表格。如 1935 年的《北平旅行指南》中含有各类车辆的价目表、各景点门票的价目表、各类车辆开车时刻表等，方便游客参考。

由上可以看出，从国都 1914 年的《新北京指南》到故都时期 1935 年的《北平旅行指南》，北京城市指南经历了由城市指南到城市旅行指南的转变，在这个过程中，与旅游相关的内容权重增加了。

3. 风俗与天桥

无论是国都时期，还是故都时期，北京城市指南中大都有关乎风俗方面的记述。不过，这两个时期对风俗的记述侧重点不同。国都时期的北京城市指南热衷于对"新俗""西俗"的记录，如新式婚礼、新式丧礼、四时新俗、西式宴会等，这些新兴的，以及从西方传入的风俗礼仪几乎在每一部国都时期的北京城市指南中都有所涉及。而到了故都时期，北京城市指南不再热衷于记述"新俗"或"西俗"，而是将记述的兴趣点转移到对"旧俗"及北京特有风俗的描绘上。故都时期的北京城市指南仅 1929 年的《北平指南》中有对"新俗""西俗"的记录，其余几部皆不载此部分内容。这或许由于民国初年流行的那些"新俗""西俗"对不少人来说，已经习以为常，人们不再感到新奇，故都时期的北京城市指南也就不再像国都时期那样特别强调对"新俗""西俗"的记述。

风俗是一个地方稳定的文化事象，一旦形成，便会产生持久的影响。尽管国都南迁之后，北京城市的内外环境发生了巨大变化，但那些传统的风俗习惯依然延续。在北京城市指南中，这种风俗的延续性比较明显地体现在对岁时节日和传统礼仪的记述上。例如，对重阳节习俗的记述，1929 年的《北平指南》中如此描述："九月初九日为重阳节，居民率多提壶携榼，出郭登高，如钓鱼台（俗呼望河楼）、陶然亭、龙爪槐、天宁寺、蓟门烟树、清净化城，以及西山八大刹等处，皆游观之所也。近年多至北海公园之白塔山上，天朗气清，登高远眺，洵一时之快事也。是日居民多食羊肉火锅，又食花糕，盖以面粉为糕，置枣、栗、糖果于上者也。父母必迎其出嫁之女同食之，故亦曰'女儿节'。是月也，菊花盛开，巨室每陈花作山形，或缀成吉祥字，招邀戚友，把酒赏菊。中等之家则栽花于盆，阶下案头以时观赏，近则中山、北海各公园及西郊之万牲园，类皆举行赛菊大会，亦盛事也。"[1] 重阳节登高习俗由来已久，很多地方都有此项民俗活动。但去哪里登高，则每个地方都有自己的风俗习惯。上述提到的陶然亭、西山八大刹等重阳节登高之处，在 1914 年的《新北京指南》中既已提及："都人提壶携榼，出郭登高。南则天宁寺（广安门外）、陶然亭、龙爪槐（龙爪槐，即兴盛寺，在陶然亭西北）等处。北则蓟门烟树、清净化城等处，远则西山八刹。"[2] 至于重阳节食羊肉火锅、食花糕及迎出嫁之女习俗，1923 年的《北京便览》中也有记载："九月九日，都中以面为糕，馈遗作重阳节。居人率载酒具茶炉食榼，往钓鱼台、陶然亭以及西山八大刹等处，名曰'登高'。家中多食羊肉火锅。又以面饼上嵌枣栗，曰'花糕'。插彩旗曰'花糕旗'。父母家必迎其出嫁之女来食，亦曰'女儿节'。"[3] 由上可见，故都、国都两个时期的北京城市指南对重阳节的记述虽有详略之别，但其延续性也是显而易见的。

除在记述的延续性之外，与国都时期相比，故都时期的北京城市指南更加关注对平民生活风俗的记述。例如，1929 年的《北平指南》对"货声"的记述："北

---

[1]　北平民社编辑：《北平指南》，北平：北平民社，1929 年。

[2]　邱钟麟编：《新北京指南》，北京：撷华书局，1914 年。

[3]　姚祝萱编：《北京便览》，上海：文明书局，1923 年。

平沿街叫卖之小贩，其吆喝之声调，或清脆幽雅，或凄凉惨淡，抑扬婉转，动人听闻。应时各货吆喝之腔调，尤能感人。惟往往有卖甲货不吆喝甲货，而只形容其货色者。如卖白薯吆喝'锅底来！栗子味'。及卖萝卜者吆喝'赛梨来，辣了换'等词。非久历年所者不能听懂。至于以锣鼓及其他乐器之声响替代吆喝者，种类更多……"①1935 年的《最新北平指南》也有对"货声"的描述："北平各小贩之叫卖声，与其他各地大不相同，虽居平市二年以上者，闻其声而莫辨其所卖何物者颇多，略举数端，谅当为阅者所愿闻也。各小贩于喊叫时以右手捂耳，所叫卖之物品，加以许多之形容词，如夏季初之卖香瓜者，则喊：'大香瓜啦，卖好吃的咧！三白子水香瓜啦！'春季杏花将落，沿街即有卖杏儿蜜者，谓之'卖鲜'，所谓之'蜜'，即系'糖稀'。则喊：'一大一大碟子，大杏儿呐，杏儿蜜呀，好大的杏呐。'所谓'一大一大碟子'，是为一大铜子能买一大碟子之意！所谓之'一大碟子者'，不过只二三枚而已。所谓之'好大的杏儿呐'，不过玉米粒大小之青杏耳……"②

　　对于平民的营生状况，故都时期的北京城市指南也多有所记述。1935 年的《最新北平指南》专设一编为"街头素描"，记述了市井小民的营生众相。如"烧饼麻花"一条的记述："每天早晨六七点钟，平市各街巷便有敲木梆子和'烧饼来……大油炸烩！'的吆喝声，不断的（地）送到我们的耳鼓里。有职业的人，早晨上班以前，或是学生们在上学以前，都要吃些点心。大户人家，自有厨子预备。那些中等人，也只好买些烧饼麻花来充饥。烧饼是用白面、香油、花椒盐、芝麻酱和芝麻所做成。先把芝麻酱和花椒盐团在面里，按成圆饼，外面粘好芝麻，放在锃

---

① 北平民社编辑：《北平指南》，北平：北平民社，1929 年。
② 田蕴瑾编：《最新北平指南》，自强书局，1935 年。

上，烙到八成熟，再放炉中烤一会儿，便成功了。麻花，俗名油炸烩或果子、炸果，又叫油条，是用面条炸成的。烧饼每个两大枚，麻花每个一大枚、两大枚不等。卖烧饼麻花的小贩，是从烧饼铺里趸来的，每百个核铜元一百六十枚，可获利四成。"[1]又如"倒秽水"一条记述："秽水，自然是家家必有。那么，倒秽水的人，也自不可缺少。以前，北平并没有人专任倒秽水的事。所以每家所积存的秽水，多半任意往街上倾倒。只弄得街头巷尾，污泥遍地，臭气冲天。走路的人，都得掩鼻，不然便能熏个倒仰。近年来，市政进化，关于街市卫生，改革甚力，而倒秽水也有专人负责了。倒秽水的人是直辖于卫生当局的。每一名夫役，月得不过六七元，这样微薄的工资，自不够维持数口之家的生活，就是一两个人的生活，也怕维持不住。所幸有那中上之家，按月赏他们几个钱，或是把剩下的食物给他们吃，倒还不错。不过，因为这样，就养成了他们那骄傲的态度，对于中下阶级的住户的秽水，时常不肯倒，这自然是'金钱'的力量啊！"[2]

故都时期的北京城市指南对北京城市的特有风俗表现出浓厚的记述兴趣。例如，对京西妙峰山庙会的记述。妙峰山庙会是北京最有代表性的大型庙会之一，如今已成为北京的一项国家级非物质文化遗产。在清中期至抗日战争全面爆发前，妙峰山庙会曾盛极一时，每年农历四月自初一至十五开庙半月，届时北京及周边地区各路人员蜂拥而至，参与者达数万之多。国都时期，妙峰山庙会较为兴盛，但国都时期的北京城市指南对它的记载比较简略，如1920年的《实用北京指南》中所述："（四月）京西万寿寺，西顶碧云寺、妙峰山均开庙半月。中以妙峰山娘娘庙之游人为最盛。且有至自天津、保定者。而都城之茶会及秧歌、狮子、开

①　田蕴瑾编：《最新北平指南》，自强书局，1935年。

②　田蕴瑾编：《最新北平指南》，自强书局，1935年。

路五虎棍、少陵棍、双石杠子等会，结队前往者，亦不可胜数。山腰一带，有供客饮憩之茶棚。游人之归也，率购挑棍、麦草帽、花篮，悬于车棚，而痴男女之一步一拜直至山巅，亦曰拜香者，近亦罕矣。"[1] 到了故都时期，1929 年的《北平指南》详细记述了妙峰山庙会中的"善会"和"走会"组织。在"善会"项下，该书先是对善会作了简单介绍："善会，又名文会。每值妙峰山庙会时，北平慈善家组织大规模之善会，沿路分设下处，以供香客休息之所。"[2] 接着，又介绍了粥茶老会、献盐老会、盘香老会、缝绽老会等善会组织。如对"粥茶老会"的记述："粥茶老会，专施粥施茶。所搭茶棚甚多，备香客人等之需要，粥茶棚内供娘娘驾（即布质图画）。施粥茶者，皆身穿黄衣，并呼口号如'先参驾来，然后再喝粥来，哎哎'。香客入棚参驾后，即随意取粥取茶食用，作临时休息，夜间并可住宿。"[3] 而后又对"馒头会"的记述："当年丰的时代，尚有一种馒头会，似附属于粥茶棚内。香客入粥茶棚之时，并施馒头，任香客取用。惟此会须有较多之资本，各赖各大善士布施，近年则施主零落，已无此会矣。"[4] 在介绍完善会后，紧接着介绍了"走会"："走会，又名武会。为民间最热闹之杂戏，亦即民间有统系之艺术。各种歌舞技艺，五花八门，均有活泼之精神，而不染营利之思想。会中人员具有坚实勇敢之精神，表演各种艺术，均极精彩。于民间艺术中，占有雄厚之势力。每逢山坛庙集开逛时，或一村一处有典礼庆贺时，皆举行走会。而城外各村亦有例年行之者。其为民间调剂艺术者，以妙峰山及左安门外之十里河

---

[1]　徐珂编纂：《实用北京指南》，上海：商务印书馆，1920 年。

[2]　北平民社编辑：《北平指南》，北平：北平民社，1929 年。

[3]　北平民社编辑：《北平指南》，北平：北平民社，1929 年。

[4]　北平民社编辑：《北平指南》，北平：北平民社，1929 年。

地方为最盛。"① 在这段总括文字之后，对走会的管理人员及走会的种类进行了一一描述。如对"开路会"的记述："开路会，本会所表演者，为钢叉之戏，叉分双与单头。各角色于表演时，皆作赤背，间杂其他武器，各显奇技。以叉在身首之间作种种飞舞之势，生龙活虎，毕现眼前，以其纯粹把弄武器，故推为走会之首。"② 又如对"狮子会"的记述："狮子会，本会重要工具以彩缎丝绳之属，制成特号大狮子一对，一黄一蓝，头部重约百斤，并缀铜铃。演者穿彩裤彩鞋，套于工具之内，摇头摆尾，作种种跳舞之式，如真狮子然。附有九狮同居会，则除对狮之外，另有较小之狮子七头，互相协调，作舞蹈之戏，名为'太狮少狮'。太狮过河须戏水，少狮遇树须上高，均为最困难最精彩之技术。"③

　　1935 年田蕴瑾编撰的《最新北平指南》也极重视对北京特有风俗的记述，他在"编辑大意"部分中说："本书特别注重北平胜迹之由来，各娱乐场之情形，及关于北平之古今考、风俗，每遇此点，叙述较详，俾阅者得有相当之印象。"④ "风俗"部分列入该书第四编，所记内容十分丰富，对北京的称呼、礼节、特别嗜好、小贩的叫卖声、应时物品、水夫、豆汁、打鼓贩、一年中的节令、特有之见闻（打鬼、裹羊毛、俚语、妇歌孺谣）、婚礼、丧礼等均作了较深入的描述。例如，对"称呼"的记述："平市于民国以来，虽然推翻帝制，但满洲旗人之旧礼，仍未完全泯灭焉。称呼一层，以阶级之大小而各异，王公夫人称为'福晋'，少爷小姐称为'阿哥''格格'。普通旗人亦称其子'哥儿'或'少爷'，呼其女则为'姑娘'。子女辈称其父'阿妈'，称其母为'奶奶'，称其祖母为'太太'。

---

① 北平民社编辑：《北平指南》，北平：北平民社，1929 年。
② 北平民社编辑：《北平指南》，北平：北平民社，1929 年。
③ 北平民社编辑：《北平指南》，北平：北平民社，1929 年。
④ 田蕴瑾编：《最新北平指南》，自强书局，1935 年。

侄男女辈称其叔为'爹'，称己妻为'大奶奶'或'少奶奶'者不等。汉人之称
呼与其他各地则无异矣！"[1]又如对"打鬼"习俗的记述："打鬼为蒙古之习俗也，
据闻蒙古有鬼做虐，奸淫妇女，残害生灵，日日须杀，否则叛。于帝制时代，每
年正月三十日及二月初一两日举行打鬼。正月三十日为演鬼，二月初一日为打鬼。
是日皇帝升中正殿，伴驾国师张嘉佛（即呼图克图）升坐后，则命大臣一员，率
茶正一员，御前侍卫十余名，各持木碗，内满贮乳茶，谓之'送茶'，恭送皇帝
及国师面前，达喇嘛、副达喇嘛均手拈乳茶涂于额部，则引为无上荣幸。送茶后
则为跳步，由各喇嘛扮成黑白鬼、鹤、鹿等鬼，手执白棍跳舞送祟，谓之'跳步
札'。并以油面制一面人为鬼，供后则送出杀之，供前最奇者为'男精''女血'，
'男精'则以凉粉代之，'女血'则以胭脂代之。后中正殿被焚，则改为旃坛寺、
黑寺、雍和宫等处举行。今日则仅存于雍和宫一处矣。是日中外人士，无不往观，
车水马龙，极为一时之胜也。"[2]

1935年的《北平旅行指南》也重视对北平特有风俗的记载，该书用打油诗的
形式记述了北平特有的平民食品，如"豆汁"条记述："一锅豆汁味甜酸，咸菜盛
来两大盘。此是北平新食品，请君莫作等闲看。"又如"扒糕"条记述："清凉食
品味调和，佐料搅匀给的多。夏日故都风景好，扒糕车子似穿梭。"[3]

故都时期的北京城市指南关注平民生活和北平特有风俗，这一特征还集中地
体现在对天桥的记述上。1950年，李景汉为张次溪编著的新书《人民首都的天桥》
撰写了一篇长序，在这篇序文中，李景汉指出了天桥在北京民众心中的地位："天

---

① 田蕴瑾编：《最新北平指南》，自强书局，1935年。

② 田蕴瑾编：《最新北平指南》，自强书局，1935年。

③ 马芷庠编：《北平旅行指南》，北平：经济新闻社，1935年。

桥是多么动人的一个地名啊！这也许是因为它受了国都之赐。在北京人民大众的心里，尤其是在土生的北京老人们的想象中，天桥的地位也许是在那些古色古香的宫殿之上，是在那些金碧辉煌的寺庙之上，是在那几处优美的公园之上。天桥对于北京人民的吸引力是远超过驰名世界的天坛、故宫、国子监或颐和园。凡到过北京的中外人士没有不爱北京这地方的。"①

尽管天桥有 600 多年的历史，但这个在北京民众心中占有极高地位的地方，在民国初年，只是"仅一小型艺场"。在 1914 年的《新北京指南》及 1916 年的《北京指南》中，几乎找不到关于它的记载。到了 20 世纪 20 年代，1920 年的《实用北京指南》、1923 年的《北京便览》及 1926 年的《北京游览指南》都记载了天桥，但也都十分简略。如 1920 年的《实用北京指南》中的记述："天桥市场，在正阳门外大街天桥西南，场有衖七，北五衖为命相星卜、镶牙、补眼、收买估衣、当票等之所在地，间有钟表、洋货、靴鞋各肆。南二衖为饭铺、茶馆，然游人皆在场外之四周。以其东有歌舞台、乐舞台、燕舞台、振华茶园、中华坤书馆，南有吉祥茶园、升平茶园、振仙茶园、西洋戏法，西有安乐坤书馆、魁华舞台也。更有酒肆、茶社、词场、技场，以及出售食用各品之所，参伍其间，几无隙地，游者循夹道而行，恒多侧身，其拥挤可知矣。近闻将大加扩充，并种树于莲花池之四周。"②从这段记述中，我们可以看出，天桥在 20 世纪 20 年代逐渐热闹起来，而且还在扩建发展之中。但与同时代的东安市场、新世界商场、城南游艺场等相比，还是逊色了许多。国都时期的北京城市指南，更热衷于描述宣扬东安市场、西安市场、新世界商场、劝业场、青云阁、首善第一楼、城南游艺场等这些富

---

① 张次溪编著：《人民首都的天桥》，北京：修绠堂书店，1951 年。
② 徐珂编纂：《实用北京指南》，上海：商务印书馆，1920 年。

有现代化气息的商场与娱乐中心，而非带有庙会集市味道的天桥。

　　然而，在国都南迁后，情况发生了巨大变化。那些现代化的商场和娱乐中心纷纷呈现萧条凋敝的景象，唯天桥非但没有衰落，反而一跃发展为北京最繁华、热闹的地方。1930 年，《北平日报》对天桥进行调查后指出，天桥可为"全市繁荣之中心"："本市之天桥地方，是五方杂处，又可为全市繁荣之中心。不知者以为此话不伦，盖中山公园、东安市场等处皆较比天桥为佳，何以在下竟以下级游地之天桥，认为是本市繁荣之中心，实由于内中有几层原因：（一）天桥地基宽大，容纳工商游艺极多。（二）游人无须花钱购票，是以上下阶级俱全。（三）具有平民公园性质，买卖物品及闲逛均可。（四）近两年平市繁荣顿减，惟天桥依然繁盛异常。（五）各地商业不振，惟天桥商业发达。"[①] 而后几年的发展，在全面抗日战争前夕，天桥也的确发展为北京的一个"繁荣之中心"，以至"凡远方来平旅行者，若不至天桥一睹，实为最大遗憾"。1935 年的《北平旅行指南》在向旅客推荐的北平 7 日游中，将游天桥列入行程之中，天桥成为与东安市场、中山公园，乃至天坛一样的必游之地。1936 年，齐如山在为《天桥一览》撰写的序文中说："今日之天桥，为北平下级社会聚集娱乐之所，以其可充分表现民间之风俗，于是外人游历，亦多注意于此，乃与宫殿园囿，等量齐观。"[②]

　　1935 年的《最新北平指南》和《北平旅行指南》都用了大量篇幅描述天桥。如《北平旅行指南》在卷一"古迹名胜之部"和卷二"食住游览之部"中都有关于天桥的记述，其中，卷二对天桥的记述如下：

---

① 秋生：《天桥商场（一）》，《北平日报》，1930 年 2 月 14 日，第 7 版。

② 张次溪、赵羡渔编辑：《天桥一览》，北平：中华印书局，1936 年。

天桥为一完全平民化之娱乐场所，亦即为北平社会之缩影。其市场之推展日渐扩大，卖艺劳动者日益增加，乃平民惟一谋生处。盖三教九流无奇不有，百业杂陈无所不备。凡欲维持临时生活者，苟有一技特长，能博观者之欢乐，亦可藉此糊口。昔时天桥皆系圈地为场，支棚为屋，卖艺者居其中而作，游人围其外而观，每次演毕，观众掷钱于地。自午至晚，其佳者可得五六元，次者亦得一二元。除地租棚桌等开销外，所余皆系无本之利，以之养家喂己。久之如三王八怪等奇号出焉。近来亦知改良，渐趋文明，有易场为屋者，有茶社与卖唱合作者，凡往游之人，进茶社中既可饮茶休息，复可听唱消遣，双方均利，诚一举两得，非复昔时之简陋矣。而往游者非完全下层市民，至中上级亦有涉足其间者。因之艺人如蚁，游人如鲫，虽在此平市百业萧条市面空虚中，而天桥之荣华反日见繁盛。[1]

与其他文献的记载相同，上面一段文字强调了天桥的"平民公园"性质，它是一处"完全平民化"的娱乐场所，这里吸引人们的不是现代化的娱乐，而是传统的民俗曲艺。在叙述完上段文字后，《北平旅行指南》不厌其详地罗列了天桥艺人表演的民俗曲艺：

◎歌唱

天桥之卖艺者，以歌唱为最多。其种类约分西皮二簧、梨花大鼓、莲花落、时调小曲、河南坠子、山西梆子等种类，且多以其所长而博得

---

[1] 马芷庠编：《北平旅行指南》，北平：经济新闻社，1935年。

大众欢迎。名闻平市下级者，如云里飞、大金牙等是也。云里飞系以滑稽擅长，大金牙以歌唱奇特。其他或以清歌悦众，或以妙舞动人。总之，设无特殊技能，万难立足于其间。

◎评书

天桥之说评书者，与各茶馆之说评书者略有不同。各茶馆说评书专系演说，而天桥评书非但演说，且佐以大鼓歌唱。此类演员亦系收徒传授，各有专长。其说部有东西汉、彭公案、施公案、三国、列国、济公传、七侠五义、水浒、聊斋、精忠传等。其顾客系另有一般有闲阶级，嗜好某种演义者，听之入瘾，几无日不到。评书者收入亦丰。市内说评书地点，系在各城茶馆中，但该演员组织有评书协会、总司演员之调动，该会行规，每两月全体演员变换地点、说部一次，其情形与天桥说评书者无甚差异。

◎杂耍

天桥杂耍分变戏法、拉照片、相声、双簧等数种。变戏法之技艺亦多进化，虽魔术大家之特技，彼等亦可学演。拉照片系将各种画片置镜中可以放大，专供儿童观看。相声系二人互以滑稽语调，引入发笑。其特长者有焦德海等。双簧系一人在前做傀儡，一人在后为主使。后者说话或急或慢，或占便宜，总使前之表演吃亏受窘。而博观者一笑。其出名者有刘德志等。彼辈除应堂会外，平日则于各落子馆中表演，其余均属平庸之辈，在彼混迹矣。

◎蹭跤

蹭跤（俗名摔跤）一技，为我国之特有，尤以北平为最。北平之蹭跤所以能出名者，又以天桥蹭跤人材辈出，如沈三、宝三、张驹子等均为杰出人材。现蹭跤一技，已经国府认为国术之一。在民国廿二年间，曾有俄国大力士某氏来平表演。沈三几度往访，欲与其当众比武，并声明死伤无怨，结果该大力士竟未敢与试，足证我国�踩确有特长，外人未免胆却，沈三此举亦可为国人争气不小。近来沈三已息影林下，专以卖药为生，并收有一徒名牛德春，彼能以单手断石，亦一特长也。

◎其他

天桥之卖艺者，除以上数种外，尚有其他种类甚多。为抖空竹、踢毽子、走高跷、练双石、攀杠子、打场面等是也。皆系个人独出心裁，另兴特技，以新游人之眼光，而博观众之注视也。此外尚有江湖之流，如相面、算卦等辈。专能以灵俐牙齿，以博酬资。卖糖卖药等辈，则以滑稽口吻与众周旋，宣传其糖药之特长，使人购买。近来更有人备象棋数十付供人对弈。又有备小人书数套供儿童阅后给资者。[1]

如上，《北平旅行指南》不惜笔墨地描述天桥，其对天桥的记述，在篇幅上，已远远地超过了对东安市场、中山公园的描述，甚至对天坛、颐和园的记述都不及天桥详尽、生动，从这个层面上看，在20世纪30年代，如齐如山所言，天桥已与"宫殿园囿，等量齐观"，如此评价，并不为过。

与《北平旅行指南》同年出版的《最新北平指南》，在介绍南城时，将天桥摆在了突出位置，用了大量文字描述它的热闹与繁华：

天桥为平民阶级之娱乐地方，虽然贵族化之老爷太太公子小姐辈亦有驾临者，亦不过稍为涉足观光而已。专为看杂技，听小戏，喝茶，听

---

[1] 马芷庠编：《北平旅行指南》，北平：经济新闻社，1935年。

大鼓者罕有！盖因其杂技场之粗木板凳，与小戏园及茶社中之设备上，阔者一坐，即自觉有逊色也。凡远方来平旅行者，若不至天桥一睹，实为最大遗憾，故今另行简述之。

天桥在前几年，小戏园与杂技场犹不如现今之多。其中设备较完善者，首推吉祥、魁华舞台（今已停演，不知将来能否重整旗鼓？），余如丹桂茶园、升平合记、华安茶园等，地势稍微狭窄，但劳动阶级，能抽暇观剧者，亦堪自慰矣。近两年来，新建筑之小戏园及茶社很多，其中宽阔较诸完善者，如小桃园、万盛轩、天乐戏园，余如天华园、小小茶园等，各小戏园皆附设茶社，戏钱零付，茶资亦廉，每位约在十大枚至三五大枚不等。所唱之戏以梆子、评戏为最多，西皮二簧掺杂其间。以外更有露天戏场，专唱滑稽二簧或梆子。滑稽二簧，在天桥要属云里飞为佼佼者，其表情动作，均足令人捧腹，以至笑得肚肠疼。每日蜂拥围观者，风雨不透，其魔力亦云大矣！现在更设茶座，以应观客。梆子，亦有数场，惟其角色皆系妙龄少女，可惜为生活压迫，亦羞羞惭惭忸怩唱小戏，良可慨也。

……

总之，天桥为平民化之娱乐地，专卖清茶之小本经营者林立。茶资极廉，铜元数枚，即可饱饮。更有规模宏大者，如荣乐园、同乐轩、西华轩等，均筑有高楼大厦，座亦清洁，茶资亦只数枚。如夏日炎热之际，微风袭来，心神倍爽，二三知己，环坐谈天，亦不亚于北戴河、青岛、庐山等地之避暑也。[①]

---

① 田蕴瑾编：《最新北平指南》，自强书局，1935年。

无独有偶，民国时期描述天桥的著作及文章也多出现在这一时期，如秋生的文章《北京日报》（1930年）、张次溪的《天桥一览》《北平天桥志》（1936年）。这些迹象表明，在20世纪30年代，即故都时期的最初几年里，在那些现代化的商场及娱乐中心呈现萧条之际，天桥这样如庙会集市一般代表民俗传统的地方，却迅速扩大了它的影响，在短短数年之内，成为能够代表北京特色的一个标志性空间。

风土人情是地方文化的呈现，北京虽是一个多元的流动城市，但这座城市还是形成了它独特的民俗文化，如岁时节日中的庙会、民间走会等，这些都是构成北京城市文化特质的元素。《北平指南》对于风俗内容的关注，一如它对名胜古迹的重视，作者似乎有意向读者传达一个具有自己文化特质的北京城市形象，它的古迹名胜之多，甲于全国；它的风土人情，与他处相异。张修孔在《最新北平指南》中说："从前有人提倡，要把北平改为文化区，或是游览区。文化不是一时所能造成，自然有其固有的文化，才能改成文化区，必须有可游览的名胜，方能有人来游览。如果是一座空空洞洞的荒城，人们都是未开化的民族，满目蓁然，无可观览，决计谈不到文化和游览的区域。"[1] 各版本的北平指南对于名胜古迹和风俗文化的强调，正是将北京固有的文化呈现于旅行者面前，使旅行者对北京城市有了更为深刻的印象。

---

[1]　田蕴瑾编：《最新北平指南》，自强书局，1935年。

第六章

结论

　　城市指南是城市发展的一面镜子，它记录城市，也参与城市的建构。北京城市指南的编纂出版，是到了近代才开始出现的，它的产生与流行，反映了北京正在迈向一个流动的多元化的近代城市。

　　只有在城市发展到相当的水平和程度时，人们对城市指南的需求才会变得急切而强烈，这时才有可能出现城市指南。从这个层面上可以说，城市指南的编纂与出版是衡量城市发展水平的一把尺子。

　　明中后期，中国的城市和商业的发展异常活跃，呈现出空前繁荣的景象。作为当时中国首屈一指的大都会，北京的发展也迎来了一个黄金期。此时的北京已呈现流动、多元的城市特征，它的商业也出现了繁华的气象，如《长安客话》所载："大明门前棋盘天街，乃向离之象也。府部对列街之左右，天下士民工贾各以牒至，云集于斯，肩摩毂击，竟日喧嚣，此亦见国门丰豫之景。"又如《帝京景物略》中的记述："（灯）市之日，省直之商旅，夷蛮闽貊之珍异，三代八朝之骨董，五等四民之服用物，皆集。衢三行，市四列，所称九市开场，货随队分，人不得顾，车不能旋，阗城溢郭，旁流百廛也。"这一时期，北京出现了街巷胡同指南《京师五城坊巷胡同集》，以及可以充当游览指南的《帝京景物略》，它们可以被视为城市指南的萌芽，但因其缺乏对旅行者在北京城内交通、住宿、饮食、游览、购物、娱乐等必要信息的记述，它们还算不上真正意义上的城市指南。就全国而言，此时期各种日用指南性的通俗书籍，如路程指南、经商手册、游览画册、万宝全书（日用类书）、地图（集）等，纷纷现世，出现了编纂出版这类书籍的高潮。它们被源源不断地从射利的民间书坊中生产出来，但唯独不见城市指南的踪影。这反映了明中后期中国城市和商业的发展是有一定限度的，对其呈现的繁荣与活力，不宜给出过高的估计。此时段，无论是北京，还是苏州、杭州、南京、汉口等城市,到城市旅行的人口数量是有限的,因此,对城市资讯的需求,如对住宿、购物、游览等方面的需求,尚不能被充分激发出来,与之相关的城市资讯服务也难有进一步发展的机会。如此,在明中后期,中国的城市和商业虽然有了很大的发展,但此时还不具备产生城市指南的环境和条件。

清代前期是北京城市休养生息的阶段,至中期,北京再次呈现繁荣的气象。这期间一些记述北京的重要图书被编纂出来,如《日下旧闻》《日下旧闻考》《春明梦余录》《天府广记》等,这些书籍大都是鸿篇巨制,内容虽然丰富,但作为北京城市指南是不合适的。

随着北京城市本身的发展,旅京人士日益增多,他们的在京需求逐渐得到了关注,为旅京人士提供京城旅行资讯服务的指南性书籍日显需要。清乾隆五十三年(1788 年),吴长元编撰的《宸垣识略》付梓。此书向北京城市指南迈了一大步。吴长元摒弃了《日下旧闻》《日下旧闻考》等书过于繁冗,不便查阅和携带的不足,有意识地为旅京者编纂一部在北京旅行的指南。可惜,他所编撰的这部书对游览所需的城市资讯仍然着墨太少,还算不上成熟的北京城市指南。

清道光二十五年(1845 年),杨静亭编撰的《都门纪略》付梓。此书是北京最早的一部城市指南,也是帝都时期北京最具代表性的城市指南。在之前,北京没有一部书如《都门纪略》那样,能够较为全面地向旅京者提供住宿、饮食、购物、娱乐、游览、安全防范等城市旅行资讯,诚如杨静亭在《都门纪略》中所言,北京以往诸书,"可供学士之吟哦,不足扩市廛之见闻"。从这个角度看,《都门纪略》在北京地方文献史中应该占有重要的位置。即便放在全国范围内,《都门纪略》在文献史中也是重要的一部书,因为它很可能是中国最早的一部城市指南,在它出版 30 余年后,上海、天津等城市才出现了类似的书籍。

《都门纪略》问世后，在清同治、光绪年间不断增补、翻刻，它所提供的城市旅行资讯越来越丰富，反映了这部书因切于实用而受到了旅京者的欢迎。当时的旅京者，主要是官员、文人士子及商人，即传统的仕商阶层。在这种情况下，《都门纪略》主要围绕旅京远省仕商的需求及其活动范围来取材，一切为旅京的远省仕商服务。这部书记述的北京城市空间主要局限于外城范围，尤其是前门、宣武门、崇文门附近，这也是当时远省仕商进京后的活动聚集地。

《都门纪略》的出现及流行，反映了晚清时期旅京人数的增多，北京城市人口流动的加强，以及北京城市资讯服务的发展。与同时代上海、天津的城市指南相比，晚清时期北京城市指南几乎没有关于在华外国人、外洋物品及外国使馆区的记述，而这些是晚清时期上海、天津城市指南最为重要的部分之一。这反映了晚清时期北京与上海、天津呈现不一样的城市发展模式。晚清时期上海、天津的城市发展是外向型的，它们受外界环境的影响较大；而同时期的北京作为帝制时代的政治中心，它受西方外界的影响还十分有限，北京在此阶段的发展主要靠本土传统的累积。

清末的新政虽然没能挽救颓废的清王朝，但是它为北京的发展注入了新鲜的血液，作为新政的实践中心，新式学堂的兴办、铁路的筹建、实业的倡导等，这些改革措施为北京城市的发展带来了前所未有的活力，为北京进入民国后的建设和发展，作了充分的准备。新政带来的这些新气象在清末版本的《都门纪略》中有所体现，但表述得很不够，这也反映了晚清时期北京城市指南的代表——《都门纪略》所构建的知识信息体系，在清朝的最后几年里，已经跟不上时代的发展步伐。

民国肇始，百业维新，社会发生了剧烈的变化，以《都门纪略》为代表的晚清北京城市指南已无法适应时代的发展要求。于是，一种全新的北京城市指南应运而生，至国都南迁以前，几乎每隔两三年就会出现一部新的北京城市指南，主要有1914年撷华书局发行的《新北京》《新北京指南》，1916年中华图书馆发行的《北京指南》，1920年商务印书馆发行的《实用北京指南》，1923年文明书局发行的《北京便览》，以及1924年发行的《袖珍北京备览》，1926年新华书局发行的《北京游览指南》。这些版本的北京城市指南大都设置了北京概况、法规、交通、实业、公共事业、食宿游览、名胜古迹、风俗时尚、公署官制等门类，它们比《都门纪略》的记述范围要广阔得多。

国都时期的北京城市指南，虽然仕商仍为其重要的服务对象，但是它们预设的受众群体已经不再局限于仕商阶层。在提到读者群体时，这些北京城市指南不再像《都门纪略》那样反复使用"仕商"这一词语，而代之以"旅客"、"游客"或"政学军警商各界"等称呼。这反映了随着交通的便利，流入北京的人口比之前更加多元化。随着交通道路的改善和皇家园囿的开放，人们游览和生活的范围大为扩展，这一时期北京城市指南的记述范围也由过去的以外城为主，拓展至含内外城及近郊的整个北京城市空间。

国都时期的北京城市指南呈现了一个新旧并存、中西交融的北京城。一方面它们记述了民国的新事物、新景象，如北京大学、京师图书馆、中央公园、东安市场、新世界商场、新华街、环城铁路、有轨电车、第一舞台、电影院、咖啡馆、北京饭店、新式婚礼、西式宴会等等。这些大量融合近代元素和西方元素的新景象彰显了一个受西方影响的百业维新的北京城，那时期的"新"不仅是具象的、物质的，有些还是无形的、影响深远的。例如，新式学校里的教师和学生，特别是那些具有现代意义的高等院校里的教授和大学生，他们成为北京城里的新知识分子，他们在北京发起和主导了新文化运动、五四运动，使北京成为新思想的启蒙中心，其影响非同凡响。从这些层面上看，国都时期的北京无疑是一座近代城市。但另一方面，国都时期的北京城市指南又记述了一个传统味浓重的北京城。它呈现给我们的既有新世界、东安市场这样充满现代气息的商业中心，又有形形色色的传统集市与庙会；既有中央公园这样现代化的公共休闲空间，又有天桥这样三教九流无奇不有的平民娱乐场所；既有北京饭店、六国饭店这样豪华的现代酒店，又有庙寓、会馆这样古老的寄居方式；既有传统节日的喧嚣，又有西方节日的狂欢；既有人在公园里举办新式婚礼，又有人恪守旧的迎娶礼节……这些都可以看见，国都时期的北京城市指南呈现的北京城，既是新的，也是旧的；既是近代的，也是传统的。在这里，现代与传统并行不悖，甚至可以互相补充、和谐共处。它们拥有各自的生长土壤，满足着人们的不同需求，也满足着不同人群的需求。这反映了当时的北京是一个多元化的城市，在这座城市里居住着官吏、军警、遗老、名媛、教师、学生、律师、记者、医生、商贾、学徒、小贩、艺人、车夫、僧侣、妓女等不同阶层的人，他们居住在同一座城市，却过着不同的生活，有着不一样的思想观念和需求，这就形成了有差序的生活空间、休闲空间和消费空间，使摩登的、传统的都有其用武之地。于是，我们看到，国都时期的北京城市指南在不遗余力地宣扬共和时代的观念、习尚的同时，也在不惜笔墨地记述北京旧有的本土文化传统。这一时期，虽然北京城里涌现了大量的新事物、新景观、新气象，但传统的力量仍然强大。例如，20世纪初，电影院在北京城出现，这种新式的娱乐场所逐渐受到了北京市民的欢迎，但它却无法替代茶楼、戏园在北京市民休闲娱乐中的地位，北京市民似乎对戏曲更加情有独钟，他们最常光顾的娱乐场所仍然是那些传统的茶楼、戏园。

国都时期的北京城市指南也呈现了一个商业繁荣的北京城。这一时期的北京城市指南大都将"实业（或商业）"门类摆在突出位置，不厌其详地记述京城林林总总的店铺，其记述的市场、商场、娱乐场也呈现一派繁华的景象。但此时期北京商业的繁荣是以消费为主体的，与其说当时的北京是一个商业中心，或经济中心，不如说它是一个巨大的消费中心，它的繁荣依赖于拥有巨大消费能力的群体的存在。这种商业上的繁荣更多是传统的，而非现代的，那些数以万计的店铺，包括许多的老字号，它们主要采用的生产经营方式大都是传统的，它们通过世代传递的经营理念和经年累月磨炼出来的手工技艺提供优质的服务和精致的物品，而近代工业化的生产和经营在这座城市里只存在有限的发展空间。

1928 年首都迁往南京，北京由国都变为故都。首都地位的丧失，使北京很快呈现萧条的景象。但在 1937 年抗日战争全面爆发之前，北京城市指南的编纂出版仍旧活跃。这一时期的北京城市指南主要有：1929 年北平民社发行的《北平指南》，1932 年中华印书局发行的《简明北平游览指南》，1934 年北宁铁路管理局编印的《北平旅游便览》，1935 年自强书局发行的《最新北平指南》及经济新闻社发行的《北平旅行指南》，1936 年北平市政府组织编撰的《北平导游概况》。

全民族抗战开始后，北京城市指南的编撰出版受到了极大影响，其间没有出现新编纂的中文北京城市指南。解放战争前期，也无新编纂的北京城市指南发行。但到了 1948 年，出现了几部新的北京城市指南，最具代表的是 1948 年 3 月由马勇信编著、马德增书店出版的《北平名胜游览指南》。

故都时期的北京城市指南与国都时期的北京城市指南相比，呈现出不同的面向，其主要区别体现在以下 3 个方面：

第一，国都时期的北京城市指南注重宣扬民国的维新气象，洋溢着对民族国家层面的关怀及对新时代、新政体的热切期望，但对北京城市发展的地方意识没有那么高涨。而故都时期的北京城市指南对新事物的记述热情降低，它们更关切北京城市自身的发展，其编纂出版的地方意识明显增强。一个明显的表现是：国都时期的北京城市指南大都由上海的文人和出版机构编纂发行，而故都时期北京城市指南的编纂者大都是北京（当时改名北平）的地方文人，并由北京的出版机构发行，而且得到了北平市政府的支持。这可能是由于首都南迁后，北京的城市地位一落千丈，经济上也呈现极度萧条的景象，这激发了北京地方文人仕宦的危机意识，促使他们关注北京城市自身的发展和建设。面对城市发展的危机与困境，北京各界重新审视北京城市的发展，寻找复兴之路，他们重新思考北京城市发展的独特资源和条件，探寻北京城市发展的新路径，对北京城市自身特征的认识有所提升。在这种情况下，北平市政府及地方文人仕宦纷纷支持、参与北京城市指南的编纂出版。

第二，国都时期，中国现代意义上的旅游服务业尚未发展起来，国内旅游观光的氛围、环境和条件都还没有发展充分。这一时期的北京城市指南所服务的旅京者，很多不是纯粹到北京观光游玩的，他们中的大多数人因各种事务需要在北京居住较长的一段时间。因此国都时期的北京城市指南比较注重对机关、法规、学校、商务等信息的记述，这些信息能为事务性的旅京者带来帮助。对那些与旅游观光密切相关的信息，诸如交通、住宿、游览景点等，国都时期的北京城市指南也有记述，但它们没有围绕旅游而特意编排这些内容，也不将这些方面的内容摆在突出位置。因此，国都时期的北京城市指南主要针对的是那些需要在北京居住一段时间的事务性的旅京者，而非纯粹的游客。这种情况到了故都时期发生了很大的变化。一方面，国内旅游服务业的发展有了起色，出现了提供旅游服务的专业性旅行社，旅游的环境大为改善；另一方面，为繁荣地方经济，北平市政府逐渐确立建设北平游览区的计划，大力支持旅游业的发展。在这种背景下，故都时期的北京城市指南大都重视对旅游相关内容的记述，将食宿游览和名胜古迹摆在突出的位置，而弱化了与旅游关系不太密切的实业门类。1935年经济新闻社发行的《北平旅行指南》将这种特征发挥到了极致，这部书可以说专为旅游而设，这与国都时期的北京城市指南有着明显的区别。

第三，国都时期的北京城市指南热衷于对新事物的记述，如新式婚礼、西式宴会等。故都时期的北京城市指南则更加注重对北京特有风俗及平民生活营生状况的记述，不再特意宣扬民国的新事物。天桥的变化是其中的代表性事例，国都时期的北京城市指南记述的天桥只是一个普通的市场、娱乐场，它在北京城的地位看上去有些微不足道，它与东安市场、新世界商场等现代化的商业娱乐中心相比要逊色得多。然而，故都时期的北京城市指南记述的天桥俨然成为北京的一个地标空间，这个完全平民化的娱乐场成为最能体现北京传统的地方。1928年首都南迁之后，北京城里的那些现代化的商场、娱乐场迅速失去昔日的繁华，纷纷呈现萧条的气象，而天桥在这一时期却越来越热闹起来，成为当时北京城为数不多的充满生机和活力的地方，成为游北京必去的地方之一。甚至有人认为，天桥已经可以和北京城里的宫殿园囿，等量齐观了。

所以说近代北京城市指南呈现出3个不同时段的北京城：一是帝都时期的北京城市指南，呈现的是一个以仕商活动空间为中心的北京城；二是国都时期的北京城市指南，呈现的是一个新旧并存、中西交融的北京城；三是故都时期的北京城市指南，呈现的是一个传统返归与彰显本土文化遗产价值的北京城。在近代百余年间，北京城经历了剧烈的变迁，现代性的、西方化的元素不断渗入这座城市，为北京的发展注入了发展活力。与此同时，传统元素始终是一股强劲的力量，它在北京城市发展的近代化过程中扮演着重要的角色，它没有因现代性的冲击而走向没落，西方文化元素也丝毫动摇不了它的根基。传统与现代的碰撞、交融，使北京走出了一条独特的近代化之路。

附录

北京城市指南部分史料摘粹

一、东安市场

东安市场在东安门外丁字街，京师各市场以此为首屈一指。场中商店林立，戏园、饭店、茶社、球房无不有之。去年二月二十九日晚，即旧历壬子正月十二日晚八钟，兵变纷扰，全场付之一炬。越后日各商纷纷支搭棚帐，暂为营业，刻已逐渐建筑，又复旧观。（1916 年《北京指南》）

东安市场为京师市场之冠，在东安门外丁字街路东，地址宽广，街衢纵横，商肆密比，百货杂陈。场凡三门，正门在丁字街，南门在王府井大街，北门在金鱼胡同。其中有大街四：南北一，东西三。各肆对列，中多货摊，食品用器，一一具备。四大街外，又有畅观楼、青莲阁、东安楼，其中亦均有各种商店及茶楼饭馆，又各成一小市场矣。至娱乐处所，则有丹桂茶园、吉祥茶园、中华舞台、震华球房、体益球房、玉泉茶楼、沁芳茶楼、中兴茶楼、润明茶楼、德昌饭店、会元楼饭馆、静怡轩白肉馆、东来顺羊肉馆。而沐浴、理发之所，亦均有之。润明茶楼之南为杂技场，歌舞医卜星相及演练武艺者皆集其中。（1920 年《实用北京指南》）

东安市场在王府井大街，此处之热闹，京师各市场无出其左右者。场之东偏，有杂耍场，如唱书、耍坛、大鼓、双簧及江湖术士、少林拳术等，咸献技于中，因之游人麇集。南首为花圃，人民之艺莳花者，陈列求鬻，春时万紫千红，一片如锦，秋季则黄花遍地，大有九月黄州餐落英之概。洵足令人徘徊不忍去。而正面街中，商肆鳞次栉比，诸如日用品物，靡不应有尽有。两边罗列杂货摊，尤五光十色，较之海上之邑庙、豫园有过之无不及。他若酒楼茶社，其陈设亦均精致，品茗殊见清幽，即菜馆与南北名点铺，亦俱完备。（1926 年《北京游览指南》）

北平居住之市民，对于"东安市场"四字，在脑里印象极深，可谓"无人不知，无人不晓"。因为，虽然是堂皇富丽，贵族化之所在，平民阶级亦能随便出入，若农村之百姓，初至北平，绝不肯舍此而弗游也。

场内皆系买卖，横竖数条通衢，如西服庄、照像馆、饭馆、咖啡馆、绸缎庄、茶点铺、戏院、球社，一切应用物件，及古今书籍，无所不有。饭馆最大者为东来顺、润明楼、海丰楼、东黔阳、五芳斋等，其余小饭铺、零食摊之类，不胜枚举。进市场北门或西门，迎面皆系糕点、鲜果摊。东面有杂技场，如唱小戏、鼓书、魔术、武术、说相声林立。北有恒义轩茶社，南有天禄轩茶社，南北对峙，将杂技场夹于其间。恒义轩茶社，楼上曾有坤书，今已辍演，异日是否重邀小妮子招徕顾客，尚不得而知也。天禄轩，新添演小戏，以增茶客耳福。

由杂技场折西经过南北一条买卖街，南行复西折，至丹桂商场，场内以旧书摊为最多，如买最近出版刊物或小说，此旧书摊均代售之。南行至霖记商场，在霖记商场楼上，并有坤书大鼓、二簧、幻术、滑稽大鼓。在青云阁楼上，亦有西皮二簧及文武大鼓，闻系特请平市名门闺媛，票界名宿，及平津驰名之坤角演唱，每日往捧者，大有人在。

戏院，仅吉祥一处，为东城规范最大、声誉最著者，观剧者以贵族化居多，汽车来往，包车接送，乃太太小姐散闷之所在地。每日市场北门，停驶之汽车，鱼贯列于胡同两旁，秩序井然。吉祥除戏曲学校献艺外，并有胡（须）生泰斗马连良及四大名旦内之荀慧生时常露演，故上座之多，亦莫不因其声誉卓著之名艺术家所吸引也。

珠（球）社，如大彰、会贤、中央、华丽，设备均极完善。大彰球社，楼下地球，楼上台球。会贤球社，台球室内极为清洁，亦甚宽阔，一般情侣在市场遛弯兜风已毕，往球社消遣，实快事也。中央亦系台球。惟华丽球社设有乒乓，为市场中所仅有也。

饭馆之中，以东来顺为最著。此馆系清真馆，菜蔬既洁，做法亦佳，价格复极低廉，故吉祥戏院散戏后，楼上楼下几无隙地，盖游市场者在此便酌者甚夥，更有闻其名不远千里而来者，大有非到东来顺一餐，即为憾事之概！（1935年《最新北平指南》）

东安市场创自清末，场址旧系吴三桂赐第，自吴开藩滇南而叛，赐第遂被没收，隶属于某旗为养马之圈。迨光绪末季，值肃王善耆司警政，始以其地改建市场。最初因陋就简，仅具雏形而已。自招商以后，屡次扩充，并将东北角辟为杂耍场。但该场虽经迭次火灾，而商业实际益见发达，百货杂陈，游人如蚁，殊为北平全市之唯一最大商场，自西单商场开设后，亦稍受影响。兹将该场调查所得列左①。

◎铺商

该场铺商共计有二百四十余家，其中以布店、鞋铺、西服庄、洋广杂货商店为最多，每种均在三十家以上。书店、帽店、金珠店、糕点铺、纸店为次，至其

---

① 该书原版为竖排繁体版，故原文为"左"，而非"下"。

他如药房、玻璃庄、茶店、照像馆、镜框店、织袜厂、钟表店、古玩铺、首饰店、镶牙馆，每种三五家不等。各该铺商之内外一切布置，均极美丽，游人顾客亦均中上级人士，故每日营业尚属发达。

◎摊商

该场摊商较之铺商多至半倍，总计有三百五十余家，以书籍、玩具、杂货、糕点、糖果为最多，金珠首饰、化妆用品、鲜花、磁器、皮箱、纸烟等次之，兑换所、报摊则仅二三。在先该摊商等对顾客购物，常观其身分贵贱，而定价目之大小，故每每索价极昂，不知者多受欺骗。然于本年起，市当局训令该商，一切物品划一价目，而维商业上原有之道德。（1935年《北平旅行指南》）

北平原有商场十余处，但其中一部分已不发达，一部分已成为旧货市场。现在较发达者为东安市场与西单市场。东安市场创自清末，原址为吴三桂赐第，吴开藩滇南叛清后，被没收，为清旗养马之所。光绪二十八年（1902年），肃王善长警政，将其地改建为市场，以后逐渐扩充，增设摊贩及门市商号，营业遂见发达。东安市场北门在金鱼胡同西口内，正门即西门当王府井大街北口，南门在王府井大街中间，另有一中旁门，亦通王府井。场内正街两旁为商店，中为摊贩。北门内东部为吉祥戏院、东来顺、润明楼、大鸿楼、五芳斋、新丰楼、小小酒家等饭馆。再东为杂耍场及豆汁、爆肚等小吃。西部为丹桂商场，均系文具店、书店及古玩贩。南部为南花园，有球社及游艺社等。场内共有商号约二百五十家，其中以布店、鞋店、西服店、洋广杂货店为最多，书店、帽店、金珠店、糕点、纸店等次之。摊商约四百余家，以书籍、玩具、杂货、糖果等为最多，首饰、化妆百货、纸烟等次之。全场内店员数约在四千名左右。（1948年《北平名胜游览指南》）

二、西单市场

西单市场在西单牌楼北路西，新辟之市场也。中设席棚，南北商廛各一列。南列东半为鲜果局、洋点铺、耍货铺，西半大都为天津火烧铺及酒饭铺。北列东半亦为鲜果局及鱼菜羊肉等，西半则大多数为猪肉铺，间有干果、海味店。中间棚中，俱系鱼菜。此场虽名为市场，实际一菜市也。（1923 年《增订实用北京指南》）

西单商场在西单牌楼之北，场分南北两列，其中多鲜果、干果铺之类，亦颇不少，而杂货商店，则无几家。酒楼饭馆生涯极盛，每日午晌，肆中座客为满，时侍者呼菜，跑堂算账，碗碟丁东，一霎间群声杂作。昔清高宗幸此，喜其热闹，辄于宫中设市场，一切均效民间格式。诸肆中人，见高宗驾过，故为呼菜邀客之状，众声纷纭，以取悦于帝王。然其时尚未有市场，仅酒食肆数家而已。今则鱼肉杂陈，海味堆积若小邱。清晨蔬菜摊，摆列殆满，购食物者，则络绎于途焉。（1926 年《北京游览指南》）

西城之西单商场，与东城之东安市场，可谓东西城繁盛之重心点，不过，西单商场范围宽阔，其建筑则不比东安雄伟堂皇也！西城居民，每于枯闷无聊之际，多往是（市）场徘徊，而作逸情别致之地，藉以破寞观光也。上午游人甚鲜，惟午后及华灯初上时，一般长袍长衫之老顽固与西服革履之先生，高跟斗篷大衣之太太小姐，蓝布大褂之穷措大，十八世纪之佳人相公之流，相继而来，其中尤以青年学子，与摩登女生为最夥。亦因西城黉宫林立，学校课毕，抽暇至场一游，习以为常。故由此场秋波暗递，一睹钟情，结为爱侣者，诚不罕有，与其说是"商场"，反不如曰"情场"，较为恰当也。在电灯光芒灿烂之下，时有服装妖艳，妙龄女郎踌躇其中，良久不去，此所谓"野鸡"，即暗妓也，专以晚间至商场或公园及一切娱乐地方诱惑登徒辈之青年。亦有姨太太派之衣服阔绰者，亦有手持课本充女学生者，彼等虽装模作样，终不能脱离其操贱业之气慨，盖其脂粉芬芳，香溢十里之外，双眸闪灼，媚摄万人之魂，不问可知，此无他，觅食之鸡——妓——也。

场内之杂技，与东安及各处庙会无异，惟咖啡馆之女侍者风头颇健，各界闻名往访者联肩接踵，殊不知有何媚术？能使人大捧特捧也。饭馆以新丰楼为最大，与东安之东来顺遥相媲美，顾客蜂摊，大有迎接不暇之势。从其门前跨越之际，闻其会过送座之声，不觉口涎欲滴。折南即估衣摊，距离很远，一切"这件子小毛羔儿还是新的呐！掉上面没有穿，就给当死啦"，"多了也不卖"，"就卖您……实在价儿呐……"卖估衣吆喝之音，几乎震裂耳膜。

绸缎庄及洋广铺中之伙计，均系油头粉面，效仿时髦，在门前或摊上双眸转若流星，据云：扮相俏皮。系专引主顾之美感，殊不悉与女店员之修饰姿容专讨异性顾客之恋依者，意同否？察其对于顾主之态度，同性则板面皱眉，异性则和霭带笑，于此可见，一般买卖家之少年伙计眼眶深陷，颜面青黄之所由来也。（1935年《最新北平指南》）

西单商场系华侨粤人黄树滉集资十万所创办，于民国十九年六月一日开幕。最初营业平常，嗣后日渐发达，盛况百倍于昔时。因之西单大街市面亦增繁华。继因地址不敷应用，复将北部房屋重资收买，另辟新市场。故现时已分南北两场，南市场系原创旧址，北市场乃续辟新基，其房地租价仍以南市场为廉而北市场稍贵，欲求一立锥之地亦或可得焉。兹将该场调查所得情形列下。

◎铺商

该场铺商南北两处共有一百五十七家，南场八十五家，北场七十二家。其营业种类多与东安市场同，亦以洋货商店、书店、布店、鞋店为多，糕点、纸店、茶庄、金珠首饰店次之。其一切布置较之东安稍有逊色，游人均系普通人士，谓为"平民商场"，恰可名副其实。

◎摊商

该场摊商共有二百八十余家，南场约一百六十余家，北场则一百二十余家。其种类以书纸、杂货、玩具为最多，化妆用品、磁器、纸烟为次。但其一切价目，自划一标准后，其书籍纸张及各种刊物、物品诸色价格均较东安稍廉矣。（1935年《北平旅行指南》）

西单商场兴起较后，建筑于民国十五六年，地址散漫，各商场均不能集中。南自堂子胡同，北至槐里胡同，分别设有新商场、旧商场、临时商场等。因曾焚于火，建筑较晚。现在以北部"临时新商场"摊贩为最多，多售衣鞋等日用品者。中部原名正谊商场，建筑较整齐，铺商较多。南部尚有二商场，多属摊贩，旧书摊为数不少。近年以来，因商场内营业不甚兴盛，各摊贩多移场外，在西单北大街路东沿街设摊，每日午后，行人众多，营业情形较西单商场为佳。（1948年《北平名胜游览指南》）

三、劝业场

劝业场在正阳门外廊房头条胡同，后门通西河沿。楼凡三层，南北长，东西狭。茶楼饭馆、洋广杂货、古玩玉器、笔墨书画、南纸南货、雕漆珐琅以及镶牙补眼室，莫不有之。其组织与青云阁、宾晏楼、第一楼略同，而较繁盛。（1920年《实用北京指南》）

劝业场在首善第一楼相近，高凡三层，悉按照西式建筑，场中所售，皆属国货。其中层之西部，为古董场，玉器古玩，陈列五花八门。每日午后，万商云集。东部有茶楼，地位宽敞，品茗者均为上等人物。三层之上有屋顶花园，暑天亦雇用杂耍游艺等，下层为中西餐馆，如衔冰轩，西式大餐之类，靡不俱有。故城中仕女，无不麇集其地，而商肆生涯之盛，允推京中翘楚，不愧为大商场也。（1926 年《北京游览指南》）

平市最繁华之地方，除娱乐场而外，一切商业林立之售品处，却冷落之极！由此可见，人人心理，皆趋于求快愉享安逸之途矣。前外劝业场中已久无生气，人迹疏稀，一般善于经营之肆者，乃邀角演唱西皮与坤书，于是招徕得人声嘈杂，往来其间者，络绎不绝，每晚鼓音咚咚之际，即有人满之患，盖耗资不多，既能闻其娇声，又可视其美色，甚或有其他之艳遇，足可一举而三得也，何乐有不为哉？楼上球社、理发馆，均聘有姿容艳丽之女侍与女技师，拜倒于高跟鞋下者，大有人在，而不为消遣与整容，其意即不睹妮子之模样而忐忑不安也。（1935 年《最新北平指南》）

四、新世界商场

新世界商场在正阳门外香厂，高楼数重，屹然雄峙。门内之左为售票处，票价铜元三十枚，孩童半之，若大洋半元之中餐票，大洋一元之西餐票，则票价均在内矣。月券五元，优侍券二元，赠品彩券一元。二层楼包厢八人二元五角，六人二元。场中饮食游观，各有处所。楼下之左为电光戏场，右为小有天菜馆，中央为戏场，崇雅坤社全班学生演剧于此。庭有水法池，池心之喷水台，塑西洋裸体美女。池左之廊下，为售花处，夏日游人率就之品茗焉。池右山石对列。二层楼之左为茶社，中座售茶，四周杂陈货品，大率为印章、眼镜、靴鞋、纸烟、糕点、玩物，其右悉为茶社，中央亦戏场，来自上海之女子文明新戏，日夕于此献技。其前罗列各种游戏玩具，每具均售铜元一枚，或以钱入漆铁人之臂而得糖，或以钱入竖立之木柜而求观音签，占文王卦，或吹气筒而验人肺量，观风景，观电剧，皆可博人一笑也。西北隅为京津杂耍馆，则八角鼓、什不闲、对口相声、双簧、快书、各色大鼓是也。三层楼内之左亦茶社，商场中央有赠品摸彩处，四周为饮茶、理发、攒花、镶牙、命相各室，右为球房，正中为露台，台之左端有亭，夏时售茶，并演露天电光戏。前为坤书馆，则八埠名妓在此唱秦腔、二簧也。馆外数武列哈哈镜六，经其前对镜自视，则全身忽长忽短，忽广忽狭，无不大笑，盖光学之作用也。四层楼上之前半，为吉士林番菜馆、咖啡馆，后右旁为太芳照相馆。五层楼为屋顶花园，飞桥亭榭，曲折盘旋。登高远望，则万象森列，大可赏心而悦目也。午后四时至十时，游人尤盛。（1920年《实用北京指南》）

新世界商场在正阳门外香厂，高楼数重。楼下之左为电影场，右为小有天菜馆，中央为戏场，庭有水法池，池左之廊下，为售花处，夏日游人，恒多就之品茗。二层楼之左为茶社，中座售茶，四周杂陈货品，以印章、眼镜、靴鞋、纸烟、糕点、玩物为多，其右皆为茶社。中央有女子文明新剧场，其前罗列各种游戏玩具，如吹风筒、风景画片等，触目皆是。西北隅为京津杂耍馆，有八角鼓、什不闲、对口相声、双簧、快书、各色大鼓等艺。三层楼内之左，亦茶社。商场中央，有赠品摸彩处，四周为饮茶、理发、攒花、镶牙、命相各室，右为球房，正中为露台，其左端有亭，夏时售茶，并演露天电影，前为坤书馆，八埠名妓，唱秦腔、二簧者，率集于此，馆外列哈哈镜六。四层楼上之前半为番菜馆、咖啡馆，后右旁为照相馆。五层楼为屋顶花园，飞桥亭榭，高入青云，远眺近畿，万象森列。午后四时至十时，游人尤盛。入门票价，向售铜元三十枚，现重加修理，气象当焕然一新矣。（1923年《北京便览》）

五、城南游艺场

城南游艺场在先农坛外坛北部，场中布置略仿沪上大世界。消遣娱乐则有新戏场、旧戏场、电影、球房、露天电影、坤书场、八埠名花唱书场，以及各种杂技，莫不新巧，有时加放烟火，奇巧花盒，殊有可观。游戏运动则有秋千架、溜冰场。集会宴饮则有中饭馆、西餐馆，酒社、茶肆、咖啡馆、点心铺，无所不备。而亭桥台阁，错置有致，更足以资流（游）览。奇花异葩，佳木美石，亦可以供玩赏。游人之盛，以夏晚为最，入门券铜元三十枚。（1923年《增订实用北京指南》）

城南游艺场在香厂（入场券大洋二角），园内有坤班京剧、男班文明新戏，其余杂耍场、坤书馆，无不具备。又有小有天饭馆、味根园饭馆，以及茶馆、咖啡馆，亦各设备。（1923年《北京便览》）

南城游艺场在先农坛外北部，其处亭阁楼台，嵯峨危耸，红紫芳菲，一片如锦，春光明媚，花木秀丽，绿柳成行，而湖石纵横，倍增幽趣。场中游艺，如露天影戏、球房、秋千、跑冰场、文明新剧之类，设置尚觉相宜。葡萄架下，以泉水烹雨前，所谓纳凉品茗，四周香风馥郁，尤足使人赏心。暑天炎散初消，徘徊其中，清风袅袅，几流连而忘返笑。夏日每于晚间，则加放演东京焰火，一线既燃，华光齐发，如金蛇万道，飞射天空，五花八门，为之目眩神夺，诚奇观也。西隅则有大餐馆、中菜酒楼，中西佳点，无不俱全。炎暑则有饮冰所，专售冰其廉、酸梅汤之类，游者称便焉。（1926年《北京游览指南》）

香厂，在天桥之西，先农坛北垣外，相传为明代废园，清末曾移厂甸临时商场于此。每年正月间，商贩剧棚，丛集于此，但终因地势稍偏，不能持久。民国七八年间，新世界、（城南）游艺园相继开设，一时顿呈繁华气象，而八埠妓女，亦多移帜于此，今之大森里即系香巢遗迹，其后因受时局影响，新世界、（城南）游艺园、大森里相继失败，繁华厂所，遂又趋冷落矣。（1935年《北平旅行指南》）

六、中央公园（中山公园）

中央公园在天安门右，为社稷坛故址，民国成立，改公园。园门内之东，为售票处（票价铜元十枚）与兑换所；西为警察所。路中有铁栅门，门旁为查票处。进栅北行数武，中峙雍剑秋所建药石，形如圆亭，下有八柱，柱各刻先贤格言一则。东二柱刻朱子之言，曰"尽己之谓忠，推己之谓恕"；孟子之言，曰"国之本在家，家之本在身"。西二柱刻子思之言，曰"温故而知新，敦厚以崇礼"；王文成之言，曰"知是行之始，行是知之成"。南二柱刻丹书之言，曰"敬胜怠者吉，怠胜敬者灭"；岳武穆之言，曰"文官不爱钱，武将不惜死"。北二柱刻程子之言，曰"主一之谓敬，无适之谓一"；孔子之言，曰"自古皆有死，民无信不立"。亭外碎石铺地，环列石球十二，每三球以铁贯之，如栏杆。东西南北各留路口，以便出入。自是循马路东行，为水法池，池形浑圆，上跨四狮，中有喷水塔，白石雕制，下镌"民国五年瑞金赠"七字。池外亦铺碎石，环列扇形花池四。水法池之北，有西式屋一，行健会也。中设台球，屋西隙地，围以砖栏，为夏日饮茶之所。屋东有曲廊，通东房三椽，为行健会询事处。穿廊而北，有殿五楹，为来今雨轩，中设华星餐馆，轩前□以砖栏，中央有池，池有玲珑石，轩后山石罗列，木栏竹篱层层绕之。北端一亭，形如十字，遍绘斑竹，夏日品茗者，坐为之满。来今雨轩之东，为华星球房，门外左侧设验体重器一具，标明用法，游人多就而自秤之。球房北为公园董事会，再北有假山，松柏森列，杂以他树。山上建六角亭，重檐垂脊，金碧辉煌，可入而小憩。山石北之一片篱障，为花厂。沿花厂北行，经门两重而西，为园之北面。北滨御河，夏时莲花最盛，可荡小舟。甬路两旁多古柏，夏时游人率品茗于此。行及西端，有木桥跨御河，长约数丈，翼以朱栏。过桥北行，即西华门，可通古物陈列所。由桥南行，为园之西面，路右侧有方亭，粗木所构，环以短竹篱，颇得野趣。亭西为鹿园，畜鹿二十余，且有雕豹各一。亭南土山有草亭，山不高而曲径蜿蜒，亦甚有致。土山之南，华屋连接，为柏斯馨咖啡馆、上林春餐馆、有正书局、春明馆茶社。其在路之左侧，与各处相对者，除春明馆之方亭外，皆苍松古柏，枝柯交加。自北徂南，宛如长巷，每岁之夏，薄暮则士女咸集，盖纳凉品茗之最大聚处也。春明馆之南为绘影楼，即同生照像馆。由绘影楼东转为园之南路，右侧有殿三楹，四周皆玻璃窗，中有清高宗御制诗碑及孔雀、小鹿各标本。殿东数十武有玻璃房，南向面水四隅斜出，结构精巧，中多奇花异卉。玻璃房之东，为习礼亭。亭北为社稷坛，南门内有丁香林、芍药园、卫生陈列所、图书阅览所。由习礼亭沿河岸南行，为蓄禽所，就枯树构木笼，以蓄禽。林禽以梧桐鸟为最多，水禽则有鹤鸭沙鸥。再南为售花厂。西折渡桥，即河之南岸矣，桥西为水榭，北半居水，南半跨路，朱栏画槛，红窗彩壁，有谓为园中第一胜处者。水榭之西为土山，数峰起伏，山隈有亭，亭东小洲，建屋三楹，南北各有花架，四周怪石，如蹲如踞，不可名状。洲北涯有石桥，可通玻璃房。西涯石桥，可通土山亭。协约战胜碑将建于园中。（1920年《实用北京指南》）

中央公园在天安门内西偏，社稷坛旧址也。（门票售铜元十枚）入门有战胜纪念碑一座，为吾国参与世界大战之纪念，即用昔东交民巷口克林德牌坊改造者。向东行为行健会会所，为来今雨轩，轩之东为董事会，更北有小亭，居山石间。再北，绕大殿后，有格言亭，北界为禁城河道，西北有板桥，一路通古物陈列所，一路即公园后门。折而南为跑冰场、为上林春餐馆、为咖啡馆、为长美轩、为春明馆，相联若长廊。又南为同生照相馆，逾桥而南为土山，沿河而东有花房，有豢养飞禽处。再南则为水榭，此为园之西南部。更东北行，越习礼亭，入园之内围墙门，则左右为芍药圃，中央有高坛，坛之北有正殿，旧为图书室，去年曾租与真光电影院，演电影。坛之西，为卫生陈列所（另售入场券铜元四枚，着制服学生二枚）。西南隅为球房，此内部形势之大略也。园中有水有石，树木皆七八百年物，前后不下数百株。每入夏季，御河荷花盛开，水风送香，树阴蔽日，长美轩一带，品茗尤多，青楼妓女，往往羼迹其间。（1923年《北京便览》）

中央公园在西华门外，园中古木遮道，清气袭人，翠柏苍松，有大及数抱者，殆四五百年物也。园极宽广，亭台楼阁，尤称幽雅。社稷坛居园之正中，卫生陈列所在其侧，地土现五色，俗谓五族共和之预征。进此曰来今雨轩，都下名流，假是为燕会之地。东有球房，北为假山，山旁多古柏，榆槐佐之。上有小亭，设筑十分精致，游者多藉以休憩，出门为北滨御河，河中植荷，暑天清香扑鼻，亦能驾舟出游。夹岸则绿树成阴，客皆品茗其地。对面为药石，石分为八，上刻先哲名言。自此而进，有大木桥，横贯河上，桥有栏，过桥北行，即西华门。桥西有水榭，亦极精致，河之南岸，为孔雀室，畜雀凡二，水鸟及鹭鸶，一一豢之木笼。过是则为电影场、球场之属，并图书披览所。再从大道行，曲廊之外，有池曰凝露，池中一塔，凡七层，为白石所砌。中有机揿，旋之则□水不止。正门为纪念碑一，亦民国时所建者也。（1926年《北京游览指南》）

中山公园在天安门右，旧为社稷坛，民初开放。松柏参天，花卉拂地，朱阑曲折，尤擅结构之巧。有来今雨轩、柏斯馨、长美轩、春明馆售中西餐点，门票五分。（1934年《北平旅游便览》）

中山公园，初名中央公园，十七年始改名中山，原为社稷坛。中国自古以农立国，人生非土不立，非谷不食，帝王以土谷为重，为民国祈福报功，故亲祀社稷。坛制正方，石陛三成，陛各四级。上成用五色土随方筑之，中埋社主石，坛垣甃以琉璃瓦，各如其方之色，四面建棂星门，北为拜殿，又北为祭殿。坛殿为明初初永乐八年所筑（西历一四一〇年），环坛墙外，古柏森然，罗列最巨，有围达丈八尺余者。民国三年十月（西历一九一四年）年内务总长朱启钤建议政府改为公园，辟门于南金水桥畔，设董事会以次经营，规模大备。游人入园门内，巍然竖立者为公理战胜石坊，纪念协约国战胜功绩。入门分三路行：（一）东行循走廊过行健会，迤东为营造学社，为研究中国古代营造技术机关，朱启钤主之。过来今雨轩，东为董事会，转北为有假山，山石玲珑，上有亭。再往北，直至后河，循路有山石，有格言亭。（二）入门循走廊西行，经儿童运动场，转西度桥，至水榭，构造极精致，前临水池，夏日荷花盛开，极饶雅韵，由水榭西行登山，此山全为人工构成，新栽树木，蔚然成林，山下有桥可通两宜轩（旧名关帝庙）。北有桥可通唐花坞，循大路往北，经绘影楼、碧纺舫、春明馆、长美轩、柏斯馨等处，再北经鹿囿，北有假石山，抵河至北门桥，通西华门。（三）入门经公理战胜坊，往北转西至习礼亭，北进社稷坛南门，入门道旁有国花台，坛后拜殿，今改建中山堂，祭殿今改设图书馆，殿后为坛北门，与东西两路会合。（1936年《北平导游概况》）

中山公园，在天安门西偏数十武，居全市适中之地，为社稷坛旧址，民国三年双十节开放，定名为中央公园，社稷坛建于明初，与太庙相对，古柏夹道，荫森几蔽天日。坛南最巨者有七株，围丈七八尺，闻为金元古刹之遗物，盈丈者百余株，不及丈者千余株。园中空气极佳，当门而立者，为公理战胜石牌坊一座，坊前有喷水池，中建灯塔。北行为施王二烈士铜像，西为公园办事处，西南有清代礼部习礼亭，亭北为总理奉安纪念碑，北为社稷坛南门，门内有丁香林、芍药圃、卫生陈列所，正中为社稷坛，北有大殿，现为中山堂，后为中山图书馆，东有蔡公时纪念碑，西有美国大总统哈定纪念碑。坛北门外有格言亭，北滨御河，夏时莲花最盛。路两旁多古柏，游人多茗于树下，坐观皇城景物。西端有木桥横跨御河，可至古物陈列所。由桥南行，西有高尔夫球场。再南为鹿圃，畜鹿多头，并畜有黑雄（熊）一，性颇猛烈。南有草亭，亭南为柏斯馨、长美轩、春明馆茶社，其路东皆苍松古柏，枝柯交错，自北往南，宛如长巷，春夏佳日，士女咸集，乃纳凉品茗之最盛处。南为绘影楼，楼东为坛之南面，有兰亭碑亭，陈列动物标本，中有清乾隆御制诗碑，东有花坞，南向面水，四隅斜出，中多奇花异卉。渡桥而南，即荷池之南岸，西为水榭，北半居水，南半跨陆，朱栏画槛，红窗彩壁，时有书画家假此开展览会，各界闻人开欢迎茶会者。榭西为土山，山峰起伏，山上有亭，西端有桥，闻即织女桥之遗址。榭东穿走廊石桥，院中列鱼盆数十，畜各种金鱼、龙睛鱼数百，佳种极多。向北为儿童体育场，设备齐全。越石牌坊而东，有屋三楹，为行健会，会址原为社稷坛外坛之东门，会员数百，均为中上阶级人士。向北有殿五楹，为来今雨轩餐馆，轩前为牡丹花池，轩后山石罗列，迤北有十字小亭，春夏日设茶座，轩之东为公园董事会，会之旧址系端门外西庑朝房八楹，修葺之并增建客厅，前年平市危险时，平市各团体救国联合会即设该处。北有假山，山上建六角亭，重檐垂脊，朱栏画栋，游人可入内小憩。假山后为花房及工人宿舍，北行偏东有门，可达历史博物馆，圆明园遗存乾隆题"芳簇怡春"石额现存园中，公园前后门均可出入，门券售铜元廿枚。兹将公理战胜坊沿革及社稷坛、卫生陈列所、格言亭等项分列于后。

◎公理战胜坊

原系德国驻华公使克林德纪念牌坊，设在东总布胡同西口外，均为汉白玉石制成，工程浩大，经年余始蒇事。其状与过街牌楼相同，楼顶中间，镌"恺惜庚子拳匪之变，德使被戕，及和议告成，特立此坊以为纪念"谕旨，左右刊英文、法文、拉丁文等，牌坊如前图。光绪二十八年十二月二十日举行落成礼时，清廷派载沣前往致祭。凶手恩海，系神机营八队章京，后为德使署枪毙，并刻光绪帝上谕于上，文曰："德国公使克林德，驻华以来，办理交涉，朕深倚任，乃光绪二十六年五月，拳匪作乱，该使臣于是月遇害，朕深悼焉。因于死事地方，勒建石坊，以彰令名，并以表朕旌善恶恶之意，凡我臣民，其各惩前毖后，毋忘朕命。"嗣至欧战之后，我国以加入联军故，对德为战胜国，于是拆卸其碑之石，移建于中山公园，颜其额曰"公理战胜坊"，即今园中赫然耸立者是也。

◎社稷坛

在公园之中央，明永乐建筑，坛制正方，石陛三成，陛各四级。上成用五色随方筑之，中埋社主壝垣，甃以琉璃瓦，各如其方之色，四面建棂星门，门外北为拜殿，现为中山堂，又北为祭殿，现设中山图书馆。西南有神库、神厨，东西南北坛门四座。西为宰牲亭，清代因之，今坛址仍存其旧。

◎卫生陈列所

设南坛门内偏西，计屋五楹。玻璃厨内陈列有卫生各项标本，肌肉骨骼、五脏六腑及神经各种病理相片或图画，并加以详细说明。壁间悬有动物血球虫类发育形状图及病菌原形虫发育状况与动物解剖图，婴儿发育，各种草药、草液均附以说明，参观者莫不心领神会。

◎格言亭

亭在内坛北门外，民国四年原建大门内，欧战后因移设战胜坊，故移北坛门外，为北政府时内务总长朱启钤之亲戚雍剑秋氏捐资建设，石柱上均刊古圣贤格言。原拟在东西南北城各设一处，东单牌楼设有一亭，现仍存在。惟西、南城两处，因发生他故，未克实现。

◎烈士铜像

烈士像在战胜坊迤北，为辛亥革命滦州起义之施从云、王金铭两烈士。冯玉祥于民国十三年捐资铸像。奉军入京主政后，将铜像埋之土中。北伐成功后，冯玉祥部至北平，将烈士像由土中挖出，复立于今之地址。

◎水榭

水榭在花坞前小桥南，两宜轩之东南。构造极精致，北半居水，夏日荷花盛开，极饶雅韵。南半跨陆，朱栏画槛，红窗彩壁，时有书画家假此开展览会，平市各界闻人时在此开欢送、欢迎等会者。水榭西为土山，完全以人工构成，山峰起伏，上有小亭。新栽树木，已蔚然成林。（1935年《北平旅行指南》）

七、北海公园

民国十四年夏，就禁苑之北海而开辟者也。前门在北长街北头三座门内，后门在地安门外西压桥畔，均有售票处，以便游人购票入览。普通游览证，每张价钱辅币一角，十五张一本者，大洋一圆，三十张一本者，大洋二圆。长期游览证，一年期者，十六圆，牛（半）年期者九圆，三月期者五圆。团体游览证，以百人以上同时入园者为限，证资每百人大洋五圆。此园开辟，虽为较迟，而景致之佳，甲于他园。若自前门入，则白塔山蔚然深秀，矗立目前。玉石长桥，跨太液池以通南北。雕栏相对，异卉夹陈，红飘绿荡，雅有可观。山之南麓，为永安寺，境地极为幽□，偶值微风动树，小鸟飞鸣，大有令人出尘之想。过寺登山，或缘石级，或穿岩洞，均可上升，惟最高一级，有铁栏遮路，恐升降拥挤，发生危险也。游人旁循别路，亦能跻于山巅。极目纵观，全城悉在望中，游园者，无不争相登临，一睹胜概。山之北麓，为漪澜堂饭店，东起倚晴楼，西尽分凉阁，回廊环抱，形如半月。廊外石栏之间，夏日满设藤座，以供游人品茗，士女云集，颇为繁盛。廊内厅堂深广，楼阁重叠，即漪澜堂与晴□花韵也。其中设备，尤为精雅，喜庆宴会，最为相宜。厅后，则墙垣曲折，台阁错列。随山势升降旋折，极尽构造之妙。而佳木葱茏，碎阴铺地，徘徊其间，恍登仙境，更为消夏之胜地。山之东麓，为般若香茶社，系就半月城而组织者，依山布座，随意而施，左石右松，别具野趣。山之西麓，为琳光精社、亩鉴室茶社、方壶山书画处、撷古山房文玩处，或跨山腰，或居平地，青松密茂，翠柳扶疏，列坐其间，亦多雅致。其自般若香茶社度桥而东，南为绮华纸烟庄，北为馨逸村咖啡馆。自是北行，路径蜿蜒，两旁土阜，草色青青，沿途古槐，布列成行。道边设有长椅，以便游人憩息。信步缓游，精神舒畅。行约半里许，则为濠濮园茶社，濠濮园者，即状元府也，以水榭濠濮间得名。水榭之南，有轩三楹，据山结构，形势高爽，清德宗御题"崇椒"二字，盖此中最高处也。水榭之北，石桥曲折，通于北山之路，桥中玉石牌坊，屹然而立，有清高宗御题横额及联语，南面额题"山色波光相罨画"，北面额题"汀兰岸芷吐芳馨"，坊脚两面，各书一联云"日永亭台奕且静，雨余花木秀而鲜。蘅皋蔚雨生机满，松嶂横云画意迎"。盖此地青山外障，绿水中流，佳木罗植，蕙草丛生，景致之秀丽，又有不同于他处也。自石桥北行，两山夹径，左回右旋，以至画舫斋，四面华屋，连以曲廊，中为一泓清水，澄澈如鉴，红窗碧瓦，悉现水中，骤观之，殆若画舫云。由是再北，为蚕坛，穿坛而出，即园之后门矣。闸水倒泻，砰訇有声。折而西行，约数十武，为静心斋，为华藏界，同生像馆、仿膳茶社、松坡图书馆均在焉。其西，五亭错列，翼然临水者，五龙亭茶社也，乃园之北岸一大聚集处，亭极轩敞，四面通风。夏日乘凉，最为爽快，士女在此啜茗者，不减于漪澜堂。至最西之极乐世界，亦有茶社，供人休息，惟秋凉以后，不耐久坐，故只夏日营业耳。园之面积颇广，周可五里，故又备有游船及人力车，以代步行。游船路线，北起五龙亭，南至漪澜堂。普通船价，每人辅币一角，最优等大船，辅币二角，花船大洋一角，幼童俱收半价。有欲包船者，价目亦视船之优劣而定，大抵分为一圆、一圆五、二圆、三圆数等。人力车价，由园前门至后门，铜圆二十四枚，由陟山门至园后门，铜圆十六枚，由园后门至五龙亭，铜圆十四枚，往来价目相同。包车每小时大洋三角。逢国庆日，园中各处，国旗高悬，五色飘荡，并有彩灯、音乐、烟火，以助游兴。而平日晚间，白塔之上五色电灯，光辉灿烂，亦一优美之标识也。（1926 年《增订实用北京指南》）

八、什刹海

十刹海，在地安门外，鼓楼大街迤西，斜贯向西北，势若襟带。此海之水自德胜门西水关而入，东则一片荷塘，西则一片水稻，景致清佳，境尤野旷。夏时荷花盛开，游人最众。（1916 年《北京指南》）

十刹海分前后二海，前海在地安门外迤西，复分二区，中隔一堤，堤北半有小桥，为东西二区相通之处，俗称"响闸"，以水自西来，至此倾注而下，大有声，故名。两区环岸皆垂柳，塘内东多菱荷，西则水稻，为消暑之胜境。后海在德胜门内迤东，面积较前海略大，而景稍逊。前后相通处，有桥曰"银锭"，地势最高，登之可望京西各山。（1920 年《实用北京指南》）

十刹海本僧居，明万历中遍融所创，屋宇三十余间，相比如号舍。（佛殿仅分一舍）后于积水潭之流在十刹海一带者，统名十刹海。分为前后二海，前海在地安门外迤西，复分东西二区，东区之水，东流至地安门迤东，贯皇城而注于崇文门西护城河。西区之水，南流经地安门迤西入皇城。分二支，一南流为太液池，一东南流为紫禁城城河，两水会于长安桥，东流至皇城东南隅，与北来之水（即注崇文门西护城河之水），会入大通河。二区之中，横隔一堤，堤上有小桥，俗称"响闸"，以水流有声得名。塘内东多菱荷，西则水稻，环岸皆垂柳、云水之胜，似入江南。后海在德胜门北迤东，形狭而长，境亦幽静。前后相通处，有桥曰"银锭"。（1923年《北京便览》）

临时游艺场在地安门外迤西什刹海，每年旧历五月初一日至七月十五日，为开办之期。柳阴之下，茶棚林立，雅洁无尘，且备有台球、地球、风琴、洞箫以供人娱乐者。西岸小桥之南，有旷地，鬻技者咸至此演唱。此处境地绝佳，四望皆有可观。自北岸南望，则琼岛之白塔峙于半空。自南岸北望，则西有会贤堂饭庄之高楼，东北有前后森立之鼓楼、钟楼，皆甚巍峨。自东岸西望，则碧柳环绕河堤，盈盈一水，自西而来，板桥石梁，约略可辨。自西岸东望，则地安石桥，车马杂沓，相属于道，允为北城一带消夏之胜地也。（1923年《增订实用北京指南》）

京城自地安门桥以西皆水局也，东南曰十刹海，过西为后海。宋絜句"浅碧湖波雪涨，淡黄官柳烟蒙"，即指十刹海也。日下士大夫多集于十刹海，以去市较近也。每值炎夏，于火伞初敛后，柳阴水曲，几席肴香，菡萏一枝，飘芬冉冉，玻璃百亩，浪掀溶溶，昔唐之曲江，不是过也。而后海则地当幽僻，游人罕至。然坡陀蜿蜒，树木丛杂，两岸多于古寺、名园与骚人墨客，尤不胜述，湖上看山，以是处为最，翁覃溪尝一度会名流于此。（1926年《北京游览指南》）

十刹海，四望皆有可观。自北岸南望，则琼岛之白塔峙于半空，雅洁无尘，且备有台球、地球、风琴、洞箫以供娱乐者。西岸小桥之南有旷地，鬻技者咸至此演唱。北望则有鼓楼、钟楼，皆甚巍峨。自东岸西望，则柳环河堤，自西而来，板桥石梁约略可辨。自西岸东望，则地安石桥，车马杂沓，每当夏令荷花盛开，

至民国成立，更设临时营业场，游人纷集，茶棚林立，堪为消夏盛地。（1929年《北平指南》）

十刹海，在地安门外，为玉泉所注，以高柳风荷为美。每值夏令，望之如在江南。亦有茗座餐馆，并有杂技娱人。（1934年《北平旅游便览》）

十刹海，在地安门外，分为前海、后海。前海周约三里，荷花极盛，西北两岸，多为宅第，中有长堤，自北而南，沿堤植柳，高入云霄。自夏及秋，堤上遍设茶肆，间陈百戏，以供娱乐。后海较幽静，人迹罕至，水势亦宽，树木丛杂，两岸多古寺，多骚人遗迹。相传为《红楼梦》大观园遗址，今无考。（1936年《北平导游概况》）

什刹海，为夏日消闲阶级避暑品茗之地，亦可谓小本经营之临时商场。每值炎热之期，沿海畔即搭有一遍席棚，形如一条长衢。两傍以茶社最多，亦有临时营业之小饭馆（有如乡间庙会上之饭棚子），可以叫菜饮酌，惟其价格较他处昂贵，盖往是处品茗或吃饭者，多系与爱侣订邀，相伴闲游，非摩登小姐，即时髦青年，价之多寡，却满不在乎，求其畅情快意，足以自慰耳！

每日徘徊于海畔者，以红男绿女为最多，盖此时正值溽暑，各学校亦皆放假，故拥拥挤挤，往来其间者，如过江之鲫，不但此也，是时火伞高撑，名媛闺秀，及老爷太太之辈，莫不深感枯燥，屋内虽装置电扇，设备冰箱，犹觉不快其意，回思百转，莫如到什刹海，或北海、中山公园、太庙等处纳纳凉，游玩游玩。因为，北海、中山公园、太庙等处，遂时都可以游览，无甚翻新花样之景况，什刹海每年只有一次，转眼间，即已瞬逝，若不临境观光，殊抱遗憾！故攘攘熙熙，抱爱子携太太者有之，领少爷跟老爷者亦有之，至于对对双双，谈笑甚密之情侣更有之，一幅妙图，实难描绘其万一也。

茶社、小饭馆以外，如小戏场、大鼓书、相声、魔术、武术，应有尽有，每日上午游人较少，午后一点至四点为最热闹时间，摩肩擦踵，别具风味，更有一般登徒辈，故意南北徘徊，追逐异性，什刹海畔，洵不知结成几许之比翼鸟也！

什刹海应时小卖之食品，以八宝莲子粥最为驰名，故至茶社乘凉之人，每多购而食之，以免馋涎欲滴。因为，莲子粥之作法，超俗异众，味美而甘，洵可谓零食类之上品。如果傍棹之座，正在狼吞虎咽，伊若频唾其沫，未免使人暗笑，倒不妨消耗几角请一请在座之友朋，藉增口福也。（1935年《最新北平指南》）

什刹海，在地安门外迤西，净业湖之东，海水广可数十亩，源出自玉泉，与太液池之水同出一脉也。什刹海为消夏娱乐场所，海内广植荷花，又称荷花市场。入夏之时，于柳堤，小贩云集，茶肆对设，书棚戏场如渠香园等，广为罗致著名鼓姬如联幼茹、赵翠卿、金玉铃、李红集、靳凤云、宗玉兰、风淑卿、高淑云等，男角如白凤鸣、老倭瓜、罗文涛、金万昌、常树田、万振卿、张笑影、小鸣钟、奎星垣、张剑琴、白玉山、双月峰等，均各组班演唱。旧历五月中旬至七月十五日，为营业期间，莲蓬藕、莲子粥为有名之食物。黄昏时候，湖光荷影，景色清幽，为游人增雅兴不少。传什刹海为《红楼梦》旧址，是书写明珠之家世，明珠之府即在海北岸，其说不为无因。（1935年《最新北平指南》）

什刹海，在地安门外迤西，源出玉泉，与太液池本系一脉，早年之西涯也。元称为海子，明曰净业湖，为旧都平民消夏之胜地。东北望地安门、钟鼓二楼，西南望北海塔山。沿堤垂柳，满塘芰荷，熏风拂水，藕香扑衣，别有境天也。全海可分为三部，曰什刹海前海，曰什刹海后海，其西北者，曰积水潭，亦称什刹海西海。前海方广数十亩，半为水田，为产荷胜地，故又称荷塘。近年以来辟为临时市场，每届夏季，游人接踵，茶社林立，书棚戏场颇为喧闹。北岸有会贤堂饭庄，传系张文襄公之庖人所办，门对荷池，柳荫匝地，风景绝佳。昔年满清贵妇，多来此赏荷，粉白黛绿，洽与湖光荷影相辉映，绝妙之仕女图也。前海之西即后海，地多芦苇，尚较幽僻，昔日两岸多名园古寺，今皆废圮，夕阳萧寺，华园丘墟，沧海桑田，徒供后人之凭吊而已。或谓什刹海为曹雪芹《红楼梦》大观园旧址，因红楼一书，相传为大学士明珠之家事，而明珠府第，即在海之北岸，故有此说。清时张文襄公曾卜居海南之白米斜街，建有招贤馆，文襄故后，馆亦荒废。（1935年《北平旅行指南》）

九、庙会

1. 大钟寺庙会

德胜门外大钟寺每至正月自初一日起开庙十五日，此日之内，游人垒集，士女如云。长安少年多驰骤车马以为乐，超尘逐电，劳瘁不辞，一骑之费，有贵至数百金者，俨有金台市骏之遗风。（1914年《新北京指南》）

德胜门外大钟寺（即觉生寺）开庙十五日，寺有悬大钟之高楼，即华严钟也，钟纽下有眼，悬小锣，以钱投之，中者声铿然，曰"打金钱眼"，游人争登楼，掷钱击之。寺外多驰车赛马之少年。（1920年《实用北京指南》）

（大钟寺）每岁旧历正月初一至十五日，有庙会半月，游人纷集，仕女如云。凡入寺参观者，率多至悬钟楼内，楼梯系盘旋式，沿梯上楼时，黑暗已极，迨至楼上，始豁然光明，凭栏远眺，山光树色，一片迷离。钟内悬一铜钹，击时铮然作响，迷信者云，凡击中铜钹者，主一年之顺利，故游人多以钱掷之，为寺僧一宗收入。据寺僧云，前二十年，每逢庙会之日，地上铜元可积至数十层，现因民困财竭，钟下铜元所积不多，言时大有今昔之感。（1935年《北平旅行

指南》）

2. 白云观庙会

白云观每至正月，自初一日起开庙十九日，游人络绎，车马奔腾，至十九日为尤盛，谓之"会神仙"，亦曰"燕九会"。（1914 年《新北京指南》）

西便门外白云观，开庙十九日，至第十八日，往游之人尤盛，谓之"会神仙"，亦曰"燕九会"。（1920 年《实用北京指南》）

十九为筵九，西便门外白云观走马博赛，游人最盛。间有留宿观中者，曰"会神仙"。谚以是夕有神仙下降，度化凡人，迷信者冀得一遇也。（1929 年《北平指南》）

（白云）观在西便门外二里许，为燕京最大之道院，元之都城在北平之西，观址当时在城内，后元城废圮，城垣东移，白云观遂摒城外。观建于唐开元中，名天长观，金时名太极宫，元世祖时长春真人邱处机奉召来京，居此观中，在此羽化，因改长春宫，明正统年始改称白云观……观中例年于旧历正月初一日至十九日为庙会之期，商肆罗列，士女如云，其盛况较城内之厂甸有过之无不及。十八日之夜为会神仙之日，相传是夕，必有神仙下降，或化缙绅，或化乞丐，惟有缘者，方能遇之。一般善男信女及富室姬妾、纨袴少年，率皆宿于观中，以期与神仙结缘。（1935 年《北平旅行指南》）

3. 财神庙庙会

（正月）初二日、十六日彰仪门外财神庙开庙，都人率往求财，盛于他月，初二日尚有所谓借元宝（详见岁时俗尚）者。（1920 年《实用北京指南》）

初二、十六两日，彰仪门外财神庙开庙，求财者初二尤倍，以是日有元宝可借也。（1923 年《北京便览》）

（五显财神庙）庙中香火日，为夏历正月初二、十六，三月十一，八月二十四，九月十七，尤以正月初二日为最盛。有先于初一夕即至彰仪门侧，敬候开城，以烧头股香为最吉祥者。是晨自骡马市大街迤西直达庙门，沿途售香及元宝摊者，触目皆是。例如去年向财神庙借来纸元宝两只，今岁应加倍送还。庙中住持又以送还之元宝备香客来借，借者须给以代价数倍，寺僧即藉以为一年生活之费。庙外各类食物茶摊、小儿玩物摊甚夥。更有以纸印出鱼形，鱼上印"年年有余"或"吉庆有余"之金字，或制蝙蝠状之红绒花，并缀带福还家之吉祥语，香客多购数种插于帽边。近年市面虽现不景气，而庙中香火反较盛旺。推其故，盖社会经济日趋窘迫，生财之道益感逼狭，冀乞怜于神，以其富而了心愿，其情固可悯，而其愚亦良可哂矣。（1935 年《北平旅行指南》）

4. 厂甸庙会

自（正月）初一日起至十七日，火神庙厂甸列市半月，儿童玩好在厂甸，书画古董在火神庙，珠宝晶莹，鼎彝罗列，豪富之辈，日事搜求，冀得异宝。（1914 年《新北京指南》）

初一日至十七日，琉璃厂厂甸（今为海王村公园）盛列儿童玩物，而琉璃喇叭沙雁为尤夥，近并设临时茶肆，妓女亦有至者。初六日火神庙（琉璃厂东门）开庙，所售书字画书帖、古玩玉器，多至不可胜数。（1920 年《实用北京指南》）

（正月初二）亦有赴财神庙焚香借元宝者，谓借之则财旺，次年加倍还之。（1929 年《北平指南》）

（琉璃厂）在和平门外，即辽时海王村旧址，明时在此设立琉璃窑，烧制五色琉璃瓦，因名琉璃厂，为明工部五大厂之一（崇文门外神木厂、交民巷台基厂、左安门内黑窑厂、朝阳门外大木厂、和平门外琉璃厂）。清初仍沿明旧，及至满清末年，废止窑工，商肆日渐增多。民国后，拆去窑基，修改马路，街市更趋繁盛。

其中商肆，多系书籍、古玩、笔墨纸砚等商，为北平文化用具之渊薮。北平市政当局，拟改琉璃厂为文化街，以符名实。其街道东西向，东至延寿寺街，曰厂东门。西至南柳巷，曰厂西门。而以新华街交叉处为中心点。海王村公园，俗称厂甸，即在于此。

......

（海王村）在琉璃厂中间路北，为明清时琉璃厂厂甸旧址。考海王村之称，由来甚久。乾隆三年，该地窑户，发现一古墓，有碑志载辽御史李内贞，葬于京东燕下乡海王村，是琉璃厂在辽时即名海王村，且考元时之都城，尚在北平之西，则海王村适在元城东门之外，为一村落，合与墓志所载京东燕下乡海王村一语正相符合。不过在明时城池东移，海王村被圈于城内，其名因之湮没，遂以琉璃窑之故，而名琉璃厂厂甸。自清初罢禁灯市后，厂甸遂为春正游览之地。窑门外百货竞陈，商肆错列，图书字画，更为大宗。迤东之火神庙，更为古玩商之荟萃处。门东之吕祖祠，香火甚盛。光绪末年，曾在南城先农坛外墙外香厂一带辟荒设肆，拟迁厂甸春市于此。迄未果行，未几香厂临时市场，又行荒废，春正市场仍以厂甸为首届。至民国后，开辟马路，拆弃窑厂，后在该处建设海王村公园，叠石为山，蓄水为池，但因地址狭小，游人甚稀，不久遂亦废止。今遗址虽存，而公园之意义全失。园中北楼现为财政局稽征所占据，但每届岁首，由旧历正月初一日至十五日止，设临时市场半月。自海王村起，北至和平门，南至臧家桥，商肆罗列，书棚栉比，车马喧阗，游人摩肩，为北平春市之冠。数年前政府提倡阳历，禁用阴历，而春正之市场，遂改于阳历岁首，但因习俗难改，游人甚少，因徇商人之请，复于旧历岁首，仍举行春节临时市场半月。其中商品，除古玩玉器、图书字画之外，则以儿童之玩具、食品为大宗，尤以糖葫芦、汽（气）球、风车、空竹及玻璃制之扑扑蹬，为应时之玩具，倘逾此半月期间，则卖者绝少。（1935年《北平旅行

指南》）

5. 妙峰山庙会

四月初一日戒坛寺开庙，居民多往游者。京西万寿寺西顶碧云寺、妙峰山均开庙半月。中以妙峰山娘娘庙之游人为最盛，且有至自天津、保定者，而都城之茶会及秧歌、狮子、开路、五虎棍、少陵棍、双石杠子等会，结队前往者，亦不可胜数。山腰一带，有供客饮憩之茶棚。游人之归也，率购挑棍、麦草帽、花篮，悬于车棚。而痴男女之一步一拜直至山巅，亦曰拜香者，近亦罕矣。（1920年《实用北京指南》）

四月初一日起，妙峰山开庙半月，开庙前有雨者，谓之净山雨。香火之盛，甲于天下。庙址虽属昌平，而平市之往拈香者，昔时真有万人空巷之势，今非昔比也。（1929年《北平指南》）

（妙峰山）在平西百余里，为最著名之大香火山，奇峰挺秀，山路险峻，每年由旧历四月初一日至十五日，例有庙会半月，善男信女率皆不辞跋涉，奔走数百里长途，于此进香朝顶，而津、保一带信士，亦多有来此者……灵感宫即在峰后西南，涧沟之阳，俗称碧霞元君祠，亦即娘娘庙也。庙中所祀之天仙圣母、眼光圣母及子孙娘娘，俗传即系封神演义中之碧霄、云霄、琼霄。庙不知建于何年，碑碣甚少。清康熙时，娘娘庙颇着灵迹，因封为金顶庙妙峰山，自后香火遂盛，每届庙会之期，沿路茶棚林立，灯火相属有如星宿，男女香客纷至沓来，莫不诚敬惟谨，甚有一步一揖，三步一叩首者，迄至山顶，不惮疲劳，娘娘之魔力，较之名贤当道殆又过之矣。山中村民，于此庙会之期，莫不利市三倍，或以稻草编为各种玩具，而锡以吉祥之名："富贵有余""之红鱼""招财童子""之纸人""聚宝盆""元宝棵"等，均系迎合人心，以达谋利之旨。更有扫除草舍，以备香客下塌。综此庙会半月，实为该地招财进宝之日，村民多呼之为庙秋，盖比之于稼稿之收获也。而游人亦多于朝顶之后，购买绒制蝙蝠、纸制金鱼及元宝等，美其名曰"载福还家""求财如意"，极尽妙想之趣。每届庙会之前，若落雨时，俗呼之为净山雨，取其洒尘净道以便香客之意。若于庙会之后有雨，则又呼之为洗山雨，取其洗涤凡尘，与俗隔绝之意。（1935年《北平旅行指南》）

6. 隆福寺庙会

东庙曰隆福寺，西庙曰护国寺，自正月起，每逢七八日开西庙，九十日开东庙。开庙之日，百货云集，凡珠宝、绫罗、衣服、饮食、古玩、字画、花鸟虫鱼以及寻常日用之物，星卜杂技之流，无所不有，乃都城内之两大市会也。两庙花厂尤为雅观。（1914年《新北京指南》）

每月之按单双日或朔望日开庙列市者颇多，兹分述之。七、八日护国寺（俗呼西庙），九、十日隆福寺（俗呼东庙）。每届期，车马盈门，百货咸备，而医卜星相、歌唱耍舞之杂技亦皆有之。（1920年《实用北京指南》）

隆福寺庙会，按国历每逢九日起，连有四天。杂技场中以麻子（不知其姓氏，绰号麻子）之蹚罗圈，栗庆茂之滑稽二簧为最佳。庙场分南北两条街，布匹、洋广货、鞋摊及日常用品，无所不有。进南门内，以古玩摊为最多，外人游庙会时辄往其摊寻觅心爱之物品，其价较卖与中人高出数倍，故摊内端坐之老板，见其围摊一观，即刻逢迎而招呼也。游人午前较少，若遇狂风大作，霪雨连绵，小本经营之买卖，及技场中献艺者，莫不拱手祷祝，呼天速霁，因为，阖家老幼，皆赖此一日奔波之资，藉以过活，倘为风雨所阻，游人寥寥，或有断炊之虞，委实堪怜也。（1935年《新北平指南》）

（隆福寺）在东四牌楼西北隆福寺街路北，与西四牌楼之护国寺遥遥相对，故又称东庙，为明景泰四年所造。相传庙中之白石台栏，乃英宗所居翔凤等殿故物也。规制崇伟，为平市巨刹之一。清雍正元年重修，光绪二十七年十月二十二日毁于火，庙宇颓芜。该庙每于旧历九、十两日为开庙之期，各摊杂集，百货并陈，盛况不减于西庙，古玩珠玉摊尤多，外人时往选购，为东城一带之临时大市场也。自十九年改为每逢国历九、十、一、二日为该庙会期，是月若逢大建，庙会即增至十三日。（1935年《北平旅行指南》）

7. 护国寺庙会

护国寺，每值七、八两日为正庙会之期，杂技场与其他庙会无异。盖其位据北隅，故北城及西城之市民，多视此地为消遣遛弯之所，特为趋前购物者甚鲜。故一般买卖摊萧条异常，伙计呆呆站立，恭候顾主来临，岂知游人蜂拥鱼贯出入，少有问价者。或有挑选物品，给价错价，及至盘旋多时，结果扬长而去，如此摆弄小本经营之伙计，亦大不当矣。西城之交际花尤为驰名，护国寺庙会亦时有其形踪，彼辈皆系年届破瓜之妙龄少女，手腕灵活，舌尖锐巧，青年学子被其耍得天昏地暗、神经颠倒者有之，轻生顿起欲谋自杀者更有之。盖其交际花之本旨，乃系来者不拒，大有"韩信将兵，多多益善"之概，男友虽夥，思欲染指，则不可能也。故此种活变圆融之要法，幸运儿辈之登徒，安能不坠入其术？（1935年《最新北平指南》）

（护国寺）在西四牌楼北护国寺街，又名西庙，系指东庙隆福寺而言。护国寺原崇国寺，为元丞相托克托故宅，明成化间赐名大隆善护国寺，清康熙间重修，改名护国寺，有碑记之。乾隆十二年临幸，有护国寺诗。寺中千佛殿有托克托夫妇之像，一幞头朱衣，一凤冠朱裳，但因年代已久，殿宇多倾，该像今已无存。又有明代靖难功臣少师姚广孝之像，露顶裂娑跌坐，上有碣署独庵老人题，独庵少师之号也。今该庙每逢七八两日，为庙会之期，庙会期本为旧历，自十八年十一月起，经官厅令改为国历。每逢开庙之日，商贩云集，游人颇盛，凡珠玉、绫罗、衣服、饮食、玩具、花鸟鱼虫等，及星卜杂技之流，无所不有，乃西城一

带之大市会也。（1935年《北平旅行指南》）

8. 白塔寺庙会

白塔寺庙会较隆福寺地势稍狭，其中洋广货摊、零食摊最多，尤以卖洋袜子及毛巾者，触目皆是，价值与街上之洋广铺，甚为低廉。游人拥挤，举步维艰，有前清派之长辫老叟，梳高冠拄拐杖之老妇，有肥大短衫之油头美人，蓬首垢面之先生，庙会上充满乡间之意味。

杂技场中，亦有相声、小戏、魔术，看杂技之人，围绕数匝，惟打钱时，则一哄而散，吝啬辈多居也。

零食以豆汁、炸糕，为平民化之游人所最适口者，顾主多系妇孺、洋车夫，穿斗篷，抹粉脂者，鲜见其围座吃食也。（1935年《最新北平指南》）

（白塔寺）在阜成门内大街路北，辽寿昌二年，因西方属金，故建白塔以镇之……每年夏历十月二十五日为白塔寿诞之辰，是日全寺番僧齐集塔下唪经，谓之转塔。民国十一年起，定为每逢国历五、六两日为庙会之期，贩商云集，所售之物多家常日用之品、孩童玩具食物，后院多下级游艺，少长咸集，游人如蚁。（1935年《北平旅行指南》）

9. 土地庙庙会

土地庙在彰仪门内大街迤北，元时所建，庙宇除山门外，只一层大殿，后殿多有商贩所租赁，每月之三日为开庙之期，商贩多篸萝扫帚之类，乡人多来游逛。山门外南北大街，摆设摊贩林立，地虽处偏僻，有此庙会，于繁荣上稍有点缀耳。（1935年《最新北平指南》）

（土地庙）在宣武门外下斜街路西，下斜街旧名槐树街，为元时庙宇，年久失修，民国前几年该庙会，亦经有一度之停顿，后始恢复。惟此处庙会为国历，每逢三日集市，其设似不同于东西两庙及白塔寺之情形，或可与花儿市相同，其所售之物品，亦以农村日用之物为最多，市民用物次之。地势虽近偏僻，惟此集市，颇能引到广安门外附近之乡民。相传此处庙宇地址极为敞阔，近来始形凋敝，最近该庙只有一层殿，后殿亦租与织布工场，是其规模益形狭小也。附近为乐培园，原为胳臂园，多属土娼，庙会开日时有到此招摇，亦殊为庙会减色不少云。（1935年《北平旅行指南》）

10. 四大庙会

北平有四大庙会，分别开放，商贩云集，举凡日用杂货、饮食物品以及相声戏法，无所不备，如同乡间市集。所谓四庙会即护国寺、隆福寺、白塔寺、土地庙。

护国寺在西四牌楼北护国寺街，与东城隆福寺并称，又名西寺，原名崇国寺，为元丞相托克托故宅。明成化间赐名大隆善护国寺，清康熙间重修，今殿宇多倾颓，每逢月之七八日为庙会之期。

隆福寺在东四牌楼北隆福寺街，又名东寺，为明景泰四年所造，费数十万，四年始成。清雍正重修，光绪二十七年曾毁于火，每逢九、十、一、二为庙会期。

白塔寺在阜成门大街路北，原名妙应寺，系辽代所建。庙中有大白塔一座，径约十丈，状若葫芦，足锐肩丰，顶覆铜盘，上有铜塔，为世界八大塔之一。相传辽主为释迦佛舍利建之，本有五色塔，分镇五方，今除白塔外，黑塔尚存故址，青黄红三塔，地址已不可考。塔经明清两代数次修葺，据传塔中有一海眼，下有神人，在海眼上覆以大铁釜，上建塔以镇之。此外尚有鲁班为代锯塔之说。现每逢五六日为庙会期。

土地庙在宣武门外下斜街路西，为元代庙宇。其设置与东西庙不同，略近花市，所售物品多为农村日用之物，而游人亦以广安门外附近乡民为多。现每逢三日为庙期。庙已凋敝，现仅有一层殿。（1948年《北平名胜游览指南》）

11. 花市

花市自正月起，凡初四、十四、二十四日有市，市皆日用之物，所谓花市者，乃妇女插戴之纸花，非时花也。花有通草、绫绢、绰枝、摔头之类，颇能混真。（1914年《新北京指南》）

四日有花市，在崇文门外稍南，陈列货品，以妇女所戴纸花为多。（1920年《实用北京指南》）

花市亦称花儿市，在崇文门外大街中迤东，商家以开设售花之花店为占多数，余则为绒线店，头条、二条并多耍货店。每月之四日有集市，曰花市集。倍极热闹，每清晨并有小贩如售纸花、糖果、耍货诸般什物，以此地为发庄，物价低廉，买卖家拥挤不堪。（1935年《最新北平指南》）

（花儿市）在崇文门外路东，市道颇宽，每晨皆有卖绫纸花贩小摊，买花者纷至。凡居该市附近人业此者，计千数百家，向恃发行外省，是以市之东部花店林立，今则女界装饰趋新，该市花行繁荣较昔稍逊矣。然市中每月逢四集日，仍极拥挤。以其沿市所设商铺，及街前陈列售卖货物，均属日用所需之必要，山货中类如荆竹杉藤诸器，他如铜铁木磁成物，概皆价廉货真，每值赴会之期，乡人居多，故取乡间之意，曰花市集。总计该市除无娱乐消遣设置外，其特点中有附近之清山居珠玉古玩商场，并售菜石玻璃诸器皿。其市口外，头二条胡同更有儿童玩耍诸物商店，为平中各市所无。该市不独为平人认以为实业汇源之中心点，即外人来华，亦常联袂往彼涉足，无怪寻常企业诸商，以此为极重之闹市也。（1935年《北平旅行指南》）

一、历史文献

1. ［明］张爵：《京师五城坊巷胡同集》，南林刘氏求恕斋刊本，1922 年。

2. ［明］蒋一葵：《长安客话》，燕京大学抄本。

3. ［明］刘侗、［明］于奕正：《帝京景物略》，北京：北京古籍出版社，1983 年。

4. ［明］杨尔曾：《新镌海内奇观》，杭州夷白堂刻本，明万历三十七年（1609 年）刊。

5. ［清］林伯桐编：《公车见闻录》，修本堂丛书刊本。

6. ［清］吴长元编：《宸垣识略》，十六卷，清光绪二年（1876 年）刊本。

7. ［清］杨静亭编：《都门纪略》，文富堂书坊刊刻，清道光二十五（1845 年）。

8. ［清］杨静亭编辑、［清］李静山增补：《都门汇纂》，清同治十一年（1872 年）刊本。

9. ［清］杨静亭原编：《增补都门纪略》，清光绪五年（1879 年）刊本。

10. ［清］杨静亭原编，［清］李虹若重编：《朝市丛载》，京都懿文斋，清光绪十三年（1887 年）。

11. ［清］杨静亭编辑、刘玉奎增修，郭奉三重校：《新增都门纪略》，京都荣录堂刊本，1917 年。

12. ［清］张焘编辑：《津门杂记》，清光绪十年（1884 年）。

13. 张展云编辑：《京奉铁路旅行指南》，京奉铁路局，清宣统二年（1910 年）。

14. 商务印书馆编译所：《增订中国旅行指南》，上海：商务印书馆，1921 年。

15. 洪亮编辑：《京汉铁路旅行指南》，京汉铁路局，1913 年。

16. 邱钟麟编：《新北京》《新北京指南》，北京：撷华书局，1914 年。

17. 中华图书馆编辑部编：《北京指南》，上海：中华图书馆，1916 年。

18. 中华图书馆编辑部编：《北京指南》（第三版），上海：中华图书馆，1919 年。

19.　曹景皋编辑：《京绥铁路旅行指南》，京绥铁路管理局，1916 年。

20.　通俗教育研究会编：《北京入学指南》，通俗教育研究会，1917 年。

21.　林传甲总纂：《大中华京师地理志》，北京：中国地学会，1919 年。

22.　徐珂编纂：《实用北京指南》，上海：商务印书馆，1920 年。

23.　徐珂编纂：《增订实用北京指南》（第三版），上海：商务印书馆，1923 年。

24.　商务印书馆编译所编纂：《增订实用北京指南》（第四版），上海：商务印书馆，1926 年。

25.　交通部铁道联运事务处编：《中华国有铁路旅行指南》，交通部铁道联运事务处，1922 年。

26.　姚祝萱编：《北京便览》，上海：文明书局，1923 年。

27.　姚祝萱编：《袖珍北京备览》，上海：文明书局，1924 年。

28.　金啸梅编：《北京游览指南》，上海：新华书局，1926 年。

29.　喻守珍、葛绥成等编：《全国都会商埠旅行指南》，上海：中华书局，1926 年。

30.　京绥铁路局总务处编译课编辑：《京绥铁路旅行指南》，北京：京绥铁路局总务处编译课，1926 年。

31.　北平民社编辑：《北平指南》，北平：北平民社，1929 年。

32.　金文华编辑：《简明北平游览指南》，北平：中华印书局，1932 年。

33.　李炳卫、童卓然编：《北平地名典》，北平：北平民社，1933 年。

34.　平汉铁路管理委员会总务处编译课编辑：《平汉铁路旅行指南》，平汉铁路管理委员会总务处编译课，1933 年。

35.　北宁铁路管理局总务处文书课编：《北平旅游便览》，“北宁铁路旅行指南丛刊”之一，北平：北宁铁路管理局，1934 年。

36.　北平市政府编：《北平导游概况》，1936 年。

37.　田蕴瑾编：《最新北平指南》，自强书局，1935 年。

38.　马芷庠编：《北平旅行指南》，北平：经济新闻社，1935 年。

39.　张次溪、赵羡渔编辑：《天桥一览》，北平：中华印书局，1936 年。

40.　马芷庠编：《北平旅行指南》（第四版），北平：经济新闻社，1937 年。

41.　马芷庠编：《北京旅行指南》，北平：经济新闻社，1938 年。

42.　马芷庠编：《北京旅行指南》（第六版），北平：新华书局，1941 年。

43.　马芷庠：《北平街巷志》，北平：经济新闻社，1936 年。

44.　倪锡英编著：《北平》，上海：中华书局，1936 年。

45. 陶亢德编：《北平一顾》，上海：宇宙风社，1936 年。

46. 中国旅行社编：《北平导游》，上海：中国旅行社，1948 年。

47. 马勇信编著：《北平名胜游览指南》，北平：马德增书店，1948 年。

48. 邵越崇编：《北平名胜游览地图（附北平名胜游览指南）》，上海：复兴舆地学社，1948 年。

49. 齐家本编辑：《最新简明北京游览指南（附故宫导游图）》，北京：中华印书局，1950 年。

50. 齐家本编辑：《北京游览指南》（第六版），北京：中华印书局，1951 年。

51. 张次溪编著：《人民首都的天桥》，北京：修绠堂书店，1951 年。

52. ［清］葛元煦编，郑祖安标点：《沪游杂记》，"上海滩与上海人丛书"，上海：上海古籍出版社，1989 年。

53. 汤用彬等编著：《旧都文物略》，北京：北京古籍出版社，1999 年。据 1935 年版影印。

二、专著与论文

专著

1. 周明泰述：《都门纪略中之戏曲史料》，光明印刷局代印，1932 年。

2. 王灿炽：《燕都古籍考》，北京：京华出版社，1995 年。

3. 史明正著，王业龙、周卫红译，杨立文校：《走向近代化的北京城——城市建设与社会变革》，北京：北京大学出版社，1995 年。

4. 何力：《北京的教育与科举》，北京：北京出版社，2000 年。

5. 侯仁之主编：《北京城市历史地理》，北京：北京燕山出版社，2000 年。

6. 袁熹：《近代北京的市民生活》，北京：北京出版社，2000 年。

7. 王亚男：《1900—1949 年北京的城市规划与建设研究》，南京：东南大学出版社，2008 年。

8. 袁熹：《北京城市发展史》（近代卷），北京：北京燕山出版社，2008 年。

9. 董玥：《民国北京城：历史与怀旧》，北京：生活·读书·新知三联书店，2014 年。

10. 刘晓云：《近代北京社会教育发展研究（1895—1949）》，北京：知识产权出版社，2013 年。

11. 齐大芝、任安泰：《北京近代商业的变迁》，北京：首都经济贸易大学出版社，2013 年。

12. 王明德：《南京与北京：近代中国政治中心的互动空间》，北京：中国社会科学出版社，2013 年。

13. 叶瑞昕：《清末民初北京国民道德建设的社会文化史考察》，北京：光明日报出版社，2014 年。

14. 季剑青：《重写旧京：民国北京书写中的历史与记忆》，北京：生活·读书·新知三联书店，2017 年。

15. ［日］丸山昏迷著，卢茂君译：《北京》，北京：北京联合出版公司，2016 年。原版 1921 发行。

16. ［日］上野太忠编著，李蕊、卢茂君译：《天津北京指南》，北京：知识产权出版社，2017 年。原版 1922 年发行。

论文

1. 纪良：《近代北京城市的变迁》，《北京社会科学》，1990 年第 2 期。

2. ［英］彼得·海伯德撰文，张广瑞译：《北京饭店与英国通济隆公司》，《旅游学刊》，1990 年第 3 期。

3. 张宗平：《清末北京使馆区的形成及其对北京近代城市建设的影响》，《北京社会科学》，1995 年第 1 期。

4. 赵晓阳：《中外文版本的〈北京旅游指南〉比较——兼谈北京旅游空间的新增长》，《北京古都风貌与时代气息研讨会论文集》，2000 年 6 月 30 日。

5. 巫仁恕：《晚明的旅游活动与消费文化——以江南为讨论中心》，《"中央研究院近代史研究所"集刊》，2001 年第 41 期，。

6. 习五一：《近代北京的城市功能与城市空间》，《建筑史论文集》，2002 年第 3 期。

7. 王均：《从地理空间角度认识近现代城市——以北京（北平）为例》，《城市史研究》，2002 年第 0 期。

8. 于丽萍：《城市近代化：近代北京书业发展的动因》，《北京社会科学》，2004 年第 02 期。

9. 李微：《娱乐场所与市民生活——以近代北京电影院为主要考察对象》，《北京社会科学》，2005 年第 4 期。

10. 齐大之：《论近代北京商业的特点》，《北京社会科学》，2006 年第 3 期。

11. 王亚男：《古都的近代化起步——1900—1911 年的北京城市建设》，《北京规划建设》，2008 年第 2 期（上）、2008 年第 3 期（下）。

12. 赵晓阳：《19 至 20 世纪研究介绍北京的指南类西文文献》，《首都博物馆丛刊》，2009 年第 0 期（上），2010 年第 0 期（下）。

13. 林岫：《关于北京旅行指南类文献的探讨》，《首都博物馆论丛》，2012 年第 0 期。

14. 罗桂林、王敏：《旅行指南与城市形象——福州近代的旅行指南研究》，《河北工程大学学报（社会科学版）》，2013 年第 1 期。

15. 季剑青：《旅游指南中的民国北京》，《北京观察》，2014 年第 3 期。

16. 侯杰、常春波：《近代城市公共空间秩序的建构及其内在冲突辨析——以 20 世纪早期天津旅行
    指南为中心》，《文学与文化》，2015 年第 2 期。

17. 唐晓峰、张龙凤：《新华街：民国北京城改造个案述评》，《中国历史地理论丛》，2016 年第
    31 卷第 3 辑。

18. 王谦：《帝都、国都、故都——近代北京的空间政治与文化表征（1898—1937）》，《北京社会
    科学》，2016 年第 6 期。

19. 王建伟：《王府井与天桥：民国北京的双面叙事》，《学术月刊》，2016 年第 12 期。

20. 李自典：《警察与近代城市公共卫生管理——以北京为例》，《城市史研究》，2017 年第 02 期。

21. 王丽媛：《从科举制中心到新文化发源地——近代教育转型与北京城市文化空间》，《文化研究》，
    2017 年第 1 期。

22. 马树华：《城市指南与 20 世纪青岛的空间变迁》，2014 年 "全球视野下的中国近代史研究" 国
    际学术研讨会，2014 年 8 月 11 日—13 日。

23. 王谦：《故都北平的文化生产与文学记忆》，《北京社会科学》，2017 年第 11 期。

24. 邱仲麟：《从会馆、庙寓到饭店、公寓——北京指南书旅宿信息的近代化历程》，《北京史学》，
    2018 年第 1 期。

25. 王谦：《现代市政思想的引入与北京城市近代化的开启》，《长春大学学报》，2018 年第 9 期。

26. 王建伟：《"空间" 概念与近代北京城市史研究》，《福建论坛（人文社会科学版）》，2018
    年第 2 期。

27. 李志成：《西式饭店：近代北京新式休闲空间的兴起（1901—1927）》，《江苏师范大学学报（哲
    学社会科学版）》，2021 年第 1 期。

28. 黄芳：《中国第一本旅行类刊物——〈旅行杂志〉研究》，湖南师范大学博士学位论文，2005 年。

29. 王专：《陈光甫与中国近代旅游业》，苏州大学博士学位论文，2009 年。

30. 龚敏：《近代旅馆业发展研究（1912—1937）》，湖南师范大学博士学位论文，2011 年。

31. 何江丽：《1900—1937 年北京城市 "卫生化" 研究——从空间、时间到市民》，南开大学博士
    学位论文，2012 年。

32. 李朝军：《19 世纪西方来华游历者视域中的中国形象——以游历文本为中心的探讨》，湖南师
    范大学博士学位论文，2015 年。

33. 石桂芳：《民国北京政府时期北京公园与市民生活研究》，吉林大学博士学位论文，2016 年。

34. 毕文静：《民国北京旅行指南研究（1912—1936）》，首都师范大学硕士学位论文，2013 年。

35. 周博：《民国新知识群体的国内旅行研究——以 1927—1936 年〈旅行杂志〉为中心》，东北师范大学博士学位论文，2019 年。

三、英文北京城市指南

1. *Guide for Tourists to Peking and its environs: With a plan of the city of Peking and a sketch map of its neighbourhood.* Hongkong: "China Mail" Office, 1876、1888、1897.

2. Mrs. Archibald Little. *Guide to Peking.* Tientsin Press Linited, 1904.

3. Isaac Taglor Headland. *A Tourist's Guide to Peking.* Tientsin: The China Times Ltd.,1907.

4. Hans Bahlke. *Guide to Peking and Neighbourhood.* Tientsin: Tageblatt fuer Nord-China, 1909.

5. Fei-shi. *Guide to Peking and Its Environs.* Tientsin Press ,1909.

6. *Peking and the surrounding country.* H. Lee. 1916.

7. Thos Cook & Son. *Peking and the overland route*, 1917.

8. Thos Cook & Son. *Information for travellers visiting Peking*, 1920

9. *Guide to Peking.* The Leader, 1930.

10. *Guide to Peking.* The Peiping Chronicle,1933.

11. *Guide to Peking.* The Peking Chronicle,1938.

12. Dorn, Frank. *A map and history of Peiping: Explanatory booklet.* Tientsin: Peiyang Press Ltd, 1936.

13. N.B. Dennys. *Note for tourists in the North of China.* A.Shortrede & Co.,1866.

后记

　　这本将要出版的书稿是在我的博士后出版报告《近代北京城市指南研究（1840—1949）》的基础上修改而成的。2016 年 8 月，我进入北京联合大学北京学研究所和中国科学院地理科学与资源研究所合作的博士后工作站，从事北京学领域的研究工作，并荣幸得到张勃老师和裴韬老师两位导师的指导。

　　能与北京城市指南结缘，完全来自张勃老师的引领，我自己很难想到还有这样一些如此有趣且值得研究的文献。记得当初我正在为博士后选题焦头烂额，之前提出的几个选题都不甚理想，正在犯愁之际，张勃老师告诉我，她在首都图书馆看见不少名为"北京指南"的文献，觉得很有研究价值，让我去深入了解。当我见到第一本"北京指南"时，如同发现了一件宝物，心中不禁涌起一股热血，同时又倍感亲切，因为"北京指南"与我的博士论文所探讨的"日用类书"在文献源流上同出一辙，我自然愿意做这样的一个选题。一直以来，我都觉得张勃老师交给了我一件"宝物"。

　　不过，直到今天，因个人学识、能力和时间限制，我觉得自己未能交出一份完美的答卷，我不敢说自己找到了打开这件宝物的正确方式，于是感激与不安交织在一起。这里呈现在大家面前的这部书稿对近代北京城市指南进行了较为系统的梳理和剖析，对其所折射的近代北京城市发展的阶段性特征也进行了一定的思考和总结，但与张勃老师的期待尚存在一定的距离，也没有完全实现最初的研究计划。因此，目前的这部书稿只能算是一个阶段性的成果。

在博士后工作期间，我很幸运能够结识北京联合大学北京学研究所和中国科学院地理科学与资源研究所的教师们，得到了他们的诸多帮助和鼓励，值此书稿出版之际，谨以表达我的谢意。

我要感谢我的博士后合作导师张勃研究员，这部书稿从选题、开题、资料搜集到报告撰写、书稿修改整个过程，张勃老师都给予我耐心指导和热情帮助，教我合理安排时间，提高效率，使我从中获益匪浅。

我要感谢我的博士后合作导师裴韬研究员，裴韬老师鼓励我将历史数据与地理信息技术结合起来研究，探索历史地理信息数据的处理方法，引导我关注城市空间和城市感知等问题，这给我的研究带来了极大的启发。裴韬老师认真严谨的工作科研态度，以及对青年学生的成长关怀，令我十分敬佩。

我要感谢北京联合大学应用文理学院院长、北京学研究所所长张宝秀教授。张宝秀老师不仅为我的报告提出了建设性的意见，而且时常鼓励我们积极向上奋发作为，为我们创造发展成长的平台与机会。更重要的是，她对工作的认真态度，对北京学事业的追求和无私付出，以及对后学的关爱，都深深地触动着我，激励我不断前行。

我要感谢北京联合大学原校长、北京学研究基地首席专家张妙弟教授，张妙弟校长不仅为我的报告提供了专业的建议，而且他对于北京学的热爱，以及对我们年轻一代的期望，亦深深激励着我。

我要感谢北京联合大学北京学研究基地学术委员会主任李建平研究员，李建平老师十分关注我的研究报告，给我提供了很多修改建议和研究思路，使我开阔视野、增长见识。

我要感谢北京联合大学应用文理学院的孟斌教授，孟斌老师帮助我顺利完成博士后进站，并引导我尽快适应新的工作环境，在工作和生活上都给予了我很多帮助。

我要感谢北京联合大学应用文理学院副院长张景秋教授，张老师为我的研究报告从多个角度、不同层面提出了中肯的建议，并在工作上为我提供了不少帮助。

我要感谢北京联合大学北京学研究所的虞思旦老师、刘丹老师、朱永杰老师、成志芬老师、张艳老师、刘彦博老师，几位老师在工作和生活上给我提供了诸多关心和帮助。

我要感谢清华大学历史系刘晓峰教授，中国社会科学院文学研究所安德明研究员和北京市社会科学院历史研究所王建伟研究员，他们对我的博士后报告进行了认真评议，并提出了宝贵的意见和建议。

我还要感谢我的博士生导师北京师范大学社会管理研究院 / 社会学院人类学民俗学主任萧放教授，萧放老师始终关心我的学习、研究与成长，给予了我诸多鼓励与帮助。

本书稿得到北京市北京学研究基地出版资金的资助，在此谨致诚挚的谢意。最后还要感谢我的家人，谢谢他们的支持与理解。

刘同彪

2021年冬